Die Seelenverkäufer

Der Autor Kurt Faber arbeitete einige Jahre unter schwersten Bedingungen auf einem Walfänger. Ein Fluchtversuch wurde unter Waffengewalt verhindert. Die Flucht gelang ihm erst, als das Schiff im Winter im Nordmeer einfror. Weitere Reisen führten ihn durch die USA, Australien und Südamerika. Nachdem er auf dem Segler Selena anheuerte, umrundete er Kap Horn. Über seine Reisen schrieb er Beiträge in deutschen Zeitungen und veröffentlichte Bücher. Zwischendurch kehrte er mehrmals in die Heimat zurück, holte sein Abitur nach, studierte Politikwissenschaften und promovierte in Tübingen.

In der Buchreihe „Historical Diamond" werden die Juwelen bedeutender klassischer Autoren in einer qualitativ hochwertigen, aber preiswerten Buchausgabe in ungekürzter Form neu herausgegeben. Das Themenspektrum umfasst spannende Romane, u. a. historische Romane, Krimis, Fiktion, Abenteuer und Entdeckungsreisen.

HISTORICAL DIAMOND

Kurt Faber

Die Seelenverkäufer

Abenteuerroman

Herausgeber
Klaus-Dieter Sedlacek

Band 2

Bibliografische Information Der Deutschen Bibliothek:
Die Deutsche Bibliothek verzeichnet diese Publikation
in der Deutschen Nationalbibliografie; detaillierte
bibliografische Daten sind im Internet über
http://dnb.ddb.de
abrufbar.

Herstellung und Verlag: BoD – Books on Demand, Norderstedt.
ISBN: 9783752886801

Dieses ist eine lange und abenteuerliche Geschichte, so wild und verworren wie nur eine von denen, die man in den Büchern lesen kann. Und ich weiß nicht, warum es so ist, aber allemal, wenn ich daran zurückdenke, kommt mir der Vers in den Kopf, den ich einmal gelesen habe. Es ist ein englischer Vers aus Bulwers »König Richard«, und ich gebe ihn hier in schlechtem Deutsch:

»Gekuscht an Deck, die Hälfte wohl der harten Leute
Lag krumm, verwittert unter frost'gen Sternen,
Mit steifen Gliedern, schon des Todes Beute,
Mit stierem Blick in wesenlose Fernen.
Blutleer Gespenst! Des Eismeers Pesthauch kommt gekrochen,
Zersetzt das Blut und nagt durch Mark und Knochen.«

Und die dabei eine Rolle spielten, wo sind sie geblieben? Es ist ihnen ergangen nach den Worten, die Alaska-Jim immer im Munde zu führen pflegte:

»Die Toten erzählen keine Geschichten!«

Wo sind sie alle? Was ist aus ihnen geworden? – Je nun – was wird aus Seeleuten? Da wäre noch Hein Petersen, der etwas darüber zu sagen wüßte, aber der ist nun schon verheiratet. Er hat eine Kellerwirtschaft an der Langen Reihe zu Hamburg. Alle Tage wird er dicker, und die steifen Grogs der Schauerleute, die bei ihm verkehren, nehmen ihn so in Anspruch, daß er kaum zum Schlafen, geschweige denn zum Bücherschreiben kommt. Neulich erst bin ich drüben gewesen, und es war so gut wie ein Theater, wenn man ihm zusah, wie er mit der Kundschaft fertig wurde, die allzu tief in seine Groggläser hineingeschaut hatte, und sie mit sanftem Druck an die Luft beförderte mit der Devise, die ihn auf allen seinen Wegen verfolgte, ob das nun in der Langen Reihe oder im Eismeer war:

»Man tau! Wat sin mut, mut sin!«

Ja, er ist ein guter Gastwirt geworden, und mit Recht hat er sich das Prädikat erworben, das unter seefahrenden Menschen an der Wasserkante als höchstes Lob geachtet wird: »'n fixen Kerl!« Jedoch das Bücherschreiben ist eine schwere Kunst für einen seefahrenden Mann. Es wäre indes schade, wenn das Garn ungesponnen bliebe, und also ergreife ich heute die Feder und erzähle von der verwegenen Fahrt der »Bonanza«, von Alaska-Jim, von Kapitän Tilden und seinem Schiffsjungen – der war ich selber –, von Schiffbruch und Meuterei, vom Schatz in der Seekiste und von all den Abenteuern auf der langen Reise im Lande der Mitternachtssonne.

Das ist kein leichtes Geschäft für einen, der allezeit mehr mit dem Teerpott als mit der Feder umgegangen. Jedoch – ich kann nicht anders! Und wenn ich selbst nicht schreiben wollte, so würde es in mir schreiben, und es käme doch auf das Papier, ob ich wollte oder nicht. Und gerade heute, wo draußen der Schnee in dicken Flocken fällt und der Wind durch die leergefegten Gassen heult, da ist es mir, als ob ich wieder das Tosen der Brandung, das Knirschen des Eises an der fernen Felsenküste hörte, als ob eben noch das Heulen der Hundemeute von Mill Watsches Schlitten durch die schweigende Schneewüste hallte. Ich brauchte nur eine Sekunde die Augen zuzumachen, und ich sähe alles vor mir, genau so, wie es damals gewesen ist.

Und an alledem ist doch schließlich niemand schuld gewesen als Piet Larson, der dicke schwedische Heuerbas von New Bedford. Oder das Schicksal. Oder der blinde, täppische Zufall, wie man es auffassen will. Ich war damals Schiffsjunge gewesen auf der »Alsternixe«, auf meiner allerersten Reise von Hamburg nach Santos und von dort nach dem südlich von Boston in Massachusetts gelegenen Hafen New Bedford. New Bedford war damals der Mittelpunkt der einst blühenden nordamerikanischen Industrie der Walfischfänger, die nun auch schon zum allergrößten Teil verschwunden sind wie so manche andere Romantik der tiefen See. Seit langem war ich zum ersten Male wieder an Land und wanderte durch die Straßen mit einer Miene »was kost' Amerika?« Vier Monate lang hatte ich nur Himmel und Wasser gesehen und nichts unter dem Füßen gehabt als die immer gleichen Decksplanken, die unter der Äquatorsonne brannten und auf denen in der Westwinddrift die wilden, graubärtigen Sturzseen brodelten. Nun aber hatte ich – wie gesagt – seit langer Zeit zum ersten Male wieder festen Boden unter den Füßen, richtiges holperiges Hafenpflaster, über das ich gewichtig weiterschritt mit dem schwerfällig schlingernden Gang, den ich den anderen Matrosen abgeguckt hatte und der einem auch schon ganz von selbst zur zweiten Natur wird, wenn man erst einmal in langen Nachtwachen das Verdeck abgeschritten hat über der rollenden See der tropischen Meere. – Ah, das war das Leben, das ich liebte! Da roch man die See, da stieg einem Teergeruch in die Nase, da kreisten die Möwen über dem glitzernden Wasser. Von überall her kam der Lärm der Rosthämmer, das Heulen der Dampfer, die qualmend vorüberzogen. Vor einem großen Segelschiffe am Pier stand ich ganz versunken in den Anblick der hohen Masten und Rahen und der lärmenden Dampfwinden, die die Mehlsäcke in mächtigen Schlingen in den unersättlichen Bauch des Schiffes beförderten. – Wie schön das alles war! Wie interessant! Und wie würde es sein, wenn ich in einem halben Jahr von heute – das wäre gerade um die Weihnachtszeit – wieder nach Hause käme in meiner ganzen siebzehnjährigen Seemannswürde, womöglich mit einem Papagei, wie einst der Robinson Crusoe. – Die würden wohl Augen machen wie Teetassen, wenn ich ihnen erzählte von Passatwinden und Kap-Hoorn-Stürmen und von dem wilden, fremden Leben, das hier in allen Zungen lärmte!

Und wie ich so im besten Nachdenken war über diese erfreulichen Dinge, da legte sich plötzlich von hinten eine Seebärentatze auf meine Schulter. Ein breiter Mund und ein Paar blanke Augen lachten mir frech ins Gesicht.

»Hallo, Jack«, sagte der Mann nicht eben unfreundlich, »was stehst du hier und schaust in die Gegend wie ein getrockneter Stockfisch? Hast wohl dein Schiff verloren? Ganz blank? Keinen Cent? – Aber das ist doch kein Grund zum Weinen! Es gibt noch mehr Schiffe auf der Welt.«

Ohne eine Antwort abzuwarten, fuhr er fort in seiner plappernden Unterhaltung. Er setzte sich auf einen der umherliegenden Baumwollballen und fing an, mich aufzuklären über die komplizierten Takelagen der Schiffe, die längs den Kais und draußen in der Bai vor Anker lagen.

»Nein«, sagte er traurig, »die christliche Seefahrt ist nicht mehr das, was sie war zu meinen Zeiten, als ich noch jung und dumm war wie du und deine Sorte. Damals hat es noch Schiffe gegeben und Männer, die sie segeln konnten. Ich bin vor dreißig Jahren an Bord der ›Flying Cloud‹ gewesen, wie sie in hundert Tagen das Rennen von Boston nach San Franzisko machte. Und nachher auch auf der ›Glory of the Sea‹ und so vielen anderen stolzen Klipperschiffen. Das war noch Seefahrt in jenen Tagen! Einmal tauchte das Schiff unter in Boston und kam nicht mehr heraus bis zur Ankunft in San Franzisko. Aber das waren auch noch Kapitäne – damals! Da ist Kapitän O'Connor von dem neuschottländischen Totsegler, unter dem ich zwei Jahre gefahren habe. Wenn es je eine harte Nuß gegeben hat, so war er es! Er schlief in einer Teerkoje und rasierte sich mit einer zerbrochenen Flasche, d. h. wenn es ihm überhaupt ums Rasieren zu tun war, und das war nur einmal im Jahre, am Sankt Patrickstage, der Fall. Einmal, als wir vor Port Elisabeth lagen und ein Leichtmatrose oben auf der Bramrah gegen ihn aufzumucken wagte, da holte er ihn mit einer Revolverkugel herunter. – Rede einer von blaunasigen Yankeeschiffern! Aber die Sorte gibt es ja heute gar nicht mehr. Nur noch Farmer, Schreiber, Maurer und Sonntagsschüler, was heute zur See fährt! Und wenn einer seine Glacéhandschuhe recht schön und elegant anziehen kann, so schimpft er sich Kapitän.«

»Das dort hinten«, fuhr er fort, indem er auf eine mächtige Viermastbark deutete, die mit ihren hohen Masten und Rahen noch stolzer aussah als alle anderen, »das ist die ›Windsor Castle‹. Es ist das feinste Schiff im Hafen und der schnellste Segler. In drei Monaten sind sie schon in Kapstadt.«

Bisher hatte ich nur mit halbem Ohre gehört auf das Gerede, aber nun horchte ich auf. – Kapstadt? Das ging mir wie Feuer durch die Adern. Im Augenblick wurde in mir alles lebendig, was ich einmal gehört und gelesen hatte von Buren, Büffeln, Löwen, Hartebeestern und feurigen Konstantiaweinen.

»Südafrika?«

»Warum denn nicht? Ist schon alles klar zur Abreise. – Kannst nicht sehen? Sie fliegen schon den ›blauen Peter‹. Fehlen noch drei Mann, um die Besatzung voll zu machen. Wenn ich du wäre, so würde ich mich nicht lange besinnen! So ein gutes Ding findet sich nicht alle Tage. Sie zahlen fünf Pfund im Monat.«

Die bloße Erwähnung der Summe nahm mir den Atem weg. Fünf Pfund – hundert Mark! So viel Geld hatte ich in meinem Leben noch nie beisammen gesehen!

Der andere blinzelte verheißungsvoll mit den Augen. »Komm mit zum Boß. Der wird alles besorgen. Kannst ja dann immer noch tun, wie du willst. Für einen Whisky hast du jedenfalls Kredit für uns beide.«

Er wandte sich zum Gehen, und ich folgte ihm nach, ohne recht zu wissen, warum. Ich hatte Geld, ich hatte ein Schiff. Es fehlte mir an nichts. Aber in meinem Kopf rumorte es ohne Unterlaß:

Südafrika!

Wir kamen nach einer Kneipe, wo es nach Whisky roch und man kaum die zweifelhaften Gestalten erkennen konnte, die an den kahlen Tischen hockten, durch die Tabakwolken, die an der Decke hingen.

Durch das Gewühl der Gäste drängte mein neugefundener Freund nach vorn zur Bar, wo uns der Boß empfing, ein dicker, hemdsärmeliger Kerl mit einem roten, aufgedunsenen Gesicht, der ein schlechtes Englisch mit stark schwedischem Akzent sprach. Er nahm sich kaum die Mühe, uns anzusehen.

»Das Kücken?« sagte er mit einem halben Seitenblick auf mich. »Oh, laß ihn zu Mama gehen!«

Das kränkte mich tiefer als alle Beleidigungen, die ich vor- und nachher erlebt hatte in meinem Leben.

»Ich bin um Kap Hoorn gefahren!« sagte ich trotzig. Da lachten die anderen, und ein alter Seebär mit einem Krausbart unter dem Kinn, ganz so, wie man ihn auf den Reklamebildern der Dover-Ostende-Bahn sehen kann, kam herbei und klopfte mir noch viel kräftiger auf die Schulter, als es vorher schon mein Freund getan hatte, und meinte, ich sei allright und man solle es mit mir probieren. Dann schafften sie immer mehr Whisky herbei und tranken durch die ganze lange Nacht und ließen mich ein Papier unterschreiben und verschafften mir einen Seesack mit Ölzeug und Seestiefeln, und also kam es, daß ich anmusterte auf der englischen Viermastbark ›Windsor Castle‹ für fünf Pfund im Mo-

nat, auf der Reise nach Südafrika; wenigstens dachte ich mir das so.

Jedoch –

Als der nächste Morgen grau und neblig heraufdämmerte und alle Umrisse des bunten Hafenbildes sich eben erst aus dem Dunste abzusondern begannen, fuhren wir – Piet Larson und ich – mit dem flinken Motorboot hinaus in die Bai. Es war, wie gesagt, noch beim ersten Tagesgrauen. Die Frühnebel hüllten alles in eine nasse Decke. Überall heulte und lärmte es in dem grauen Nichts, wo Wasser und Nebel ineinanderflossen. Alle Augenblicke tauchte unvermittelt die mächtige Gestalt eines Dampfers oder die vom unsicheren Licht ins Riesenhafte verzerrte Takelage eines schlanken Seglers auf und verschwand ebenso schnell wieder im Nebel. Plötzlich stoppte das Boot dicht an den schwarz geteerten Planken einer kleinen, hölzernen, altmodisch aussehenden Bark. Ich hatte gerade noch Zeit, am Heck den Namen ›Bonanza‹ zu lesen, als sie von oben eine Strickleiter herunterwarfen. Piet Larson packte meinen Seesack und enterte auf mit einer Geschicklichkeit, die von langer Erfahrung zeugte.

»Halt fest!« rief er mir von oben zu, als ich von dem schwer in der Dünung rollenden Boote nicht gleich das richtige Tauende erfassen konnte.

»Halt fest! 's ist besser, du lernst es heute als morgen. Du wirst bessere Seebeine haben, wenn du wieder von Bord kommst.«

Oben auf dem Verdeck war alles in einem großen Durcheinander und nicht eben schiffsgemäß. Ein großer Mann mit einem Schlapphut und einer tiefen Stirnnarbe, der aussah, als ob er eben erst einem Seeroman des ollen ehrlichen Kapitän Marryat entlaufen wäre, kam auf uns zu.

»Ist das alles?« fragte er mit einem nicht sehr wohlwollenden Seitenblick auf mich.

»Alles«, antwortete Piet Larson, »und verdammt froh können Sie sein, daß es so viel ist! Man nimmt sie eben, wo man sie findet. Schanghaien ist nicht mehr das, was es war zu unserer Zeit.«

Der Mann mit dem Schlapphut – erst nachher habe ich herausgefunden, daß es der Kapitän selber war – maß mich mit einem weiteren Blick, der nun schon ganz Gift und Galle war. Mürrisch griff er in die Tasche und wühlte in den losen Dollars. Zwei blanke Goldstücke wechselten den Besitzer.

»Mit dir mach' ich noch einmal Geschäfte«, brummte er wütend, »vier Mann sollst du mir bringen. Statt dessen kommst du mit einem halben an Bord. Ein andermal kannst du deine Kundschaft in der Montgomerystraße suchen.«

Piet Larson, der damit offenbar die Unterredung als beendet ansah, wandte sich zum Gehen. Ich wollte ihm folgen. Aber als ich eben an der Reling angelangt war, packte mich eine große Hand wie eine Eisenklammer.

»Langsam hier, du landlümmeliges Grünhorn!«

Piet Larsons Kopf war schon auf der anderen Seite der Reling. Er grinste über das ganze Gesicht; ein so teuflisches Grinsen, wie ich es niemals vorher oder nachher gesehen habe, es sei denn bei Fung Li, dem Chinesenkoch an Bord des alten ›Walroß‹.

»Auf Wiedersehen«, sagte er mit herausfordernder Liebenswürdigkeit, »und glückliche Reise! Es wird eine schöne Reise werden und sehr interessant in der Tat! Wirst schon sehen, ob ich recht habe oder nicht! Das Verdeck wird überfließen mit Öl, und du wirst einen Zahltag haben so lang wie ein Tag ohne Sonne. Auf der ganzen Erde gibt's kein so nobles Geschäft für einen christlichen Seemann wie das Walfischfangen. – Haha!«

Höhnisch kam das Lachen aus dem Boot. Der Motor puffte. Im Augenblick war das kleine Fahrzeug verschwunden und nichts mehr zu sehen als der treibende Nebel. Es war wie ein Spuk. Eine ganze Weile starrte ich sprachlos in die graue Leere über dem Wasser und in den Nebel, der wie ein Rauch durchs Tauwerk zog. – Schanghait! Von so etwas hatte ich schon öfters gehört aus den Gesprächen, die die Matrosen in den Freiwachen führten, aber dabei war es doch immer romantisch zugegangen mit betäubenden Getränken, mit geheimen Falltüren, mit Sandsäcken, die einem hinterrücks über den Kopf geschlagen wurden. Daß aber einer so nüchtern und selbstverständlich, so sang- und klanglos in die Falle gehen werde, das hatte ich bisher nicht für möglich gehalten. Eine ganze Weile stand ich neben meinem Seesack und schaute unschlüssig und, wie ich fürchte, auch nicht wenig dumm auf das fremde Leben. Kein Mensch kümmerte sich um mich. Es wurde Mittag und Abend, und noch immer stand ich da. Wild aussehende Menschen mit desperaten Gesichtszügen und andere verkümmerte und vertrocknete, die nach Whisky ausschauten, machten sich auf dem Verdeck zu schaffen und jagten mich von einem Platz zum anderen in ihrer rücksichtslosen Geschäftigkeit. Spät abends, als eben die Sonne unterging, kam das Motorboot noch einmal vom Lande herüber.

»Schiff ahoi!« rief der Bootsführer. »Werft uns ein Tauende!«

Drei Mann sprangen herzu, und mit vielem Jo! Ho! heißten sie eine Last über die Seite. Erst nachdem diese lang ausgestreckt an Deck lag, konnte man erkennen, daß es eine lebende Last war, ein mächtiger, breitschultriger Mann von weit über normaler Größe, der sich willenlos hin und her werfen ließ, da der Alkohol, das Morphium oder sonst irgendwelches Gift eines ausgekochten Waterkantahalunken ihm jede Besinnung geraubt hatte. Ein Mann mit boshaften Augen – es war der Zweite Steuermann – kam herzu und betrachtete ihn neugierig. Im Augenblick prallte er zurück vor dem Anblick. Dann rieb er sich die Augen und schaute ihn wieder an mit weit aufgerissenem Munde wie einer, der einen Geist gesehen.

»Ich will meinen Hut fressen, wenn das nicht Schanghai-Bill ist. – Schanghai-Bill aus der Washingtonstraße!« Das Wort wirkte wie ein elektrischer Funke auf die ganze Mannschaft. Alle ließen ihre Arbeit im Stich und kamen herbeigelaufen, um sich das Wunder anzusehen.

»Schanghai-Bill! Der wäre der letzte, den man hier vermuten sollte, nachdem er selbst schon so viele verschanghait hat! Aber der Krug geht so lange zu Wasser, bis er bricht. Ich wette meinen Anteil am nächsten Walfisch gegen ein Pfund Tabak, daß er Grund und Ursache dazu hatte. Der Staatsanwalt wird ihn heute schon suchen, und ich gäbe etwas darum, wenn ich jetzt an Land wäre, um mir die Dollars zu verdienen.« So redeten sie noch eine Weile weiter, bis plötzlich die mächtige Stimme des Kapitäns vom Achterdeck ertönte:

»Schafft das Zeug da nach vorne! Alle Mann ans Gangspill hier! Hiev Anker!«

Im Nu waren sie alle oben auf der Back. Man hörte das Klick-Klick der zögernd hereinkommenden Kette und das Trampeln der bloßen Füße, die um das Gangspill marschierten. Dann wieder tippte der Bootsmann eines von den alten, Wind und Wellen abgelauschten Seeliedern, einen sogenannten Shanty. Daß alte, schöne vom Yankeeschiff, das den Fluß hinunterkam. Eintönig rollte der Kehrreim über das Wasser:

»Blow boys, blo–o–w! for Californio.
There's plenty o' gold, so I been told
On the banks o' the Sacramento!«

Schon hatten die Nebel sich verzogen, als eben die Nacht über das Wasser gekrochen kam und die letzten Strahlen der sinkenden Sonne die hohen Schornsteine und die schlanken Masten noch einmal scharf wie Schattenbilder am roten Abendhimmel abzeichneten. Ein schnaubender Dampfer kam heraus und schleppte uns nach der hohen See. Die frische Brise fuhr in die bereits gesetzten Stagsegel, und schon waren Matrosen nach oben gegangen, um die Marssegel loszumachen. Eben fuhren wir mitten durch den Mastenwald der in der Bai vor Anker liegenden Tiefwassersegler. Da lag stolz und hoch die ›Windsor Castle‹. Und da – nicht fünfzig Faden entfernt –, da lag die liebe gute ›Alsternixe‹! Deutlich konnte man jeden Mann an Deck erkennen. – Da ging eben einer achteraus nach der Kajüte. Das war wohl Smutje, der dem Kapitän den Kaffee brachte. Dort auf der Luke saß der Segelmacher, der die Persenning flickte. War das nicht Karl Karsten da oben in der Bramsaling – ja, und all' die anderen! Und das Schiff und die Flagge und dahinter die Heimat! – Wie weit es wohl wäre bis dort hinüber? Fünfzig Faden! Ehe ich mir noch selbst recht darüber klar geworden war, hatte ich schon das Ende eines Tamps über die Seite geworfen, an dem ich mich hinunterlassen wollte. Da tönte eine Stimme aus allernächster Nähe:

»Langsam, du Grünhorn! Ich hab' mein Auge an dir! Das hab' ich dir angesehen, daß du noch wild bist; so wild wie nur irgendeiner von den Mauleseln da drüben. Aber ich werde dich zahm machen, ehe ich mit dir fertig bin. Ich bin der Steward hier an Bord, und du hast als Kajütjunge gemustert – savvy?«

Und dabei blieb es, denn er maß gut und gern seine sechs Fuß und soundso viele Zoll, und ich war nur eine Handvoll.

Noch eine Weile stand ich unschlüssig da mit meinen wirren Gedanken und schaute hinauf in die dunkle Nacht, aus der nur noch das Gewirr der Lichter und die blitzenden Leuchtfeuer der nahen Küste herausblinkten. Gewiß wäre es so auch noch die ganze Nacht weitergegangen, wenn nicht das harte Gesicht des Mister Silas Hard, des Zweiten Steuermanns, auf der Brücke erschienen wäre.

»Johnny!« rief er mit einer Stimme, die laut genug war, um die Toten aufzuwecken am Jüngsten Gericht.

Ich hörte nicht darauf, denn bisher hatte mich noch niemand bei solchem Namen genannt. Da verzog sich das Gesicht des Gewaltigen förmlich zu einer Frage, und seine grauen Augen schossen wahre Dolche.

»Mit dir dort unten rede ich, du Grünhorn! Weißt nicht mehr, wie du heißt?«

»Nein«, antwortete ich kleinlaut.

»Sir! Wenn du mit mir redest! Mach', daß du von Deck kommst, ehe ich dir Beine mache!«

Ein herumstehender Bootssteurer von kaffeebrauner Gesichtsfarbe nahm sich meiner an und brachte mich zu meiner Koje. Es war ein kleiner Raum, der gerade noch Platz genug hatte für zwei übereinander angebrachte Kojen. In der unteren Koje lag ein schlitzäugiger Japaner, der eine Zigarette um die andere rauchte. Das war Hata, der Segelmacher.

»Amerikamänner sehr viel verrückt«, sagte er zu mir, »Kapitän auch verrückt! Sehr schlechtes Schiff! Ich fahre zur See viele Jahre und weiß, was es mit Schiffen auf sich hat, ich glaube: schlechtes Schiff, schlechte Mannschaft, schlechter Kapitän. Eines Tages bums! Kaputt!«

Dann drehte er sich um auf sein anderes Ohr und schnarchte so laut, daß die Blechung neben seiner Koje zitterte. Ich aber konnte lange nicht schlafen. Ich lag in meiner Koje und träumte mit offenen Augen. Ich hörte auf das Rauschen und Waschen des Wassers an der Schiffsseite. Ich hörte auf das Schlagen der Schiffsglocke und das Trampeln der Füße auf dem Verdeck. Ich sah durch das Bullauge die

Lichter, die draußen in der Finsternis aufblitzten. Und meine Gedanken gingen wirrer als je in meinem Kopfe. Alles das, was ich erlebt hatte in den letzten vierundzwanzig Stunden, tauchte noch einmal vor mir auf, und ich konnte mir keinen Vers drauf machen, ob ich wollte oder nicht. Ein kaltes, häßliches Gefühl der Verlassenheit kroch mir über den Rücken. Ich fing an, mich zu schelten ob meiner eigenen Dummheit, und dann – denn ich war ja nur ein halbes Kind – fing ich leise an zu weinen aus purer Angst und Ungewißheit über die Dinge, die mir noch bevorstanden. Dann aber kam ich unversehens ins Träumen. Es fiel mir ein, was ich vor vielen Jahren einmal gelesen hatte von Walfischen und Walfischfängern in den schönen, furchtbar interessanten Büchern, und ich dachte mir, wie das wohl sein würde, wenn ich eines Tages nach Hause käme und denen erzählen würde von wilden Walfischen, von tödlichen Lanzen und Harpunen, von kühnen Männern in kleinen, zerbrechlichen Booten, die so etwas zu handhaben wüßten. – Ah, da würden sie nicht nur Augen machen wie Teetassen, sondern gleich wie Scheunentore!

Darüber war ich langsam eingeschlafen. Mir war, als ob ich eben erst die Augen zugemacht hätte, als der boshaft aussehende Mister Twist auf der Bildfläche erschien und mich recht unsanft aus dem Schlafe schüttelte.

Oben auf dem Achterdeck, wo sie mir eine Arbeit beim Farbenwaschen anwiesen, war es recht kalt und ungemütlich. Der Wind war merklich aufgefrischt, und es wehte eine starke Brise aus Südwesten. Die oberen Segel waren alle festgemacht bis auf die Marssegel, die sich zum Zerspringen voll in der Brise blähten. Der Wind pfiff ein schauriges Lied zwischen den kahlen Rahen und Spieren. Er summte zwischen den Stagen und weckte einen Teufelschor im straff gespannten Tauwerk. Von Zeit zu Zeit flogen scharfe Spritzer über das Verdeck. Auf der Wetterseite des Achterdecks promenierte der Kapitän mit der Pfeife im Munde wie immer. Auf der Leeseite erging sich Mr. Mulligan, der Erste Steuermann. Er war, wie fast alle Menschen in diesem Milieu, ein Riese von Gestalt, mit einem kaffeebraunen Gesicht und dicken, aufgeworfenen Lippen. Offenbar gehörte er zu der auf Walfischfängern öfters vorkommenden Klasse der Halbblutkanaken, die sie unten bei den Tongainseln auflesen. Die andere Hälfte an ihm war unzweifelhaft irländisch. Das war unschwer zu erkennen an dem roten Haarschopf und den kleinen, graublauen Augen.

Mister Mulligan und der Kapitän waren offenbar beide » on distant terms«, wie man auf englisch zu sagen pflegt. Wenn der eine achteraus marschierte, so war der andere gewiß auf dem Weg nach vorn. Niemals sprachen sie ein Wort miteinander oder würdigten sich auch nur eines Blickes. Denn so will es die Disziplin an Bord eines Schiffes. Das Spiel hatte schon zwei Stunden gedauert, als plötzlich ein Mann auf dem Achterdeck auftauchte, der auch in dieser Umwelt noch durch seine Größe und seinen herkulischen Körperbau auffallen mußte. Er hatte breite Schultern, von denen lange Arme herunterhingen, mit zwei Fäusten, die groß genug waren, um den Teufel zu erschrecken. Das breite, eckige Gesicht mit dem Unterkinn sah aus wie das eines berufsmäßigen Boxkämpfers, nur etwas verschwommen, verwaschen und aufgedunsen, mit einem bläulichen Hauch, der von Whisky redete. Breitspurig pflanzte er sich auf, mitten in der Fahrtrichtung des Kapitäns.

»Was willst du hier, Bill?« fragte der nicht eben unfreundlich.

»Bill?« sagte der Mann. »Ich kenne hier keinen Bill. Mein Name ist Henry E. O'Sullivan – Mister Henry E. O'Sullivan, wenn Sie jemand fragen sollte! Mein Name hat eine Handhabe, und ich muß schon bitten, daß man das nicht vergißt.«

Der Kapitän, der an jenem Morgen offenbar bei guter Laune war und nicht die Absicht hatte, sich diese von jedem hergelaufenen Mister O'Sullivan verderben zu lassen, schaute ihn neugierig an.

»Mister Henry E. O'Sullivan? Möglich, daß du das einmal gewesen bist! Hier an Bord bist du Bill – Schanghai-Bill und weiter nichts. Und jetzt geh an deine Arbeit, ehe ich dir helfe.«

Die Augen des Mister O'Sullivan, Schanghai-Bill oder wie er immer heißen mochte – es war kein anderer als der Mann, den sie am Abend zuvor in solch bedauernswertem Zustand an Deck geheißt hatten – waren in diesem Augenblick eine Sehenswürdigkeit. Sie sprühten Dolche und zischten Feuer.

»Ist das alles, was Sie zu sagen haben?« wandte er sich nochmals an den Kapitän.

»Alles«, antwortete dieser.

Da zog Mister O'Sullivan, ehe es jemand verhindern konnte, einen Revolver hervor, und schon krachte ein Schuß. Der Kapitän, der so etwas wohl erwartet haben mochte und auch wohl Übung hatte in diesen Dingen, duckte sich noch beizeiten. Die Kugel flog hart an seinem Kopfe vorüber. Schon aber war wie durch Zauberschlag ein halbes Dutzend handfester Männer erschienen, die den aufsässigen Mister O'Sullivan im Nu in Eisen gelegt hatten. An Händen und Füßen gefesselt stand er vor dem Besanmast und schoß Blicke, die ebenso viele Dolche gewesen wären, wenn Blicke töten könnten.

»Lacht nur, beim Teufel, lacht!« rief er wütend. »Es kommt eine Zeit, da werdet ihr aus einem anderen Auge lachen. Nicht alle Zeit werden wir hier auf dem Wasser sein. Eines Tages wollt ihr wieder an Land kommen, und dann wird die Stunde für O'Sullivan da sein! Es wird sich dann zeigen, ob es noch ein Gesetz gibt in den Vereinigten Staaten, ob das Schanghaien heute noch Mode ist, ob man friedliche Menschen so ohne weiteres auf der Straße auflesen kann, wenn man sonst keine Mannschaft bekommt für solche Trankiste. – Und mich, einen kranken Mann! – Ah, ich. fühle mich jetzt schon reich wie John D. Rockefeller, wenn ich an den Zahltag denke, den ich von dieser Reise bringe, und mein Hals ist steif bei dem Gedanken an den Galgen, an dem ihr alle baumeln werdet – für das, was ihr mir angetan habt!«

Der Kapitän, der die ganze Affäre mit unerschütterlicher Ruhe angesehen hatte, ließ sich auch jetzt nicht weiter beunruhigen durch solche Drohungen. Langsam zündete er seine Pfeife an, ging hinunter nach der Kajüte und überließ seinem Steuermann die weitere Behandlung der Angelegenheit. Das war Wasser auf die Mühle des Mister Mulligan, der von jeher nicht gut zu sprechen war auf die Heuerbase.

»Jetzt will ich dir etwas sagen, du Mister O'Sullivan oder wie du immer heißen magst«, sagte er mit einer Stimme, die ordentlich knirschte vor unterdrückter Wut, »dein Name ist Bill, Schanghai-Bill, hier an Bord. Und nichts mehr von Mister O'Sullivan. Das kannst du dir merken, lieber heute als morgen. Ich sage es dir zu deinem eigenen Guten, wenn du glücklich leben und anständig sterben willst auf diesem Kasten. Du wirst deine Arbeit tun, und ich werde darauf sehen, daß du sie ordentlich tust! Wenn du einmal wagst, hier aufzumucken, oder nur so tust, als ob du eben aufmucken wolltest, so werde ich dabeisein mit einem Tauende oder einer Handspeiche. Mister O'Sullivan – ich werde dich mistern! Bessere Leute als dich habe ich schon begraben hier an Bord! Und glaube nicht, daß ich mich bei dir besinnen würde. Es gibt nichts auf der Welt, was ich lieber täte als das Begraben eines Landhaifisches von deiner Sorte. Ich würde es gleich jetzt tun, wenn es nach mir ginge. Aber die Reise ist noch jung, und wir brauchen alle Hände an Bord. Auf einen mehr oder weniger kommt es aber nicht an. Du kannst also nichts Besseres tun, als fein den Mund zu halten und dich nicht als Seeadvokat aufzuspielen, wenn du nicht willst, daß wir dich eines Tages über Bord verlieren mit einem Sack Kohle an den Füßen. Du wärst der erste nicht!«

Es war offensichtlich, daß Schanghai-Bill, der an so etwas gewöhnt war, sich nicht allzusehr einschüchtern ließ durch solche Ermahnungen. Er zeigte sich nach wie vor renitent, und es bedurfte kräftiger Fäuste und noch stärkerer Sprache, um ihn vom Achterdeck zu entfernen.

Zitternd vor Angst hatte ich den Vorgang mit angesehen. Es war das erste Abenteuer, das ich an Bord der alten »Bonanza« erleben mußte, aber wahrlich nicht das letzte. Mir war dabei zumute wie jenem Delinquenten, der am Montag gehängt werden sollte: »Die Woche fängt gut an!«

Bald waren wir auf hoher See, und das Land lag weit in der Ferne als ein kleiner gelber Streifen unter dem Horizont. Der Schlepper warf die Trossen los, und die »Bonanza« machte einen ordentlichen Sprung in ihrem nassen Element, wie jedes gute Schiff tun muß, wenn es das Land hinter sich läßt. Der Westwind, der uns schon bei der Ausfahrt aus dem Hafen so kräftig überfallen hatte, blieb uns auch fernerhin treu und schwoll an zu einem Sturme von beträchtlicher Stärke, vor dem wir mit dicht gerefften Segeln dahinflogen in der Richtung der Azoren. Es war die Gegend, die der englische Seemann respektvoll die » roaring fourties« nennt. Mehr als die Hälfte unserer Mannschaft, die – wie sich nunmehr herausstellte – zum größten Teil aus »Landratten« bestand, die in ihrem ganzen Leben noch nie das Meer, geschweige denn ein Segelschiff gesehen hatten, war hoffnungslos seekrank.

Jetzt erst, nachdem sie die Wachen gesetzt hatten und alles Leben allmählich in die immer gleiche Routine der hohen See auslief, hatte ich Zeit und Gelegenheit, die neue Welt, in die ich so unverhofft hineingeworfen wurde, etwas eingehender zu studieren.

Von allen Menschen an Bord bemitleidete ich keinen so sehr wie mich selber. Wer vielen dient, wird viele Herren haben, und wer hätte deren mehr als ein Schiffsjunge! In gewisser Hinsicht ist er der Blitzableiter für die bösen Launen aller derer, die etwas zu sagen haben. Heute ist es der Kapitän, morgen der Steuermann, übermorgen der Steward, im nächsten Augenblick der Koch, der Bootssteuerer, der Harpunier, der Bootsmann, der als Herr und Meister über ihn gebietet. Am meisten aber von allen diesen Herren trat Mister Twist in die Erscheinung. Mister Twist war der Steward. Ich habe schon erwähnt, daß er gut und gern sechs Fuß und mehrere Zoll maß. Das war indes nichts besonders Auffälliges in dieser Umwelt der großgewachsenen Menschen. Was ihn vor allen auszeichnete, das war die ungeheure blaue Mütze mit reichen Stickereien, wie man sie zuweilen bei den Reiseagenten an den Docks in Liverpool sehen kann. Nicht umsonst trug Mister Twist diese Mütze, denn wenn es etwas gab, das seine schwarze Seele vor allem ängstigte und beunruhigte, so war es seine Kahlköpfigkeit. Ich habe vorher und nachher noch manchen kahlköpfigen Menschen gesehen, aber nie wieder einen von solch absoluter Abwesenheit alles dessen, was zu einem Kopfschmuck gehört. Mister Twist, so pflegten sie zu sagen, war so boshaft, daß er sich die Haare auf dem eigenen Kopf nicht gönnte. Neben dem Fehlen der Haare waren bemerkenswert an ihm die kleinen, kohlschwarzen, unruhigen Augen, die tief im Kopfe lagen und auch dadurch nicht schöner wurden, daß sie nie miteinander zusammenstimmen wollten und stets nach beiden Seiten schielten. In einem Punkt war Mister Twist besonders empfindlich. Das war eben die »Handhabe« an seinem Namen. Mister Twist! Es verging kein Tag, ohne daß er mir diese seine Eigenschaft noch besonders einschärfte.

Und da es sonst an Bord keinen Menschen gab, dem es einfiel, ihn zu mistern, so versäumte er keine Gelegenheit, dieses Attribut wenigstens aus meinem Munde zu hören, sein Wille war für mich Befehl. Er war Steward und ich der Kajütjunge. Man muß ein seebefahrener Mann sein, um zu wissen, welche Welt zwischen diesen beiden Polen liegt. –

Auf einem richtigen Schiffe gibt es Menschen und »Hände«.

Die letzteren waren eine so eigenartige Gesellschaft, wie man sie nur immer an der Hafenfront eines amerikanischen Seeplatzes auflesen kann. Was immer im tollen Spiele des Lebens an Strandgut zusammentreiben und in die Hände eines Heuerbases gelangen kann, das hatte sich hier zusammengefunden. Farmer, alle Sorten Handwerker, Tramps und »Hobos«, verkrachte Kaufleute, ausrangierte Seiltänzer, aber Matrosen nicht. Hata, der Segelmacher, mochte schon recht haben, wenn er sagte: »Zuviel verrückt!« Irgend etwas war nicht richtig bei jedem einzelnen, und das war kein Wunder. Wie sonst wären sie wohl auf den Gedanken gekommen, vor dem Mast auf einem Walfischfänger zu mustern!

Da war ein kleiner schmächtiger Mann von einigen vierzig Jahren, mit einem mageren, eingefallenen Gesicht und einer langen, gebogenen Nase und sanften blauen Augen, die einen bei jedem Blick um Entschuldigung zu bitten schienen, daß ihr Besitzer überhaupt geboren war. Erst Monate später mußte ich erfahren, daß dieser schüchterne Mensch ein vor der New-Yorker Polizei flüchtig gegangener berüchtigter Taschendieb und Falschspieler war, der schon mehr als ein Menschenleben auf dem Gewissen hatte.

Da war Dan, Dan Mac Farlan, ein herkulisch gebauter Schottländer mit einem wilden schwarzen Haarschopf und kohlschwarzen Augen, in denen ein irrsinniges Feuer brannte. Stets hielt er sich abseits von den anderen, und wo er ging und stand, murrte er vor sich hin wie ein bösartiger Kettenhund. Schon beim ersten Anblick hatte ich die Überzeugung gewonnen, daß dieser ein »schwerer Junge« sei, bis sich herausstellte, daß er vor kurzem noch Pfarrer war an einer kleinen Landgemeinde in Pennsylvanien.

Und da waren Jim, Jacques, Al, Ed, Dick, Jumbo, ein großer Neger mit schwarzem, lackglänzendem Gesicht und funkelnden Zähnen, dessen Wiege man am Kongo vermutet hätte, wenn sein Geburtsschein – er war der einzige, der so etwas mit an Bord gebracht hatte – nicht die Stadt Atlanta in Georgia aufgewiesen hätte.

Ein jedes Mannschaftslogis hat seine »Bullies«. Diese waren an Bord der »Bonanza« vertreten durch das Kleeblatt Jim Collins, Joe Carrol mit Schanghai-Bill als dritten im Bunde. Jeder einzelne von diesen dreien hatte schon mehr Berufe ausgeübt, als er Haare auf dem Kopfe hatte. Jim Collins war der geborene Soldat. Er war auf Kuba und den Philippinen gewesen, er hatte im Burenkriege mitgekämpft, er war bei den Blockaderennern im Russisch-Japanischen Kriege gewesen, er hatte in Revolution und Flibustierexpeditionen in Mittelamerika gemacht. Es hatte in diesem letzten Vierteljahrhundert keinen Streit gegeben an den Enden der Erde, wo Jim nicht mitten drin gewesen wäre, um seine Hand zu versuchen in dem Spiele.

Joe Carrol dagegen hatte es mehr mit dem Salzwasser gehalten. Sein ursprünglicher Beruf war der des »Black Birder«, jener Sorte moderner Sklavenhändler, die vor wenigen Jahren noch die Inselwelt der Südsee heimsuchten auf der Jagd nach schwarzen Arbeitskräften für die Zuckerplantagen in Queensland. Das ging, solange es gehen konnte, und als dann die Polizeischoner allzu aufdringlich wurden, mußte man sich wohl oder übel einem weniger einträglichen Berufe widmen. Seither hatte Joe Carrol sich in allen Zweigen der Seefahrt versucht, vom Austernfischen bis zum Walfischfangen. Am einträglichsten, so meinte er, sei noch immer das Seehundstehlen an der Küste von Feuerland und auf den Inseln im Beringmeer gewesen. Das bringe bei gutem Verlauf der Reise einen großen Gewinn, andernfalls könne man auch mit seinem Kopfe dafür bezahlen. Das müsse man eben mit in Kauf nehmen. Und Joe Carrol war gerade der Mann, der so etwas riskieren würde aus reiner Lust am Riskieren, denn es gab auf dieser Welt nichts, was Joe Carrol fürchtete, es sei denn die harte Arbeit.

Und da waren noch all die anderen. Ein jeder hatte seine Geschichte, und wollte ich sie alle erzählen, so würde ich mein Garn niemals zu Ende spinnen.

Es waren ganz junge dabei, kaum älter als ich selber, verzogene Muttersöhnchen, die von Zuhause weggelaufen waren, und andere, die mit Schuhputzen und Zeitungsverkäufen niemals einen guten Tag gesehen hatten in den Höhlen und Spelunken, im Dienste mauschelnder Betrüger und schmieriger Halsabschneider an der Bowery zu New York. Da war Mac-Donald, ein schwerer Junge aus dem Ostende von Chikago, der sich rühmte, in seinem ganzen Leben noch keinen Strich Arbeit getan zu haben. Sie brachten ihn auf die Wache von Silas Hard, und es dauerte wirklich nicht lange, bis er das Arbeiten gelernt hatte.

Der einzige unter dieser Gesellschaft, der sich dazu herbeiließ, mit mir anders als mit Knurren und Brummen zu reden, war der Koch. Auf deutschen Schiffen wird der Inhaber dieses wichtigen Amtes Smutje genannt; auf Schiffen englischer Zunge nennt man ihn Doktor oder einfach Doc.

Doktor war ein sehr gesprächiger Herr, der es nicht versäumte, mir in jeder Hundewache, wenn es sonst nichts zu tun gab, ein langes Garn zu spinnen, das ich gierig aufsaugte, wie lauteres Evangelium. Denn Doktor war schon länger zur See gefahren als irgendein anderer Mann vorn oder achtern an Bord der »Bonanza«. Für Schiffe war er geradezu ein wanderndes Lloydbüro. Man brauchte ihn nur zu fragen, und schon sagte er die Namen herunter mit Tonnage, Takelage, Heimathafen, Kapitän und Reedern. Das Schiff aber fing bei Doktor erst beim Segelschiff an. Diese aber teilte er nach altem Seemannsbrauch in zwei Klassen: die harten und die hungrigen. Zu ersterer Sorte gehörten alle Yankeeschiffe.

»Setz' dich her«, sagte er mir eines Tages, als ich in die Kombüse kam, »ich will dir erzählen, wie ich an Bord der ›Black Adder‹ Zweiter Steuermann war unter Kapitän Donald MacKay. Wir segelten von Oyster Bay nach Frisco in hundertzwanzig Tagen, und eine feine Reise war das! Denn der alte MacKay war gerade der Junge, der sich aufs Treiben von Männern und Schiffen verstand. Rede einer von blaunasigen Yankeeschiffern! MacKay war einer, er und sein Steuermann, Mr. Slocum. Aus seinem Schiff hat er die Hölle und aus sich selbst den Teufel gemacht. Glücklich war der, der noch mit heiler Haut und ungebrochenen Knochen am Ende der

Reise abmustern konnte. Denn MacKay war nicht empfindlich und sein Steuermann noch viel weniger. Sie waren dort an Bord ziemlich verschwenderisch im Gebrauch von Belegnägeln, Schlagringen, Seestiefeln und Revolvern. Ein verstauchtes Bein und ein gebrochener Arm zählten hier nicht, Rippen, die durch Seestiefel eingetreten wurden, mußten selbst sehen, wie sie wieder zusammenwuchsen, Gesichter, die von Belegnägeln verunstaltet waren, mußten obendrein noch freundlich und dienstfertig blicken, wenn sie nicht im nächsten Augenblick eine noch, schlimmere Behandlung gewärtigen wollten. Wer aufmuckte, der wurde in Eisen gelegt und bekam nichts zu essen als ein Biskuit je Tag und eine Tracht Prügel in jeder Wache. Wer ein saures Gesicht machte, der wurde mit den Händen über dem Kopfe in der Takelage aufgehängt. Aber ein guter Seemann war Kapitän MacKay und ein Teufel im Segelführen. Einmal – ich sah das mit meinen eigenen Augen – kam unten vor Kap Hoorn eine Hagelbö herangefegt und knickte die Vorbramrahe wie ein Streichholz. Da steckte sich MacKay seine Pfeife an und ging nach der Kajüte. »Weckt mich, wenn die Großrahe herunterkommt!«

Noch manche derartige Geschichte von Yankeeschiffen hatte Doktor auf Lager. Seine besondere Mißachtung aber galt nicht den harten, sondern den hungrigen Schiffen, den Limejuicers. Unter Seeleuten gebräuchliche Bezeichnung für englische Segelschiffe, auf denen täglich eine Ration Zitronensaft (lime juice) als Gegenmittel gegen Skorbut verabreicht wird.

»Der hungrigste Limejuicer, auf dem ich gefahren habe«, sagte er eines Tages, »war die ›Loch Torredon‹ aus Glasgow. Nur einmal im Monat gab es dort Erbsensuppe, und das war ein Festtag für alle Mann an Bord. Im übrigen mußte man mit Biskuits auskommen, die so hart waren wie der Schädel eines Steuermanns auf einem Yankeeschiff. Alle vierzehn Tage mußte ich mir ein neues Loch in den Gürtel machen, bis am Ende – du kannst mir's glauben oder nicht – das Ding zweimal um den Leib ging und man den Anfang wieder benutzen konnte. Das war vor zwanzig Jahren. Aber auch heute sind sie nicht viel besser, und das ist auch der Grund, warum nur Dutchmen und Degos darauf fahren und kein anständiger Britischer seinen Fuß auf ihre Decksplanken setzt.«

Das alles erfuhr ich, wie gesagt, von »Doc« in mancher Hundewache, erst vor dem brummenden Herd in der warmen Kombüse und dann draußen auf der Luke unter den schwellenden Segeln, die sich majestätisch über uns breiteten, so recht die richtige Umrahmung für solche Geschichten. Denn wir waren inzwischen in den Passat gekommen. Ohne je eine Brasse zu berühren, rannten wir vor dem Wind nach südlichen Zonen. Die Luft war warm und weich, der Himmel war blau, über das dunkelblaue Wasser schwirrten die fliegenden Fische, und vor dem Bug funkelte das phosphoreszierende Meer in den lauen, sternbesäten Nächten.

Der alte Koch mochte schon recht haben, wenn er die Schiffe erst beim Segelschiff beginnen ließ. Es kann einer Jahr um Jahr auf schnaubenden Dampfern durch tropische Meere fahren, ohne etwas zu verspüren von der Schönheit des Passats, ohne nur einen Hauch von dem Zauber der See.

Doch, was schreibe ich? Nie werde ich mein Garn zu Ende spinnen, wenn ich so weiter mache. So mache ich von meinem Vorrecht als Geschichtenerzähler Gebrauch und springe mit Siebenmeilenstiefeln über anderthalb Jahre und über endlose Meeresstrecken in eiskalten Kap-Hoorn-Stürmen und unter brütender Tropensonne. Was soll man von jenen anderthalb Jahren erzählen? Glück und Unglück wechselten miteinander in allen Zonen, aber das ist nichts Besonderes im Leben des Seemannes. In den Solandergründen an der Neuseelandküste verloren wir den ehrenwerten Mister Mulligan, der durch den Schlag der Flosse eines sinkenden Walfisches mitsamt seiner Bootsmannschaft ums Leben kam. »Schade«, hatte der Kapitän gesagt, »er war eine gute Hand, und die Reise ist noch jung. Hätte sich die Faxen für später aufsparen sollen. Besser wäre es schon gewesen, wenn Silas Hard statt seiner nach David Jonas' Spind gegangen wäre.«

Wir waren alle derselben Ansicht.

Die Art, wie man hier von Menschenleben sprach, hatte etwas Kaltes an sich, an das ich mich nie gewöhnen konnte. Es war ein Glück, daß jetzt alle von baldiger Heimkehr redeten. – Ach, wir wußten nicht, daß die Reise nun erst richtig anzufangen begann!

An einem warmen Frühjahrsmorgen lagen wir östlich von den Hawai-Inseln. Es war ein vollständig windstiller Tag. Die Segel hingen schlaff von den Rahen und schlugen zuweilen mit donnerndem Getöse gegen die Masten, wenn das Schiff in der Dünung rollte. Die See war glatt wie Glas und schwer wie Öl. Glucksend ging das Wasser an der Schiffsseite. Es war alles so leblos und unwirklich wie ein gemaltes Schiff auf einem gemalten Meere. Ich stand am Ruder und träumte vor mich hin, wie ich das schon so unendlich oft getan hatte in den anderthalb Jahren dieser langen, langen Reise. Vorn auf der Back arbeiteten die Matrosen am Gangspill und sangen ein Shanty, zu dem Jumbo, der in solchen Dingen ein Meister war, den Ton angab. Kräftig kam der Gesang über das stille Wasser.

»Shenandoah, I love your daughter.
Away, my rolling river!
Oh, Shenandoah, I long to hear you.
Ah! ah! We're bound away
Cross the wide Missouri!«

Ich konnte nicht umhin zu denken, wie weit wir doch jetzt von solchen Plätzen entfernt waren, und ob es denn noch einmal möglich werden würde, dorthin zurückzukehren, nach Missouri oder sonst wohin, wo auch noch andere Menschen wohnten, oder ob dieses Seezigeunerleben nun immer so weitergehen sollte in alle Ewigkeit. Sie redeten ja jetzt alle von der Heimkehr, und wenn erst einmal eine richtige Brise aufspringen wollte, so würden wir jetzt sicherlich die Rahen vierkant brassen, und dann – ja dann – –

Und wie ich noch bei diesen Gedanken war, da begann im Südwesten ein Luftzug aufzukommen, der mit dunklen »Katzenpfoten« über die glatte Wasserfläche lief. Bald begann er stärker aufzufrischen. Royal und Bramsegel begannen sich zu füllen. Der Kapitän kam an Deck und schnüffelte nach allen Windrichtungen.

»Voll und bei!« rief er mir zu.

»Voll und bei, Sir!«

Langsam drehte das Schiff sich nach dem Winde.

»Was liegt an?« rief der Kapitän.

»Nordost zu Ost, halb Ost, Sir.«

»Recht so!«

Der leise Luftzug wurde bald zu einer kräftigen Brise. Die Segel standen voll. Das Schiff legte sich über unter ihrem Druck. Wieder ging es vorwärts, irgendwohin. Aber wohin?

Nordost zu Ost, halb Ost?

Eben hatte ich acht Glas geschlagen. Der Kapitän schaute noch einmal auf den Kompaß, ehe er nach unten ging.

»Recht so«, sagte er wieder, »halte gut voll und bei, und wenn sie abfällt, so halte Kurs. Nordost zu Ost, halb Ost.« Er mußte bemerkt haben, wie ich ihn zweifelnd anschaute, denn plötzlich ließ er sich dazu herbei, mich mit Worten anzusprechen, obwohl er es sonst für unter seiner Würde hielt, mit »Vormasthänden« anders zu sprechen, als durch saure Mienen, ungeduldige Gebärden und handfeste Redensarten.

»Das nimmt dich wunder? Du wirst dich noch mehr wundern, mein Junge, ehe wir fertig sind. Die Reise ist noch jung, verflucht jung! Es geht nach der Beringstraße.«

Einen Augenblick stand ich wie versteinert ob solcher Offenbarung. Unwillkürlich kamen mir die Worte des Kochs in den Sinn, die er allemal im Mund zu führen pflegte, wenn einer dort unten im Süden einen Albatros fing. Sollte am Ende doch etwas Wahres daran gewesen sein? Es war lächerlich, daran zu glauben, aber ob ich wollte oder nicht, immer wieder gingen mir die Verse durch den Kopf:

»Was hat heute dieser Schwerenot
Landlümmel nur gemacht?
Er schlug, bei Gott, den Vogel tot,
Der Glück und Wind gebracht!
All unser Glück wiegt nicht ein Lot,
Seit schmählich über Nacht
Der Lümmel schlug den Vogel tot,
Der Glück und Wind gebracht!«

Alaska-Jim

Die Brise, die uns bei den Hawaii-Inseln zu Hilfe gekommen war, verstärkte sich von Stunde zu Stunde. Bald kam sie aus Nordosten mit der Stärke eines halben Sturmes. Die »Bonanza« lag über wie eine Jacht, mit der Leereling beinahe unter Wasser. Scharfe Spritzer flogen polternd und rasselnd über das Verdeck. Es war wieder einmal ein richtiges Passatwetter, obwohl wir schon wieder aus den Passatregionen hinaus im Norden des Wendekreises waren. Der Himmel war tiefblau mit wolligen Windwolken, die darüber segelten. Fliegende Fische schwirrten über das dunkelblaue, von weißen Schaumflocken lustig durchsetzte Wasser, und überall in der Luft sah man die geschäftigen Bubies und die flinken Fregattenvögel. Noch nie auf der ganzen Reise hatte ich so viel Phosphor im Wasser gesehen. Nicht nur das Kielwasser des Schiffes, sondern das ganze Meer weithin funkelte und glühte nächtlicherweile in dem weißen Lichte. Wo immer das Wasser im Lee durch die Speigatts drang und sich auf dem Verdeck verlor, da war es, als ob einer von irgendwoher eine Handvoll Diamanten ausgestreut hätte. Während der ganzen Nacht konnte ich nicht schlafen, selbst in der Freiwache nicht, und das wollte schon etwas heißen. Mit gierigen Augen sog ich den faszinierenden Anblick ein, und ich dachte mir, welch wunderbares Handwerk doch das des Matrosen wäre, wenn man immer solches Wetter hätte. Aber dieses ist wohl auch der beste Bundesgenosse aller harten Kapitäne und aller hungrigen Schiffe. Wie mancher schon hat in kalten Nächten bei hungrigem Magen der Seefahrt abgeschworen und ist dann trotz allem und allem wieder in das Garn gegangen, wenn in schwachen Stunden das Brausen des Windes seine Ohren betörte und das Phosphorleuchten in seine Augen kam! Ich will indes auch diese Geschichte kurz machen mit einem weiteren großen Sprung, der uns direkt ins Beringmeer führt.

Eines Tages wurde vom Ausguck das Eis gesichtet. Weit in der Ferne lag sein Widerschein als ein blendend weißer Streifen unter dem düsteren Horizont, über der fast tintenschwarz schimmernden Wasserfläche. Ehe man recht wußte, wie es geschehen, waren wir schon mitten drin. Wer nie in seinem Leben auf einem vorwärtsdrängenden Schiffe durch ein Feld von Treibeis gefahren ist, der kann sich nur schlecht eine Vorstellung machen von dem eigenartigen Zauber dieses Bildes. Die See ist dort immer spiegelglatt, da das Gewicht des Eises keinen Seegang aufkommen läßt. Ist das Wetter schön und der Himmel blau, so betrachtet er sich in dem Wasser wie in einem Spiegel, und die Eisschollen auf dem Wasser sehen aus wie weiße, fliegende Schäfchenwolken. Unter der Wasserfläche leuchten sie in einem hellen Smaragdgrün, und alles in allem ist es ein buntes, lebendiges Bild, das wohl gemalt zu werden verdiente. Das Treibeis, das man beim Eintritt in die nördlichen Meere zuerst antrifft, liegt immer in vereinzelten Feldern, durch die sich das Schiff mit Knirschen und Krachen mühelos einen Weg bahnen kann. Dazwischen liegen wieder weite, völlig eisfreie Meeresflächen. Je weiter man vorwärts kommt, je dichter werden die Eismassen und je seltener die eisfreien Zwischenräume. Ehe man sich's versieht, kommt das Eis von allen Richtungen hereingetrieben, und schon ist man eingeschlossen von den dicken Massen des Packeises, die weithin nicht einen Tropfen offenen Wassers übriglassen.

Es hatte den Anschein, als ob in diesem Jahre das Eis besonders weit nach Süden vorgedrungen war. Schon in der Mitte des Beringmeeres waren wir hart und fest eingeschlossen als Gefangene des Eises. Soweit man blickte, war nichts zu sehen als Eis und immer wieder Eis nach allen Himmelsrichtungen. Ein frostiger Hauch war in der Luft. Am Himmel irrlichterten die Nordlichter, die ich nun zum ersten, aber wahrlich nicht zum letzten Male zu bewundern Gelegenheit hatte. Aus der Ferne kam das Bellen der Seehunde und das heisere Schreien der Lummen. Wir waren nicht die einzigen, die hier im Eise lagen. Da und dort sah man die schlanke Takelage einer Bark zwischen den Eisfeldern. Es schien, als ob die ganze Flotte hier festgehalten werde. Es waren Schiffe aus San Franzisko, von dem Typ der »Bonanza«, aber alle mit einer Hilfsmaschine ausgerüstet für den Kampf mit dem Eis. Es war offenbar, daß wir hier in eine Gesellschaft geraten waren, in die wir nicht recht paßten. Kaum waren wir angekommen, als die Leute der anderen Schiffe über das Eis herüberkamen, um uns zu »gammen«. Neugierig schauten sie sich um, schüttelten mißbilligend die sachverständigen Köpfe und meinten, wir würden in dieser Gegend nicht länger andauern als ein Schneeball in der Hölle. Das Beste, was wir tun könnten, wäre, so schnell wie möglich wieder umzukehren zu den Kanaken und den Kokosnüssen, wo wir hingehörten.

Die Bootssteurer versammelten sich mit ihren Kameraden in der Kombüse, wo Doc ihnen einen steifen Grog braute. Während nun das kochende Wasser ein lustiges Lied im Teekessel sang, spannen unsere Gäste lange Garne, denen ich begierig zuhörte, denn was sie zu erzählen hatten, das waren Dinge aus einer anderen Welt, von deren Existenz ich bisher noch kaum zu träumen gewagt hatte.

»Wenn einer ein Seemann ist, so ist's MacKay«, sagte einer von den Gästen, ein dürrer Mann mit einer ungesunden Gesichtsfarbe und einer großen Zahnlücke, die er wohl einem Boxkampfe verdanken mochte, »abgesehen vom Whiskytrinken hat's ihm noch keiner gleichgetan in der ganzen Flotte.«

»Er war es gewesen«, verbesserte Luis Gonzalez. »Aber wo ist er heute? Tot und unter der Luke. Ein Futter für die Fische, wie die anderen. In fünf Jahren hat man nichts mehr von ihm gehört. Das hat er nun von seiner Insel.«

»Warum nicht gar!« brauste der andere auf. »Zehn Jahre lang komme ich nun schon hier herauf, und da war kein Sommer, in dem ich dieses Lied nicht hörte. Aber es sind die Totgesagten, die am längsten leben. Sie sind ein gutes Paar, MacKay und das alte ›Walroß‹. Und ich wette meinen Zahltag gegen ein Pfund Tabak, daß er auch diesmal wieder sein Kabel koggt, wenn eben David Jones ihn schon zu entern suchte. Und wenn nicht – nun ja, da ist auch noch Alaska-Jim.«

»Alaska-Jim!« unterbrach ihn Luis. »Ist der diesmal auch dabei?«

»Nein«, fuhr der andere fort. »Er hat die Seefahrt aufgegeben und sich bei Point Barrow niedergelassen mit seiner Eskimofamilie. Keinen tapfereren Mann als Alaska-Jim hat es je gegeben auf dieser Seite des Polarkreises. Der würde den Teufel mit Sand und Steinen schrubben, wenn man ihn gut genug dafür bezahlte. Aber er liebt auch gern seine drei Mahlzeiten je Tag und ein warmes Bett, ohne Nachtwachen, und so mußte sich MacKay nach einem anderen Steuermann umsehen für die letzte Reise. Jim ist nun gut aufgehoben bei seiner alten Eskimodame, und wenn eines Tages MacKay, auf

den ich eben meinen Zahltag gegen ein Pfund Tabak gesetzt habe, wenn der einmal wirklich nicht mehr zurückkommt, dann ist Jim immer noch da mit seiner Seekiste.«

»Wird groß was drin sein!« unterbrach ihn einer der Zuhörer.

»Was drin?« fuhr der andere leidenschaftlich fort. »Bei Gott, es ist alles drin, wie in einer Nußschale. MacKays Tagebücher und Abrechnungen, die er ihm gestohlen hatte, als er mit ihm die erste Reise auf dem ›Krampus‹ machte, die Karte mit dem Fluß, der die Goldnuggets führte, und mit der genauen Lage der Insel, die niemand sonst weiß, Kapitän Tilden ebensowenig wie ein anderer.«

»Tilden?« rief einer der Zuhörer, »er gäbe eines von seinen Augen, wenn er mit dem anderen die Insel sehen könnte.«

»Wer redet von den Augen?« fuhr der Gelbgesichtige fort, »'s ist nur eine reine Geldfrage. Jim wird sich als Lotse hergeben für den, der ihm am meisten bietet, und da kann er schon etwas verlangen, denn die Karte allein ist so gut wie hunderttausend Dollars.«

»Wie eine Million!« rief Luis Gonzalez.

»Wie zehn Millionen!« antworteten mehrere Stimmen.

»Zehn Millionen Dollars«, wiederholten sie alle andächtig, und es war, als ob die Ehrfurcht vor dieser großen Summe sich jedem auf die Zunge gelegt hätte. Eine Weile hörte man noch das kochende Grogwasser, das mit dem Deckel des Teekessels klapperte, man hörte das Wasser, das gegen die Schiffsseite wusch. Dann gingen sie alle still auseinander.

Wenige Wochen später hatte ich Gelegenheit, diese formidable Persönlichkeit – Alaska-Jim – von Angesicht kennenzulernen. Es war in diesem Sommer eine besonders günstige Saison. Seit vielen Jahren hatte man nicht mehr so wenig Eis gesehen. Ungehindert kamen wir durch die Beringstraße und hatten auch bald Point Barrow, das gefürchtete amerikanische Nordkap, umschifft. Nun lagen wir einige Tagereisen östlich davon an dem dem Lande vorgelagerten Eise vertaut. Seit langem hatten wir wieder einmal schönes Wetter. Der Wind war völlig eingeschlafen. Die Sonne schien hell in der klaren Luft. Gegen Norden lag das offene, fast eislose Meer mit seinen hüpfenden Wellen, auf denen der Sonnenschein glitzerte. Überall am Horizont stand der dunkelblaue Widerschein des offenen Wassers am wolkenlosen Himmel, und eigentlich war es ein so schöner Tag, wie ihn nur das Eismeer kennt. Eben schlug es acht Glas. Die Mitternachtsonne stand tief und übernatürlich groß und rot über dem nächtlichen Horizont. So fasziniert war ich von der weißen, verträumten Schönheit dieses nächtlichen Tages, daß ich darüber das Schlafengehen vergaß. Stunden vergingen, und ich lag immer noch auf der Luke und schaute in die rote Sonne und auf die mächtigen Eisfelder, die sich grün spiegelten in dem fast tintenschwarz schimmernden Wasser. Auf dem Achterdeck erging sich der Kapitän mit hoher Fahrt und murrte vor sich hin, wie das seine Art war, wenn etwas seine schwarze Seele bedrückte. Von Zeit zu Zeit blieb er stehen und musterte mit dem Fernglas das Festland, das sich hinter einem Labyrinth von zerrissenen Eisfeldern und Wasserrinnen ganz flach und für das unbewaffnete Auge kaum sichtbar gegen Süden ausbreitete.

»Fier weg das Steuerbordboot!« hallte seine Bärenstimme über das Verdeck. Im Augenblick waren Tausik und Uniaktuk, die beiden in der Beringstraße an Bord gekommenen Eskimos, zur Stelle. Das Boot wurde zu Wasser gelassen. Eben wollten sie vom Schiffe abstoßen, als der Kapitän sich eines anderen besann.

»Was hast du um diese Zeit hier an Deck verloren, Johnny?« rief er mir zu. »Hast wohl nicht genug zu tun? Ich werde schon Arbeit für dich finden. Kannst mal mitpullen hier im Boot.«

Das ließ ich mir nicht zweimal sagen. Mit einem Satz war ich unten, packte einen Riemen und pullte aus Leibeskräften, aus Angst, er könnte sich im nächsten Augenblick doch noch eines anderen besinnen. Der Alte ergriff den großen Steuerriemen und hielt gerade auf Land zu. Immer kleiner wurde das Schiff in der Ferne. Je kleiner es wurde, desto besser gefiel es mir. Es war lange her, seit ich die »Bonanza« von außen betrachten konnte, und es gab doch wirklich auf dieser Erde keinen Anblick, den ich mehr genossen hätte als diesen. Mir war zumute wie einem, der nach langer Gefangenschaft sein Gefängnis in der Ferne verschwinden sieht. Nur langsam kamen wir vorwärts in den vielgewundenen Rinnen. Keiner sprach ein Wort. Man hörte nur das Rücken der Ruder und das bellende Schreien der Seehunde, die mit schnurrbärtigen Köpfen und glotzenden Augen überall aus dem Wasser auftauchten. Endlich kamen wir in eine kleine Lagune, deren Ufer dicht mit Treibholz übersät waren. Knirschend lief das Boot auf den Sand.

Wir sprangen in das kalte Wasser und zogen das Boot vollends an Land. Es war, wie gesagt, schon lange her, daß ich richtigen Erdboden unter den Füßen gehabt hatte. Am liebsten wäre ich mit bockbeinigen Sprüngen davongelaufen, ganz wie einer von den Eskimohunden, wenn sie im Schnee losgelassen werden; am liebsten wäre ich hineingerannt auf Nimmerwiederkehr in das weite Land in all seiner trostlosen Wildheit und Menschenleere. Wunderbar still und friedlich war es ringsum. Die Spatzen zwitscherten zwischen den Steinen.

Eine Schar wilder Gänse zog hoch oben am Himmel hin mit lautem, trompetenartigen Geschnatter. Sonst hörte man nichts als das leise Murmeln des Meeres am Strande. Weit und breit war nichts Menschliches zu sehen; wohl aber deutete manches darauf hin, daß auch dieser weltverlassene Erdwinkel zuweilen nicht ganz unbewohnt sein konnte. Dicht am Strande lag ein umgestülptes Kanu aus Walroßhaut, und allenthalben sah man die Reste der Lagerfeuer mit verkohlten Holzscheiten und gebleichten Knochen, die von glorreichen Mahlzeiten erzählten. In einiger Entfernung stand ein breites, vielgeästetes Gerüst, an dem die von Wind und Sonne schwarz gedorrten Fische zum Trocknen aufgehängt waren. Richtig wie eine Reihe von Galgen sah es aus im unsicheren Lichte der tiefstehenden Sonne, in dem brütenden Schatten des mitternächtigen Tages.

Auf einem ziemlich gut ausgetretenen Pfade marschierten wir, immer entlang dem Strande und immer über das schöne, trockene Treibholz, das vom Meere herangespült worden war, geradeswegs auf eine weit in das Meer hinausragende Sandbank am Fuße eines steil abfallenden Vorlandes. Seit langem hatte ich nichts mehr so genossen wie diese Wanderung. Weithin verdämmerte der nächtliche Tag über den blendend weißen Eisfeldern über dem spiegelglatten Wasser, das bald dunkelblau, bald wieder schwarz wie Stahl aufblitzte in wechselndem Lichte. Millionenfach brachen sich die Strahlen im unsicheren Scheine der ewig währenden arktischen Dämmerung. Sie wiegten sich über dem Wasser, sie lagen wie Goldstaub über dem Horizont und malten die Ferne in feurigen Farben bis weit hinaus in die wilde Einsamkeit des unendlichen Meeres, wo die »Bonanza« als ein kleiner, schwarzer, verlorener Punkt zwischen den Eisschollen lag. Etwas weiter landeinwärts zog sich ein niedriger, jedoch ziemlich steil ansteigender Hügel hin, an dessen Hängen noch überall dicke, schmutziggraue Schneemassen lagen, von denen zahllose murmelnde, plaudernde Bäche herunterrieselten. Überall stand das Wasser in glitzernden Teichen, und in jedem Teiche puddelten sich die bunten Wildenten. Und überall in dem grünen Teppich von Moosen und Flechten wucherten die Blumen in verschwenderischer Üppigkeit. Ich bückte mich danach und pflückte sie ab und konnte es kaum glauben. So lange waren wir nun schon in dieser toten, starren Einöde, in tobenden Stürmen und eiskalten Nebeln, daß ich an alles andere glauben mochte, nur nicht an Blumen in diesen Zonen. Und doch war hier allenthalben der Moosteppich am Strande durchsetzt mit Veilchen, Vergißmeinnicht, Schlüsselblumen, so bunt, so lustig und leuchtend wie nur irgendwo bei uns zu Hause – ja, wo denn? – gab es denn noch irgendwo ein Zuhause für uns?

Wir mochten etwa eine Stunde unterwegs gewesen sein, als lautes Hundegebell die Nähe menschlicher Behausungen verriet. Wenige Minuten später standen wir mitten in dem Feldlager der Eskimos, das sich weithin über die ganze Sandbank ausbreitete. So plötzlich war der Szenenwechsel, daß ich einen Augenblick keinen richtigen Abstand gewinnen konnte zu der Tatsache. Eine Weile stand ich sprachlos vor dem phantastischen Bilde.

Der Eskimo – als echter Nomade – ist überall zu Hause. Wo immer er sich niederläßt, nie ist er verlegen um ein Dach über seinem Kopfe. Im Winter macht er es sich bequem im Schneehaus, wozu ihm die hartgefrorenen Schneebänke jederzeit das nötige Baumaterial liefern. Manchem mag solches Schneehaus als Nonplusultra der Ungemütlichkeit erscheinen; ein purer Aberglaube, der dringend der Richtig-stellung bedarf wie so manche andere irrige landläufige Ansicht über das Eismeer und seine Bewohner. Ich habe später noch manche Nacht in einem Schneehause zugebracht, und es ist mir in der Erinnerung an diese nichts anderes zurückgeblieben als ein Gefühl der wohligen Wärme und der molligen Behaglichkeit. In den wenigen Sommermonaten behilft sich der Eskimo in der Regel mit einem ziemlich kümmerlichen Vorwand von einem Zelt, das im wesentlichen aus einem kreisförmig in den Boden gesteckten und an der Spitze zusammengebundenen Gerippe aus Weidengerten besteht, über das dann eine Hülle aus Renntier- oder Seehundhäuten gebreitet wird, die more holy than righteous ist, wie man auf englisch sagt. Solche Behausung nennt man ein Iglu. Die Eskimos sind im allgemeinen keine geselligen Naturen. Sind die Zeiten gut, ist die Jagd ergiebig, so zerstreuen sie sich weithin im Lande, und jeder errichtet sein Iglu dort, wo es ihm eben behagt. Geht jedoch der Hunger um – und das ist nur allzu häufig der Fall –, so fliegen sie zusammen wie die Motten nach dem Lichte. Iglu steht dann neben Iglu, der blaue Rauch kommt aus hundert Lagerfeuern, das Heulen der Hunde steigt als vielstimmiges Konzert zum frostigen Himmel der schweigenden Wildnis. Kommt man auf solchen Lagerplatz so stolpert man zunächst über Haufen von weggeworfenen Knochen, über Renntiergerippe, die wie poliert aussehen in ihrer abgenagten Reinlichkeit. Überall herrscht geniale Unordnung. Schlitten, Boote, Kochgeschirre, Pelzkleider und sonstige Landesprodukte liegen, kleine Kinder krabbeln umher. Da und dort watschelt eine alte Frau vorüber mit einem kleinen Baby in der mit Wolfs- oder Hundefell verbrämten Kapuze ihrer Pelzjacke, da und dort flitzt durch das Wasser ein flinker Kajak, in dem sich die kupferbraunen, halbwüchsigen Burschen amüsieren. Vor allem aber grüßt einen die Meute der Hunde. Ein Eskimohund kann nicht bellen, desto besser versteht er sich aufs Heulen, Knurren und Fauchen. Schaurig steigt das Klagelied zum Himmel. Im Nu ist man umringt von einer keifenden, zähnefletschenden Meute. Die Mordlust leuchtet mit flackerndem Licht aus ihren wilden Augen. Keinen Pfennig mag man mehr um sein Leben geben. Da kommt der Herr mit der Peitsche. Alles zieht den Schwanz ein. Fort ist der Spuk, so schnell, wie er gekommen. Wir schreiten nach dem Iglu Pak, dem »Großen Haus«, das in der Mitte des Lagers steht. Und nun beginnt die große Visite.

Der Eskimo ist immer gastfrei. Solange einer etwas zu essen hat, haben es die anderen auch, und sei es der letzte Fisch und das letzte Stück Speck. Hier aber wurde im gegenwärtigen Augenblick aus dem Vollen gewirtschaftet. Der Sommer war gekommen und mit ihm die Enten, die Fische, die Seehunde. In der Luft und im Wasser war überall »Kaukau umalakta«. Ohne weitere Umstände setzten wir uns zu den anderen, die da im großen Kreise um das Feuer hockten, und ließen uns bedienen, als ob das so sein müßte. Im Topfe über dem Feuer kochte ein halbes Dutzend Enten, und der Haufen der weißen, wunderbar appetitlich aussehenden Fische neben dem Feuer wurde immer von neuem aufgefüllt. Weit weniger appetitlich war allerdings die etwas summarische Art der Zubereitung dieser Schätze. So wie er war, mit Schuppen, Eingeweiden und allem Zubehör, wurde der Fisch auf einen Stock gespießt und von der Flamme langsam braun und knusprig gebacken, ganz so, wie sie in der argentinischen Pampa ihren Asado braten. Stundenlang dauerte die Mahlzeit. Immer neue Haufen von Enten und Fischen servierten die Weiber auf mächtigen, roh geschnitzten Holzschalen, und noch immer war kein Ende unseres Eismeerhungers. Die Sonne, die inzwischen immer höher gestiegen war, schien warm und wohlig, und ihre hellen Strahlen spielten glitzernd über Eis und Wasser. Groß und rot brannte in der Mitte das mächtige Feuer, um das eng zusammengekauert die Weiber hockten und ihre langen Pfeifen mit den kurzen Köpfen rauchten, derweilen sie mit leerem Blick in die Weite starrten. Eine frische Brise war vom Meere aufgesprungen und wirbelte wie ein Schneegestöber die überall umherliegenden Enten- und Gänsefedern, nach denen die jungen Hunde mit komischer Täppischkeit sprangen. Es war also, wie gesagt, eine recht gemütliche Zusammenkunft, und sicher hätte sich das Idyll noch weit in den Tag hinein ausgedehnt, wenn nicht plötzlich um die Landzunge herum ein großes Kanu in Sicht gekommen wäre. Alles eilte hinunter zum Strande, wo eben die neuen Gäste das Boot an Land holten. Der Strand ist an jener Stelle außerordentlich flach, so daß es nicht leicht ist, ein Fahrzeug – und sei es nur ein flachbordiges Eskimoumiak – aufs Trockene zu bringen. Alle legten mit Hand an, und so war die Arbeit bald

getan. Nur der Mann am Steuer machte keine Miene zu helfen, sondern ließ sich im Gegenteil mit samt dem Boot auf das trockene Land ziehen. Er war ein großer, starker Kerl und eigentlich einer der dicksten Menschen, die ich je gesehen habe. Er war ganz à la Eskimo gekleidet, und mit seinem breiten, kupferbraunen Gesicht und den kleinen, zwischen Fettpolstern tief eingebetteten Augen hätte ich ihn für einen Eingeborenen gehalten, wenn nicht der Kapitän auf ihn zugegangen wäre und ihm freundlichst die Hand geschüttelt hätte.

» How do you do, Mister Jim?«

» Allright, allright«, antwortete dieser, »man kann nicht klagen!«

Der also angeredete Mister Jim schien sich in der Tat der allerbesten Gesundheit zu erfreuen. Sobald das Boot auf dem Trockenen war, setzte er an Land mit einem elastischen Sprung, den man seinen kurzen, dicken Beinen nimmermehr zutrauen mochte. Vor dem Kochtopf blieb er stehen und zog genüssig die Düfte ein, die daraus emporstiegen. »Hier geht's zu wie bei Vanderbilts im Waldorf Astoria!« meinte er schmunzelnd. »Enten, bei Gott! Ihr habt mein Leibgericht erraten! Ich hab' das gerochen an der anderen Seite von Point Barrow. Bratet nur Enten oder einen Schneehasen oder so eine richtige fette Gans, und Alaska-Jim wird herbeikommen.«

Nun erst schaute er vom Kochtopf auf und blickte sich um im Kreise der Eskimos, die den Blick nicht eben besonders freundlich erwiderten, wie mir schien. »Und da sind auch Ukuea«, fuhr er fort, »und Tuktuk und Uluuluk und alle die anderen hübsch beisammen wie eine einzige glückliche Familie sozusagen. Freut mich, euch alle wiederzusehen.« Von einem ging er zum andern und schüttelte allen die Hände und fand zwischendurch noch Zeit, mir väterlich wohlwollend auf die Schulter zu klopfen. »Fixer Junge, den Sie da mitgebracht haben«, meinte er wohlwollend, »so fix, wie man sie nur eben findet dort unten an der Wasserkant von New Bedford; ganz ein Ebenbild von mir selber, wie ich noch jung war. Das hab' ich auf den ersten Blick gesehen. – Wir beide, wir wollen zusammenhalten, Johnny, wie Pech und Schwefel.«

Die Stunden vergingen, und es war immer noch kein Ende der Beredsamkeit. Auch die Eskimos wurden zusehends animierter. Nur der Kapitän schaute wortlos vor sich hin und rauchte seine Pfeife wie einer, der mit seinen Gedanken woanders ist. Je länger das Palaver dauerte, je mehr begannen auch meine Gedanken zu wandern. Mir war, als ob ich Blei in den Augen hätte. Ich lehnte mich gegen einen umherstehenden Schlitten. Immer undeutlicher kam das Gewirr der Stimmen an mein Ohr, wie wenn es aus weiter Ferne und aus anderen Welten käme. Schon war ich eingeschlafen. – –

Mir war, als ob ich mich eben erst hingelegt hätte, als eine rauhe Stimme mich aus dem Schlafe weckte. Das breite, behäbig grinsende Gesicht eines Eskimos führte mich augenblicklich in die Wirklichkeit zurück. Ich sollte nach dem Kabelunazelt kommen.

Als ich mir den Schlaf aus den Augen gerieben hatte und mich umsah in der Gegend, bemerkte ich zu meinem Erstaunen, daß es schon wieder Nacht geworden war, denn die Sonne stand tief über dem nördlichen Horizont. Irgendwo am Strande hockten die Eskimos eng zusammengehuddelt und schlugen gleichmäßig Takt auf großen Seehundsfelltrommeln und sangen dazu ein nimmerendendes Lied, das eintönig über das stille Wasser kam. Im »Kabelunazelt« beschäftigten sie mich mit dem Sortieren von Patronen, und das war eine Arbeit, die mir sehr zusagte, denn es war warm und behaglich in dem Zelt.

Der Wind spielte mit dem Tuche. Sonnenschein drang durch die Ritzen und tanzte in flüssigen Ringeln auf dem Sandboden. In der Ecke kochte und brodelte ein Teetopf. Auf einem mächtigen Eisbärfell im Hintergrund saßen der Kapitän und Alaska-Jim und trieben Handelsgeschäfte. Es ging alles Zug um Zug, denn keiner schien allzu große Stücke zu halten auf die Vertrauenswürdigkeit des andern. Der stattliche Haufen Fuchsfelle, der anfangs neben Alaska-Jim lag, wurde immer kleiner und wanderte stückweise hinüber nach der Steuerbordseite, wo der Kapitän hockte. Dafür aber wurde der vor ihm liegende Haufen Silberdollars immer größer. Eines nach dem anderen begutachtete der Kapitän die Felle, befühlte sie mit den Händen, hielt sie ans Licht und warf mit nachlässiger Miene immer noch einen Dollar zu den anderen. Nachdem sie mit den weißen Polarfüchsen fertig waren, kamen sie zu den Mardern und Luchsen, den Kreuzfüchsen und den silbergrauen. Aus den Silberdollars wurden funkelnde Goldstücke, bei deren Anblick Jims Augen förmlich aus den Höhlen traten. Nachdem sie endlich fertig waren mit den Handelsgeschäften, setzten sie die Unterhaltung mit halblauter Stimme fort, wie Leute, die etwas besprechen, von dem das Ohr nicht hören darf, was der Mund zu sagen hat. Immer erregter wurde das Gespräch. Plötzlich unterbrach Alaska-Jim seine Rede und warf einen fragenden Seitenblick auf mich.

»Pah«, sagte der Kapitän, »kümmere dich nicht um ihn, der weiß ja noch nicht, daß er geboren ist!«

Dann redeten sie weiter und vergaßen schließlich alle Vorsicht!

»Nein«, sagte Alaska-Jim, »er ist tot! So tot wie meinetwegen der Eisbär, auf dem wir hier sitzen. Wie sollte es wohl anders sein? Fünf Jahre ist es her, seit er flugs gegangen ist, und er ist seit dem Tage nicht mehr gesichtet worden.«

»Und wo mag das Schiff geblieben sein?« meinte der Kapitän.

»Das ›Walroß‹? Auf seiner Insel natürlich! Wo denn sonst?«

»Und MacGregor?«

»MacGregor! Der war doch kein Mann neben Kapitän MacKay! Sie wissen ja, wie es war mit Kapitän MacKay. Immer war er ein Gentleman. Einen sanfteren Menschen gab es nicht in der ganzen Flotte. Aber hinter den Dollars war er her wie der Teufel hinter der armen Seele. Und wenn es sich um seine Insel handelte, so war er gar der Teufel selber. – MacGregor hätte das wissen sollen; wenigstens war er eine Hand, die alt genug war in dem Geschäfte, um es zu wissen. Und so passierte es ihm – ich sag's gerade, wie es ist, und mache kein Hehl draus. Er hängte sich an sein Kielwasser, um ihn auszuspionieren. Da machte Kapitän MacKay ein Gesicht, das sauer genug war, um den Teufel zu erschrecken, und wie MacGregor ihm eines Tages seinen Walfisch abzujagen suchte, da packte er die Harpune mit dem Bombengewehr und blies das Boot zum Teufel mitsamt dem Fisch.«

»Ja, das wird er wohl getan haben«, meinte der Kapitän, das war so einer von seinen Späßen!«

»So war's wohl mit MacKay«, fuhr Jim fort. »Er war ein spaßiger Mann, wenn er dazu aufgelegt war; aber es waren ungesunde Späße, und mancher fixe Junge hat sie nicht überlebt. Zehn Jahre lang bin ich unter ihm gefahren als Steuermann und kann das bezeugen, besser als irgendeiner auf dieser Seite des Polarkreises.«

Langsam und zögernd hatte er die Worte vor sich hingesprochen. Plötzlich aber sprang er auf und schaute wild vor sich hin mit funkelnden Augen, die ihn ganz verändert aussehen ließen.

»Hab' ich nun endlich lange genug gewartet?« fragte er mit einer Stimme, die von Leidenschaft zitterte. »Durch drei lange Sommer habe ich die Herrschaften hier empfangen und mit ihnen geschwatzt vom schönen Wetter, von den Preisen für die Fuchsfelle und was weiß ich. Mac-Gregor hat es so mit mir gemacht, und Cook und Kelly und all' die anderen. Und nachdem sie lange genug geschwatzt hatten, haben sie mich alle hier liegen lassen wie ein beigedrehtes Bumboot an der Kanalküste, weil keiner darunter war, der auch nur die Courage einer Küchenschabe hatte. Dabei ist jeder verlorene Tag so gut wie eine verlorene Kiste voll barem Gold. Und die Insel –«

»Ich gäb' meine rechte Hand, wenn ich wüßte –« rief der Kapitän, der ebenfalls aufgesprungen war, nachdem er anfänglich mit erzwungener Gleichgültigkeit zugehört hatte.

»Wer redet von abgehackten Händen?« fragte Jim, »'s ist nur eine Frage von Dollars. Ich habe die Kiste; ich habe die Karte. Reden wir von Geschäften.«

»Ich gäb' meine rechte Hand«, sagte der Kapitän noch einmal.

»'s ist nur eine Frage von Dollars«, meinte Jim, »und von ein bißchen Tinte und Papier, damit nachher die langen Advokatenzungen mich nicht noch einmal um meinen Anteil beschwatzen.«

Mißtrauisch schaute er sich im Zelte um, währenddessen es sich beide bequem machten zu einer langen Unterredung.

»Hab' ich doch draußen meine Pfeife liegen lassen in Unioktoks Zelt oder sonstwo! Spring, Johnny, sei ein guter Junge und komm nicht eher wieder, als bis du sie gefunden hast.«

Als ich nach einer Weile wieder zurückkam, natürlich ohne die nie verlorengegangene Pfeife, war das Gespräch schon wieder in friedliche Bahnen eingelenkt über gleichgültige Angelegenheiten. Die Fuchsfelle wurden in eine Kiste gepackt und alles fertiggemacht zur Rückkehr an Bord, nicht eben zu meiner Freude, denn es gab in dem Augenblick nichts, vor dem ich mich mehr fürchtete. Ich hatte eine unbestimmte Ahnung, daß es diesmal für lange Zeit, vielleicht für immer sein würde. Bald marschierten wir wieder auf dem engen Pfade, der zu dem Landungsplatze unseres Bootes führte.

Die ganze große Mahalla des Eskimos gab uns das Geleit und ebenso Alaska-Jim, der mit Sack und Pack aufbrach, offenbar in der Absicht, sein Iglu eine Weile an Bord der »Bonanza« aufzuschlagen. Seinen Seesack hatte er mir aufgeladen. Mit der schweren Last und meinen kleinen Beinen konnte ich kaum Schritt halten mit seinem Tempo. Nicht weit vom Ziel warf ich die Last hin, um einen Augenblick zu verschnaufen. Alaska-Jim setzte sich auf einen Stein und stopfte sich seine Pfeife. Wir befanden uns mitten im Eskimofriedhof. Überall standen die hohen Gerüste aus Treibholz, auf denen lang ausgestreckt die Toten lagen. Alle waren eingewickelt in halbvermoderte Renntierfelle, aus denen die Knochen herausragten. Ein eklig-süßlicher Verwesungsgeruch lag in der Luft, so recht ein Platz, wo man das Fürchten lernen konnte, zumal jetzt, wo die Sonne tief stand und dunkle Schatten am Hügel lagen. »Keine hübsche Gesellschaft«, sagte Alaska-Jim, während er in aller Seelenruhe seine Pfeife anzündete, »aber wer sagt dir, daß die Lebenden schöner sind? Da ist zum Beispiel der alte Muktuk, der auf dem Gerüst dort hinten über der Wasserrinne liegt. Keinen häßlicheren Menschen als ihn hat es gegeben zwischen hier und der Beringstraße. Aber gut war er wie ein 20-Dollar-Goldstück. Keiner ist jemals hungrig aus seinem Iglu gekommen, solange er selbst etwas zu essen hatte. Was hat er nun davon? Vor einem halben Jahre kommt ein Messinka von der sibirischen Küste und befördert ihn zu David Jonas mit dem Winchestergewehr. Nun liegt er da mit den anderen, und kein Wunder! Das konnte ich ihm vorher schon sagen, denn ich kenne die

Welt und die Menschen, vor allem die seefahrenden Menschen. Ich bin schon bei den Portugiesen und bei den Kanaken gewesen und einmal drunten in Tristan da Cunha. Ich habe Austern gefischt und Walfische gefangen, ich habe Whisky geschmuggelt und Seehunde gestohlen, ich habe Messer gehen und Menschen einander totschießen sehen, es gibt keinen Teufelstrick, bei dem ich nicht dabei gewesen wäre in meinen Tagen, aber noch nie – ich sag' dir's, wie's ist – noch niemals habe ich gesehen, daß etwas Gutes vom Guten gekommen wäre.«

Eine Weile schaute er vor sich hin und sog schweigend an seiner Pfeife. Dann fuhr er fort in seiner Rede, die er weniger für mich als für sich selbst und die umliegenden Toten hielt:

»Er ist ein Fuchs, Ben Tilden, es gibt keinen in der Flotte, der ein größerer wäre als er. Aber er ist nicht Fuchs genug für Alaska-Jim. Ich halte den Schatz in der Kiste, ich liege auf der Lauer wie ein Eisbär vor einem Seehundloch – aber wenn der Tag kommt, dann spute dich, Alaska-Jim, tue Heu in deine Stiefel! Schlag' zu, wen's trifft, und tue es gut. Die Toten erzählen keine Geschichten!«

Noch eine ganze Weile dauerte die Unterhaltung, die immer mehr in einen eintönigen Monolog des Mister Jim auslief. Draußen auf dem Meere war indes die Mitternachtsonne immer tiefer gesunken. Blutrot und übernatürlich groß stand sie am Himmel, der in allen Farben glühte. Es war, als ob der ganze Horizont im Norden über den Eisfeldern in hellen Flammen stünde. Weiter gegen den Zenit ging das Farbenspiel über in schimmerndes Gelb und Grün und tiefdunkles Blau, aus dem vereinzelte Sterne aufblitzten wie funkelnde Edelsteine. Es war eine Farbensymphonie, wie sie nur der hohe Norden kennt. Man hätte tausend Augen haben mögen, um das Bild zu genießen in dieser feierlichen Stille, wo nur die Farben lebendig waren.

Nur halb hörte ich auf das Gerede meines Begleiters, denn mir war unheimlich zumute und – ob ich wollte oder nicht – ich fing an, mich zu fürchten in dieser Umwelt der Toten, zumal jetzt, wo das Zwielicht immer tiefer sank und die hohen Gerüste endlos lange Schatten an den Hügelhang warfen. Fast auf jedem Gerüst saß eine gescheckte Schneeule mit großen, starren Augen und schrie heiser in die sinkende Nacht. Mehrmals machte ich Miene zum Aufbrechen, aber Alaska-Jim schien keine Eile zu haben.

»Nur keine Hast«, sagte er beschwichtigend, »das tut keinem gut und verdirbt die Gesundheit. Du wirst das auch noch herausfinden, wenn du erst einmal so viele Biskuits gegessen hast wie ich. Es ist eine feine Nacht, die man genießen muß, wenn man sich in so guter Gesellschaft befindet.«

Und so genoß er denn noch eine Weile das einseitige Plauderstündchen. Wohl eine Stunde lang schaute er wortlos den blauen Tabakringen nach, die er mit der Regelmäßigkeit einer Dampfmaschine in die Luft hinausblies. Dann saugte er noch eine Weile an der leeren Pfeife. Dann klopfte er sie aus auf einem Stein, steckte sie in die Hosentasche und schritt gemächlich weiter nach dem Strande.

Dort unten hatte sich die ganze Gesellschaft schon versammelt. Am Rande der Lagune brannten mehrere mächtige Feuer. Nicht weit von der Lagune, fest verankert in dem Grundeis, lag der kopflose Rumpf eines Walfisches, den sie inzwischen irgendwo im Meere aufgefunden und mit ihren Booten hierher geschleppt und festgemacht hatten. Offenbar war er der Überrest der Jagdbeute eines der Walfischfänger, die wegen des hohen Wertes der Barten zumeist nur den oberen Teil des Kopfes verarbeiten und sich nicht der Mühe des Auskochens der den Körper umhüllenden Speckschicht unterziehen. Um so glorreicher ist dann die Ausbeute der als Aasgeier ausziehenden Eskimopiraten.

Da lag nun die mächtige schwarze Masse wohlvertaut im Eise.

Kaukau umalakta!

Ein süßlicher Geruch von Fäulnis und Verwesung kam von dort herüber. Die Möwen schwebten in weißen Wolken darüber und vollführten ein Geschrei, daß man sein eigenes Wort nicht verstehen konnte. Sie zankten und balgten sich um die Beute und schlangen die Fleischstücke hinunter; bis sie einfach nicht mehr konnten und schwer wie Bleiklötze ins Wasser fielen, aus purer Überfressenheit. Nicht anders erging es den Hunden. Schon von ferne hatten sie das Kommen der Beute beobachtet und es begrüßt mit lautem Geheul und gierigen Blicken der flackrigen Wolfsaugen. Nun gab es kein Halten mehr. Kaum war der Schatz festgemacht, so stürzten sie darüber her und rissen an den Speckstücken und würgten sie hinunter, bis sie vor Erschöpfung schweratmend auf dem Eise lagen und sich in Krämpfen wanden. Und nicht viel anders – das muß ich gestehen – benahmen sich auch die Herren der Schöpfung.

Vor jedem Iglu brannte ein Feuer, und über jedem Feuer brodelte es im Kochtopf. Die Weiber hockten enggehuddelt um die Feuer, und die Männer schnitten mit ihren Messern lange Streifen aus der schwarzen Haut, die sie mit größtem Appetit verzehrten, obwohl sie zehn Meter gegen den Wind stank, oder vielleicht gerade deshalb. Alaska-Jim, der in dieser Umwelt einen Platz einnahm wie der Sultan im Märchen, ließ sich gleich häuslich nieder und wurde bedient von den anderen, als ob das so sein müßte. So war alles wieder einmal in festlicher Stimmung, und es war kein Ende des Schmausens. Nur der Kapitän saß mürrisch auf dem Bootsrand und starrte hinaus auf das Meer, wo eben der wieder auffrischende Wind das Eis von der Küste abtrieb. Ostwind bedeutet offenes Wasser in jenen Zonen des Eismeeres. Dieses wieder schmeckt nach Walfischen, und es ist darum die höchste aller Teufelsqualen für den Kapitän eines Walfischfängers, wenn er solche Gelegenheit verpassen soll im dolce far niente bei einem Eskimo-Hula-Hula am Strande. Indes: Die sauren Mienen des Kapitäns standen hier nicht annähernd so hoch im Kurs wie drüben an Bord der »Bonanza«, wo jede von ihnen ein Befehl war und ein Omen für alle Mann an Bord.

Der Wind frischte immer mehr auf, und als wir endlich das Boot zur Rückreise fertig machten, war er zu einem kleinen Sturme angewachsen. Die See war schwarz wie Tinte. Draußen auf dem offenen Meere tanzten unzählige Schaumflocken, und überall stießen knirschend und mahlend die Eisschollen aufeinander.

Der letzte, der an Bord kam, war Alaska-Jim. Mit ihm kam auch der Seesack, den ich selbst so getreulich vom anderen Lager bis hierher geschleppt hatte, und vor allem auch die Seekiste. Diese betrachtete ich mit besonderem Interesse. Sie sah nicht eben aus wie ein Behälter, in dem man Schätze aufzubewahren pflegt. Es war eine ganz ordinäre Seekiste wie unzählige andere, die jahraus, jahrein in den Mannschaftsräumen über alle Meere fahren. Die stark ab-

gestoßenen Ecken legten Zeugnis davon ab, wie oft sie schon bei hoher See von Bordwand zu Bordwand geschliddert sein mochte. Auf dem Deckel war mit einem glühenden Eisen ein I. S.eingebrannt. Mitten auf dem Deckel stand die etwas ungeschickte Zeichnung einer Bark unter vollen Segeln.

Nach langen Mühen waren wir endlich langseits des Schiffes, wo der inzwischen immer stärker angeschwollene Seegang unser Boot mit mächtigen Stößen gegen die Bordwand warf. Mit einem heruntergelassenen Tauende heißten sie die Kiste an Deck. »Vorsicht mit der Kiste«, rief Alaska-Jim, »wer mir das Ding fallen läßt, kann mal leicht nachspringen ins Wasser!« Wie drunten an Land, so mußte ich auch jetzt wieder den großen Seesack achteraus nach der Kajüte schleppen, denn wenn es etwas gab, was Alaska-Jim haßte, so war es harte Arbeit. In der Kajüte des verstorbenen Mister Mulligan – sie war nicht größer als die Speisekammer neben meiner Mutter Küche und bot gerade noch Raum genug für ein Bullauge und zwei übereinander angebrachte Kojen – machte sich Alaska-Jim sogleich an das Auspacken seiner Habseligkeiten, die alle nach Tee und Tabak rochen. Zuerst kam ein neuer Anzug aus schwerem blauen Tuch zum Vorschein. Den warf er achtlos in eine Ecke. Dann erschien eine Blechmug und ebensolcher Teller. Dann allerlei blauleinenes, mit Teer und Farbflecken beschmiertes Arbeitszeug, ein Paar Gummistiefel, die dem Riesen Goliath selbst bis zu den Hüften gegangen wären, dann ein Südwester, Ölzeug, eine Marlinspike, ein ein Meter langes Stück Sunlightseife, ein halbes Dutzend Walroßzähne mit Eskimotätowierungen, mehrere Pfund Plattentabak und von dem schwarzen, geringelten, den sie in Hamburg »swarten Krusen« nennen. Schon lagen die Schätze hoch aufgeschichtet in der Koje, und immer noch kamen neue zum Vorschein, denn es gibt auf dieser Erde nichts, das unergründlicher wäre als ein Seesack. So wie er den Plunder aus dem Sack zog, so ließ er ihn auch liegen und machte nicht einmal den Versuch, die Behausung etwas wohnlicher einzurichten.

Zufällig fiel sein Blick auf die Oberkoje, wo Mister Mulligan, der in seinen jungen Jahren ein großer Schürzenjäger gewesen sein mochte, die Wand mit einer Galerie junger Mädchen verziert hatte, alle mit blauen Augen und roten Backen, strotzend von Gesundheit, alle parfümiert, nach Rosen und Veilchen duftend, mit eingedruckten Vergißmeinnichten und zierlichen Sprüchen, die von Liebe, vom Sterben und von unvergänglicher Treue erzählten. Und alle rings gruppiert wie ein Fächer um die in großem Format hergestellte Photographie eines Mädchens von ausgesprochenem jüdischen Typus. Oft schon hatte ich das Bild betrachtet, denn es war – abgesehen von Kanaken- und Eskimoweibern – das einzige Weibliche, das. man an Bord der »Bonanza« zu sehen bekommen hatte in all den langen Monaten. Je mehr ich es betrachtete, desto mehr hatte ich ihm Interesse abgewonnen, und ich war geneigt, zu ihren Gunsten anzunehmen, daß der Photograph der jungen Dame nicht eben geschmeichelt hatte bei Abnahme des Bildes. Alaska-Jim aber belehrte mich eines anderen.

»Jenny!« rief er. »Jenny, wie sie immer war, mit den kleinen Chinesenfüßen und dem großen Hut, der ausschaute wie ein Yankeeklipper vor dem Winde. So habe ich sie zuletzt gesehen in MacFarlans Bar in San Franzisko.« Immer aufmerksamer betrachtete er das Bild und immer wohlgefälliger. »Jenny! Gutes, altes Mädchen! – Sie war nicht eben hübsch, sagst du, und da magst du wohl recht haben, aber darauf kommt es nicht an bei dieser Sorte. Abgesehen von der großen Gallionsfigur im Gesicht wäre sie schon die richtige Partie gewesen für einen seefahrenden Mann.

Ah, sie waren große Freunde, John Mulligan und Jenny! Sie hat sich an ihn gehängt wie ein Hai an manches gute Schiff. Sie hat seinen Schoner der chilenischen Polizei in die Hände gespielt, gerade als das Geld Hand über Hand hereinkam, dort unten bei Kap Hoorn beim Seehundstehlen. Sie ist weich, geworden, wie sie in San Franzisko vor Richter Baily standen wegen Opiumschmuggels: sie ist es, die den Angeber gespielt hat, wie er am Strand von Roratonga den »Morning Star« aufs Land setzte. – Ah, gebe sich einer ab mit den Frauenzimmern!

Ein Millionär könnte er heute sein und Kapitän auf seinem eigenen Schiff, wenn's nicht für diesen schwarzen Teufel gewesen wäre. – Und wo ist er heute? Futter für die Haifische in den Solandergründen. – Und Jenny ist heute auch schon unter der Luke in David Jonas' Spind. Sie starb an Typhus in Rio de Janeiro, und das ist das Beste, was sie sich und anderen angetan hat in ihrem ganzen Leben.«

Eine Weile saß er regungslos auf der Kiste und saugte an seiner Tabakpfeife, genau so, wie er es drüben auf dem Eskimofriedhof getan hatte.

»Und Kapitän Tilden ist auch nicht so ohne«, fuhr er nachdenklich fort, »so zäh wie eine Walroßhaut und zweimal so häßlich. Abgesehen von MacKay gibt es keine härtere Nuß als ihn in der ganzen Flotte. Man sieht's ihm nicht so an. Er hat eine sanfte Art zu sprechen, er gebraucht keine bösen Worte, wenigstens nicht soviel wie das, was man sonst gewohnt ist von seefahrenden Menschen an Bord der Walfischfänger, zumal von den Kapitänen. Stundenlang kannst du ihn über den Büchern sitzen sehen. Er hat etwas von einem Gelehrten an sich. Mathematik, Navigation, Lateinisch, eimervoll. Nein, das ist nicht natürlich, sage ich, das schickt sich nicht für einen christlichen Seemann! Wenn ich es mit der Religion zu tun bekomme, so gehe ich in die Sonntagsschule, wenn's mir ums Studieren ist, so setze ich mich in eine Bibliothek, an Bord aber tue ich, wie die Seeleute tun. So muß jeder sagen, der etwas versteht von Schiffen und von Seeleuten. Bei Kapitän Tilden aber kannst du niemals wissen, was er ist. Aber er hat so eine Art, die Menschen anzusehen, die einem auf die Nerven geht. Ich bin sonst nicht eben das, was man so einen nervösen Landlümmel nennt, aber wenn Ben Tilden mich anschaut, dann werde ich es. Das ist die Art, wie er John Andersen anschaute, ehe er ihn niederschoß wie einen tollen Hund, weil er ihm den Walfisch verlor an der afrikanischen Küste, das ist die Art, wie er mit Tom Parkers umsprang an Bord des ›Narwal‹, wo alle Mann krank waren an Beriberi und er ihn zurückließ, zu sterben wie ein Hund auf den Poumotosinseln. ›Dürfte ich Sie bitten, Mister O'Connor, einen Augenblick mit mir nach der Kajüte zu kommen?‹ sagte er eines Tages zu seinem Ersten Offizier, genau so freundlich und höflich sagte er es, wie ich eben zu dir, und well – Mister O'Connor ist lebend nicht mehr aus der Kajüte gekommen.

Ja, er ist ein Teufel, aber er ist nicht Teufel genug für Alaska-Jim! Denn ich bin nicht so wie die anderen Jungens, die blind und täppisch in die Falle laufen, weil seefahrende Menschen nicht gern denken mögen. Ich habe einen Kopf, und das ist mehr, als die meisten haben. Ich segle hart zu Wind, ich gebe Ruder und drehe bei, wenn's nicht anders geht. Aber ich halte meinen Kurs, wenn's sein muß bis in David Jonas' Spind.«

Nur die Hälfte hatte ich verstanden von dem, was er mir da erzählte, aber auch schon daraus habe ich ersehen, daß hier eine Persönlichkeit an Bord gekommen war, die den Dingen eine andere Wendung geben sollte. Mir war das eben recht, denn alles war mir erwünscht als Abwechselung in dem ewigen Einerlei dieser Tretmühle.

Noch drei Wochen lang lagen wir vor der Küste. Der Wind, der sich zu einem richtigen Sturme ausgewachsen hatte, trieb uns im dicken Nebel eine Strecke weit außer Sicht des Landes. Erst drei Wochen später kamen wir wieder zu derselben Stelle zurück, und zwar ankerten wir diesmal in größter Nähe des Landes, kaum eine Steinwurfweite von der Lagune, denn das Küsteneis war inzwischen losgebrochen und ins offene Meer hinausgetrieben. Auch sonst hatte der Platz sich erheblich geändert seit unserer letzten Anwesenheit, wenn auch nicht zu seinem Vorteil. Die leuchtenden Farben, die damals im weichen Lichte der Mitternachtsonne über Land und Wasser lagen, waren alle verschwunden, und grau in grau malte sich die Landschaft unter dem trüben Himmel. Die Hügel, wo noch vor wenigen Wochen die Blumen blühten und das helle Wasser von den Schneefeldern rieselte, waren nun alle wieder tief verschneit, und es war, als ob der Himmel nicht genug tun konnte, um diese tote Welt immer noch tiefer in sein weißes Leinentuch zu hüllen. Unaufhörlich wirbelten die dicken Schneeflocken über Land und Wasser, als ob es eben schon Weihnachten wäre und nicht erst der Monat August, wo sie zu Hause anfangen, die Trauben zu pflücken.

Nein, nimmer werde ich jenen Tag vergessen, und wenn ich so alt werde wie Methusalem selber. Ich stand an Deck und schaute in das Schneegestöber, und dabei gingen meine Gedanken weithin nach Süden, zu warmen Zonen. Je länger ich in den wirbelnden Schnee hineinschaute, je nachdenklicher wurde mir zumute. Ich fing an, mir zu überlegen, was ich wohl einmal anfangen mochte, wenn auch diese lange, lange Reise einmal vorüber wäre. Auf einem der Yankeeschiffe an der kalifornischen Küste, wo sie viel Geld verdienen, wollte ich fahren. Ich wollte sparen wie ein Nigger. Einen Dollar wollte ich zum andern legen, bis es reichte zu einem kleinen Schoner für den Kopra- und Perlmutterhandel bei den Marshallinseln. Oder wie wäre es mit der Kängurujagd in Australien, dem Schildkrötenfangen auf den Galapagosinseln oder dem Diamantensuchen in Südwestafrika? – Oder sonst irgend etwas. Aber etwas Richtiges müßte es sein. Und ein bißchen phantastisch, abenteuerlich und ausgefallen. Noch eine Weile hing ich diesen Gedanken nach und kam immer tiefer in die Welt der Palmen und Kokosnüsse, als von drüben am Lande ein vielstimmiger Ruf ertönte. »Schiff ahoi!«

Eine Anzahl Boote stieß vom Lande ab, und ehe man recht wußte, wie es geschehen, hatten sich alle unsere braunen Freunde von damals an Bord versammelt. Mit Kind und Kegel kamen sie auf das Verdeck, wo sie sich häuslich niederließen und offenbar auch ganz zu Hause fühlten. Die Männer durchsuchten alle Winkel des Schiffes, wo nichts ihrer kindlich-naiven Neugier entging, die Weiber hockten auf ausgebreiteten Renntierfellen auf der Luke und rauchten ihre lange Pfeife, derweilen die kleinen Babies in der Kapuze ihrer schweren Renntierfellröcke mit den kleinen Händen gestikulierten. Es war ein recht seltsames Idyll, über dessen Anschauen ich alle Müdigkeit und alle Nachtruhe vergaß.

Wäre ich zehnmal so müde gewesen, hätte ich doch keinen Schlaf finden können über dem Anblick des phantastischen Lebens, das so unerwartet aus dem Meere heraufgestiegen war.

Und immer kamen noch weitere Gäste. Sie kamen mit Zelten, Schlitten, Hunden, Kochtöpfen und ihrem gesamten Hausrat. Unförmige Fellboote, die bei dem Herannahen im Wasser wie große Tausendfüßler aussahen, wurden an Deck geheißt und sorgfältig verstaut. Immer größer wurde die Herde der Hunde, die das Verdeck bevölkerten. Sie verkrochen sich unter den Spieren und Stangen, und immer von Zeit zu Zeit erfüllten sie die Luft mit schaurigem Geheul. Je mehr ich mir das alles betrachtete, je weniger mochte es mir gefallen, je unerklärlicher kam mir der Zauber vor. Das anfängliche Interesse verwandelte sich in Erstaunen und dann in Bestürzung.

Was sollte dieser Spuk?

Was wollten wir mit Eskimos und Schlittenhunden, wir, die wir in wenigen Monaten schon wieder unter der Tropensonne segelten? Oder vielleicht –?

Der Verdacht kam über mich wie der Dieb in der Nacht. Die Möglichkeit, die ich bisher in den entferntesten Träumen nicht in Betracht gezogen hatte, begann zu dämmern mit dem grauen Tage, und ehe die Nacht wiedergekommen war, war sie zur traurigen Gewißheit geworden.

Die Mehrzahl der Gäste ging freilich bald wieder an Land, ein halbes Dutzend aber – darunter die Hälfte Weiber – blieb an Bord, zusammen mit den Hunden und Schlitten. Sie halfen uns in ihrer stürmischen Art bei der Arbeit am Gangspill. Bald hing der Anker tropfend an der Back. Die Segel begannen sich zu füllen im Winde. Mit brennender Ungeduld und halb noch mit einer verlorenen Hoffnung im Herzen stand ich am Ruder und wartete auf den Kurs, den man setzen würde, wenn wir erst vom Lande klar waren.

»Nord-Nord-Ost!« sagte der Steuermann.

So war der Kurs an diesem und noch an manchem folgenden Tage, wenn er auch nicht immer so auf dem Kompaß stand, denn in jenen weltverlassenen Meeren ist infolge der Nähe des magnetischen Nordpols kein Verlaß auf dieses Instrument.

Ja, immer werde ich an jene Reise denken wie einer, der im Erwachen an böse Träume denkt! Mit immer gleicher Stetigkeit heulte der Ostwind und jagte die scharfen Spritzer über das Verdeck. Das Schiff lag weit über unter dem Druck der Segel und rollte in der Dünung, die sich zuweilen zu grünen Bergen anstürmte und zischend und schäumend über die Bordwand brach. Und kaum irgendwo ein Stück Eis! Es war wie ein Wunder. Schon waren wir mehrere Tagereisen weit in gerader Richtung vom Lande weg nach Norden gefahren, mitten hinein in die berühmte und berüchtigte Beaufortsee, die auf dieser Höhe noch kein Schiffer vor uns befahren hatte, es sei denn vielleicht Kapitän MacKay mit dem alten »Walroß« auf seinen sagenhaften Reisen.

Der Sommer war vorbei, und Nachtschatten lagen wieder über dem Wasser. Seltsam fahl huschten sie über das Verdeck. Die Lampe in der Kajüte brannte rot in der sinkenden Nacht. Man hörte nur das immer gleiche Brausen des Windes und das Rauschen des Wassers vor dem Bug. Es war allenthalben so eine große, schöne, fast feierliche Ruhe, wie man sie nur in stillen Nächten auf hoher See erleben kann, wenn der Ausguckmann auf der Back auf und ab schreitet und ab und zu die Glocken der Glasen schlagen.

Lange saß ich an Deck und konnte keinen Schlaf finden über der Unruhe, die stärker als je über mich gekommen war. Ich schaute nach den vereinzelten Sternen, zwischen denen die Mastspitzen gleichmäßig hin und her pendelten, ich sah die Nordlichter unruhig flimmern über dem nördlichen Horizont, und ich dachte mir:

»Ach, Eismeer! – Wärst du zu Hause!«

Niemandsland

Soll ich von jener Reise nach dem Niemandsland erzählen? Sie kommt mir noch heute vor wie ein Traum, und es kommen Augenblicke, in denen ich mich frage, ob es wirklich alles so gewesen ist, wie ich es hier erzähle.

Nichts ist unberechenbarer als die Bewegungen des Eises im hohen Norden. Es kommt und geht und treibt über die unermeßliche Wasserfläche nach unerforschten Gesetzen. Viel ist darüber geredet und geschrieben worden. Ein jeder hat seine eigene Theorie auf diesem Gebiete, aber ein Rätsel ist alles geblieben, auch für die ältesten und erfahrensten Polarforscher, ja, für die am allermeisten. Heute fährt man frei und unbehindert durch blaues Wasser mit hüpfenden Wellen, überall über dem Horizont steht der dunkle Widerschein des offenen Wassers, und nirgendwo in der weiten Runde ist ein Stückchen Eis zu sehen oder auch nur ein heller »Eisblink« in der Ferne. Das Herz lacht einem vor Freude bei dem Anblick, und man meint, das müßte nun immer so weitergehen. Und kommt man einige Stunden später wieder an Deck, so sind sie auf einmal alle wieder da. Von allen Seiten kommen sie herangerückt wie die Gespenster aus dem grauen Nichts. Im Augenblick ist kein Tropfen offenen Wassers mehr zu sehen. So weit das Auge reicht, schweift es über die endlosen Eisfelder im fahlen Lichte unter dem grauen Himmel, und es ist, als ob sie ihre Beute nimmer preisgeben wollten aus der tödlichen Umklammerung.

Und immer von Zeit zu Zeit im Lauf der Jahre kommt eine sogenannte »offene Saison«, von der die kommenden Schiffergenerationen in Jahrzehnten noch reden wie von einem Wunder; ein Sommer, in dem unter dem Einfluß der Strömungen die Massen des Packeises noch weiter als sonst zurückweichen nach anderen Teilen des Meeres und man unbehindert weit vordringen kann in Regionen, wo in normalen Zeiten ein ununterbrochener Eiswall jeder Schiffahrt ein Ende macht.

Das Glück – oder sollte ich nicht besser doch sagen, das Unglück? – hatte uns mitten in solche »offene Saison« hineingeführt. Drei Tage Schiffahrt im offenen Meer ohne Eis ist in jenen Gewässern schon ein Erlebnis. Nun segelten wir schon beinahe acht Tage lang mit nördlichem Kurse, ohne etwas anderes anzutreffen als gelegentliche kleine Streifen Brucheis, quer zur Fahrtrichtung. Der Wind wurde immer stärker. In wilden Böen wehte er aus Südosten und jagte die »Bonanza« vor sich her mit einer Geschwindigkeit, die man ihr nimmer zugetraut hätte. Jedes Tau war gespannt wie eine Saite, alle Segel blähten sich zum Zerplatzen. Wild pfiff es in der Takelage. Die See ging hoch, und immer von Zeit zu Zeit vergrub sich der Bug in den Wellenbergen, die schäumend und sprudelnd sich auf dem Verdeck verliefen. Es war alles so wie im offenen Atlantik, wenn man durch die Westwindtrifft fährt, » running easting down«, wie die Seeleute sagen.

Auch die offenste Saison des Eismeeres ist jedoch nicht so zu verstehen, als ob man jederzeit nach jeder Richtung unbekümmert drauflosfahren könnte, ohne durch Eis behindert zu werden. Ab und zu wird man immer wieder festgehalten und treibt durch das Wasser nach den Launen Poseidons, wie immer es ihm gefällt. Nach achttägiger Fahrt fanden wir uns hart und fest eingeschlossen in einem unübersehbar großen Eisfelde. Es war ein richtiges dickes Packeis mit phantastischen Kuppen und Zacken, die unheimlich aussahen in dem matten Lichte des trüben Tages. Die Luft war kalt, und überall, wo offenes Wasser vorhanden war, da war es bedeckt mit einer dicken Haut von dünnem Eis. Es sah aus, als ob wir nie wieder aus diesem Eisgefängnisse herauskämen. Schlimm, wie unsere Lage war –

denn man konnte ja nicht wissen, wo die Strömung uns hintreiben würde und ob wir überhaupt wieder freikommen könnten vor Einbruch des Winters –, so fing ich doch wieder an, allerlei Hoffnungen zu schöpfen. Wer konnte wissen, ob das nicht doch eine im letzten Augenblick von einem gütigen Geschick gesandte Rettung war, die uns die Reise ins Unbekannte verbaute. Als ich aber am Morgen an Deck kam, hatte das Bild sich vollständig verändert. Wie durch ein Wunder hatte das Eis sich vollständig verlaufen. Die Sonne stieg hell und klar aus dem Meere heraus und spiegelte sich millionenfach in dem glitzernden Kleide von Rauhreif, der die ganze Takelage des Schiffes wie mit einem Zuckerguß überzog. Die Segel begannen sich zu füllen vor einer kräftigen Brise. Eben waren sie dabei, das Vormastsegel zu heißen. Das schwere Fall hatten sie um das Gangspill genommen, um das sie nun marschierten mit einem lustigen Liede:

»Oh, ein stolzes Schiff war die ›Belveder‹,
Alaska ließ sie in See,
Und kam durch die Straße von Unimak her,
Bestimmt nach der Beringsee,
Ho, he, nach der Beringsee!«

Und noch einmal, indem sie die Speichen kräftiger vor sich herstießen, wiederholten sie alle den Kehrreim mit dem langen Schnörkel:

»Ho, he, nach der Beringsee!«

Es war ein recht langes Lied mit vielen Strophen, die sich anscheinend beliebig vermehren ließen, je nach der Länge der Arbeit, und die von den erdenklichsten Abenteuern berichteten. Von schneller Fahrt und gutem Wind, von Walfischen, die die Boote zerschlugen, von Liebesabenteuern in Eskimo-Iglus, von Hunger und Skorbut und kurzen Rationen. Von zwei Steuerleuten, die einander umbrachten im Streit um die Fuchsfelle, von einem Negerkoch, der den Bootsmann vergiftete, von einer Bootsmannschaft, die im Eise verlorenging, von einem Kapitän, der am delirium tremens starb.

Und wie nun die schwere Rahe schon beinahe oben war, stimmten sie alle mit viel Gefühl den schönen Schlußvers an:

»Und Koch und Junge und Kapitän
Tut keinem ein Zahn mehr weh.

Sie segeln nicht mehr auf der ›Belveder‹,
Nicht mehr durch die Beringsee.«

Die alte Romantik findet nur da und dort noch eine Heimstätte in vereinzelten Walfischfängern und Kap-Hoorn-Seglern. Nur in den Büchern findet man heute noch den Typus des tollkühnen Seemanns, wie er die Regel gewesen sein mochte auf den alten Klipperschiffen oder gar unter den bezopften Matrosen, die unter Franz Drake und Jean Bart auf Beute ausgingen. Der Seemann von heute ist anders. Er fühlt sich nicht mehr als solcher, sondern einfach als Glied einer Masse, als Sklave der Maschine wie jeder andere Industriearbeiter an Land. Sie organisieren sich in – Transportarbeiterverbänden, und wo in früherem Zeiten Flibustier und Black Birders ihre Garne spannen, da reden sie heute nur von Streik und Aussperrung, vom Achtstundentag und von Überstunden.

Und mit dem alten Seemann ist auch neben so vielen anderen Gebräuchen und Sitten der tiefen See das Seemannslied, das »Shanty«, aus der Mode gekommen. Seeleute sind im allgemeinen keine musikverständigen Menschen. Das wäre auch zuviel verlangt. Aber im Shanty sind sie alle Meister. Für eine Landratte sind solche Lieder, die im Grunde genommen nichts weiter sind als ein in Reime gebrachter Rhythmus der Arbeit, nicht ohne weiteres verständlich, und man muß sich fragen, ob sie den richtigen Begriff davon bekämen, wenn sie wirklich den Sinn der Worte verständen. Es gehört dazu als Unterton die Stimme des Meeres und der immer gleiche Rhythmus der rollenden See. Ein nicht seebefahrener Mann macht sich keine Vorstellung von dem Chor der Stimmen, den ein Sturm an Bord eines Segelschiffes hervorruft. Im ganzen Körper des Schiffes ist ein gewaltiges Ächzen und Stöhnen.

Oben heult, singt und pfeift der Sturm durch das Tauwerk. In den Pardunen singt er wie eine Orgel; weiter oben heult er wie Telegraphendrähte mit greller, aufreizender Stimme oder mit einem süßen, melodischen Ton wie von Harfensaiten. Und lauter als das alles ertönt das Krachen der hereinbrechenden Sturzseen auf dem Großdeck, das Zischen des verlaufenden Wassers und das Hämmern der Taue gegen die Bordwand. In solchem Wetter tief unten beim Kap Hoorn muß man eine Schiffswache beobachten, wenn sie zu der Melodie » away for Rio«

am Gangspill auf der Back das Marssegel heißt. Keinen schöneren Vorwurf kann man sich denken für einen Marinemaler: das schwer arbeitende Schiff inmitten der schäumenden Gischt des aufgeregten Meeres, die großen grünen Seen und der wilde, stürmische Himmel im fahlen Lichte des fernen Südens und die arbeitende Mannschaft auf dem Deck.

Auf den ersten Blick mag es scheinen, als ob die Shanty-Verse wenig Sinn und Verstand hätten. In endloser Folge erzählen sie von den Abenteuern verschiedener legendärer Persönlichkeiten, die durch die Jahrzehnte, ja durch die Jahrhunderte die Phantasie des Seemanns beschäftigt haben. Da ist Ruben Renzo, der auf einem Walfischfänger musterte und dem es dort so erbärmlich schlecht ergangen war. Da ist John Brown, von dem wir erfahren, daß das Whiskytrinken seine stärkste Seite war, daß seine Frau eine Warze auf der Nase hatte, und unendlich viele andere Dinge. Da ist – bei Walfischfängern besonders beliebt – Neuseeland-Tom, der kriegerische Walfisch in den Solandergründen, der mit jedem Boot und jedem Schiff den Kampf aufzunehmen pflegte und dennoch nie zur Strecke gebracht wurde, obwohl sein Rücken mit Harpunen gespickt war und er im Laufe seines unheiligen Lebens schon zahllose Bootsmannschaften in David Jonas' Spind befördert hatte. Stellenweise haben solche Singsänge sogar einen politischen und geschichtlichen Ursprung, dessen Bedeutung aber heute kaum einem mehr bewußt ist. Kaum einer von denen, die heute das gute alte Shanty » Santa Ana was a good old man« singen, ist sich wohl der Tatsache bewußt, daß dieser selbe Santa Ana einstmals Präsident der Republik Mexiko war und einen Krieg gegen den revoltierenden Staat Texas führte. Es scheint, daß sehr viele dieser Shanties, die heute noch gesungen werden, ihren Ursprung auf den alten Yankee-Klippern der fünfziger Jahre gehabt haben, so vor allem das beliebte » Blow, boys, blow, for California«, das die neuentdeckten kalifornischen Goldlager besingt. Zahlreich sind auch die, die sich mit den Ereignissen des amerikanischen Bürgerkrieges beschäftigen, worunter das bekannteste ein Spottlied auf den damaligen Präsidenten der Südstaaten ist: » Hang Jeff Davis on a sourappletree.«

Auf deutschen Schiffen und bei deutschen Matrosen haben sich derartige Gesänge nie eingebürgert, denn obwohl der deutsche Seemann von heute, was Kühnheit und Seemannskunst anbelangt, erheblich über seinen alten Konkurrenten steht, hat er doch nicht wie diese die Tradition der See, die diese Lieder nur in jener Umwelt als echt erscheinen läßt. Nur das zulegt erwähnte Shanty mit seinem Kehrreim: »Glory, glory, hallelujah« findet sich wieder in dem deutschen Liede: »Hamburg ist ein schönes Städtchen.« Da es sich um eine schöne Marschmelodie handelt, ist sie schließlich auch in das Repertoire des deutschen Soldaten übergegangen.

Leute, die Shanties singen können, sind immer nützliche Persönlichkeiten an Bord, denn es gibt nichts, was eine schwere Marsrahe schneller in die Höhe schicken könnte als ein gutes Shanty.

An Bord der »Bonanza« war Schanghai-Bill der unbestrittene Meister auf diesem Gebiet. Das aber war auch wirklich der einzige Punkt, in dem er sich auszeichnete. Im übrigen aber war er in den anderthalb Jahren das geblieben, als was er sich schon am allerersten Tage gezeigt hatte: ein mürrischer, arbeitsscheuer Seeadvokat. In jedem Monat zu bestimmtem Tag und zu bestimmter Stunde erschien er auf dem Achterdeck, um dem Kapitän seinen Fall erneut in Erinnerung zu bringen. Der Vorfall pflegte sich dann blitzartig abzuspielen nach einem im Lauf der Zeit ausgearbeiteten Schema.

»Was willst du hier?« fragte der Kapitän.

Worauf Schanghai-Bill: »Ich bin krank, Sir, und ich muß Sie auffordern, mich im nächsten Hafen an Land zu setzen.«

Kapitän: »Scher' dich nach unten, du alter Seelenverkäufer! Du wirst noch viel kränker werden, ehe ich mit dir fertig bin.«

Worauf dann wieder Schanghai-Bill unter Protest mit den Worten fortging: »Sie werden sich vor Gericht verantworten müssen für das, was Sie hier gesagt haben. Ich hab' das alles aufnotiert in meinem Logbuch. – Ah, mein Hals ist steif bei dem Gedanken an den Galgen, an dem ihr alle hängen werdet!«

Dann war wieder Ruhe für einen ganzen Monat.

Doch ich muß nach diesen Abschweifungen wieder zu meiner Geschichte zurückkommen.

Schon bald nach dem Passieren des Eisfeldes gelangten wir mitten in eine »Schule« von Walfischen.

Es war ein schöner, sonniger Tag, und die Art und Weise, wie die buschigen Spaute aus dem blauen Wasser aufschossen, war genug, um jedes Walfischfängerherz vor Jagdlust erzittern zu machen. Der Dritte Steuermann, der eben die Wache hatte, ließ beidrehen in der steifen Brise.

»Blo–o–ow!« rief er aus dem Krähennest.

»Steht bei den Booten!« sang der Steuermann aus. Da kam der Kapitän an Deck und schaute sich um mit wilden Blicken wie ein gereizter Löwe. »Weg von den Booten!« brüllte er mit einer Stimme, die alle polternden Sturzseen übertönte. »Holt achtern die Großrahe! Wer ist hier Kapitän an Bord?«

Auf diese erste Schule folgten bald noch andere. Bald sah man in der Ferne die Spaute aufblitzen, bald kamen sie aus nächster Nähe wie ein lautes, übernatürliches Schnarchen. Da und dort sah man die mächtigen schwarzen Körper wie Schatten unter dem grün schimmernden Wasser.

Alle bewegten sich langsam und gemessen, in spielerischer Beschaulichkeit. Es war die schlimmste der Tantalusqualen für jeden ordentlichen Walfischfänger, aber – mochten auch noch mehr kommen – der Kapitän schien keine Augen mehr zu haben für die Schätze, die da im Wasser lagen, und ebensowenig Alaska-Jim. Auf und ab marschierten die beiden auf dem Achterdeck, ohne je ein Wort miteinander zu reden. Es war offenbar, daß die beiden sich um so wohler fühlten, je weiter sie voneinander entfernt waren.

Auch sonst gab es in jenen Tagen genug der bösen Blicke und sauren Gesichter an Bord der »Bonanza«. Mürrisch, verdrossen und schleppend ging jeder seinen Geschäften nach. Meuterei heckte in allen Gesichtern.

Will man sich ein Bild machen von der Stimmung der Schiffsmannschaft, so braucht man sich gewöhnlich nur den Koch anzusehen. Allezeit ist dessen Gesicht ein untrügliches Barometer, und niemand versteht dieses besser zu lesen als der Schiffsjunge, auf den die Böen immer zuerst niederprasseln. Dieses Barometer stand aber derzeit auf Sturm. Mürrisch ging er seiner Arbeit nach, mürrisch reichte er mir das Essen, das ich in der Kombüse holen mußte, und nicht einmal mehr in vielen Wochen hatte er mir ein Garn gesponnen. Wann immer ich nach seinem Reiche kam, da saß er mit Joe Carrol in einer dunklen Ecke hinter dem Herd, wo sie eifrig Zwiesprache hielten, mit tuschelnder, halblauter Stimme.

»Nein«, zischelte Joe, »'s ist nicht natürlich! Wie kann es denn sein? Seit einem Menschenalter fahre ich zur See und habe dabei mehr gesehen als irgendein anderer auf diesem gesegneten Schiffe. Ich war an Bord des alten ›Krampus‹, wie er im Eise erdrückt wurde bei Kap Bathurst, ich war mit Billy Bones in Banksland, ich habe gehungert und gefroren in mancher kalten Winternacht, ich hab' auf dem ›Fearleß‹ unter Kapitän Kid gefahren, der ein richtiggehendes Piano in der Kajüte hatte.«

»Pi–a–no?« wiederholte Jim im höchsten Diskant des Erstaunens.

»So wahr ich da sitze, Jim! Ich hab' es mit meinen eigenen Augen gesehen. Ich hab' ihn draufloshämmern hören, ihn und das dürre Geschöpf von einer Missionarsfrau, als wir vor St. Michael in Alaska lagen. So etwas ist nicht schiffsgemäß, wirst du sagen, und eine Beleidigung für alle Mann an Bord. Da magst du wohl recht haben. Ziehharmonikas sind mehr nach meinem Geschmack. So etwas klingt kräftig, wie Speck und Erbsen, und außerdem ist so ein Schnörkel dabei, der nach Segeln schmeckt und dich ganz zu Hause fühlen macht. – Aber wer kann wissen, was alles vorgeht in den Köpfen von seefahrenden Menschen? Ah, Jim, ich habe davon etwas gesehen zu meiner Zeit! In einem Monat von Sonntagen würde ich nicht fertig werden, wenn ich dir davon erzählen wollte. Je länger man lebt, je weniger wundert man sich darüber. Aber das geht über meine Begriffe! Ich habe einen Bischof gesehen, den sie auf einen Perlenfischer verschanghait hatten, und einen Bootssteuerer, der nachher Tanzmeister wurde und Messerschlucker auf dem Rummelplatz auf Coney Island bei New York. Aber noch nie habe ich einen Walfischfänger vor den Walfischen davonlaufen sehen. Ich bin zu meiner Zeit in den Solandergründen gewesen und bei den Tongainseln und überall dort, wo etwas zu holen ist, aber noch nirgendwo habe ich so viele Walfische gesehen wie gerade hier in dieser Gegend. Kein Tag vergeht, ohne daß man eine Schule von Walfischen zu sehen bekommt, von denen ein

jeder gut und gern seine 10 000 Dollar einbringt in San Franzisko. Sie brechen Wasser und gehen flugs und schauen einen an, daß es einem das Herz im Leibe umdrehen könnte. Und niemals ein Boot im Wasser! Immer vorwärts vor einem Fairwind. – Wohin? Weißt du's? Weiß ich's? Vielleicht zu David Jonas. – Es ist nicht natürlich, sage ich. Und es ist auch nicht recht. Eine Sünde ist es und eine Beleidigung für die ganze Zunft. – Jim! Jim! Wir haben für eine böse Reise gemustert. Halte einen hellen Ausguck. Es liegen Böen voraus, und well – ich sag's dir gerade, wie es ist –, es ist nicht natürlich. Die ganze Reise gefällt mir nicht.«

So ungefähr maulten und zischelten sie an jedem Tage. Die Unzufriedenheit wuchs von Tag zu Tag. Das Gerede wurde immer ärger, und binnen kurzem brach es los wie ein Hagelwetter.

*

Das war so ungefähr um drei Glas in der Hundewache. Ich stand auf dem Achterdeck und putzte mit Öl und feinem Putzsand – aber zum wievielten Male seit der Abreise von New Bedford! – das kupferne Gehäuse über dem Kompaß. Es war nicht einzusehen, warum ich das tun mußte, denn das Ding leuchtete auch so im Glanz seiner fleckenlosen Reinheit. Aber Schiffsgewaltige haben stets eine Schwäche für leuchtendes Kupfer und Messing, und noch viel weniger können sie es ertragen, wenn Schiffsjungen ohne Beschäftigung sind. Und also werden Messing und Schiffsjunge immer eine Anziehungskraft aufeinander ausüben, solange es Schiffe und Seeleute gibt. Im übrigen war es ein schöner Abend, wie wir ihn seit langem nicht mehr erlebt hatten. Der Wind war merklich abgeflaut zu nicht viel mehr als einer kräftigen Brise. Die Sonne stand tief über dem Wasser, und der Himmel war getaucht in alle Farben des Regenbogens. Der Abend lag weich und wohlig auf dem Verdeck. Sogar der Kapitän hatte seinen ewig unruhigen Spaziergang unterbrochen und saß auf der Luke neben einem der Eskimoweiber, die an den Pelzkleidern nähten.

Eben kam Mr. Silas Hard vom Großdeck herauf.

»Haben Sie etwas bemerkt dort unten?« fragte der Kapitän. »Die Luft scheint dick zu sein.«

31

»So dick, daß man sie essen könnte!« antwortete Silas Hard. »Es ist ein böses Schimpfen und Fluchen, und irgend etwas wird da ausgeheckt. Das kann man ihnen von den dummen Gesichtern ablesen. Jim Collins ist ziemlich frei mit seinen Redensarten, und Schanghai-Bill hat es wieder mit seiner Krankheit zu tun. Das ist allemal ein böses Zeichen. Ich wette einen Dollar, daß wir hier etwas erleben werden, ehe noch der Tag zu Ende gekommen ist.«

Er hatte noch nicht ausgesprochen, als Will Watch, der Expfarrer aus Pennsylvanien, die Treppe zum Achterdeck heraufkam. Wild schaute er um sich mit seinen schwarzen Augen und murmelte vor sich hin, wie das seine Gewohnheit war. Seit der Abfahrt von San Franzisko hatte er gemurmelt und seither nicht mehr damit aufgehört in anderthalb Jahren.

»Was gibt's?« fragte Silas Hard.

Der Angeredete blieb die Antwort nicht schuldig und begann ihm den Fall auseinanderzusetzen, mit einer Zungenfertigkeit, die von vergangenen besseren Zeiten auf der Kanzel in seinem Pennsylvaniadorf zeugte. Mr. Silas Hard, der wenig Verständnis hatte für solche Beredsamkeit, unterbrach ihn ungeduldig.

»Schon gut! Schon gut! Sag's geradeheraus, was du zu sagen hast, und ohne Umstände. Dieses ist keine Kirche, sondern ein christliches Schiff.«

In diesem Augenblick kamen noch ein paar Mann von vorn, die anderen folgten, und bald standen alle Mann auf dem Achterdeck, achterkant des Besanmastes. Das war nun ein Sakrilegium, das nach Sühne geradezu schrie, denn das Achterdeck ist dreimal heilig für ungeweihte Füße, wenn sie dort nichts zu tun haben. Der Kapitän aber, der sonst ein Fanatiker der Schiffsetikette war, schien heute geneigt, über die Ungehörigkeit solches Benehmens hinwegzusehen. Eine Weile starrte er wortlos den grollenden Haufen der meuternden Matrosen an, die offenbar bei dem Heraufkommen mehr im Schilde geführt hatten, als sie jetzt auszuführen wagten.

»Was wollt ihr hier, Jungens? Was kann ich für euch tun?« fragte er mit einem eigentümlichen Tone, aus dem man beim besten Willen nicht heraushören konnte, ob es Spott oder Ernst war, der in seinen Worten lag.

»Was wir wollen?« grollte eine rauhe Stimme. »Ah, der kann von Glück reden, der jetzt noch weiß, was er will! Gerade deshalb sind wir hier heraufgekommen, um das zu erfahren, Sir.«

»Stimmt etwas nicht mit den Rationen?«

» No, Sir«, antwortete derselbe Sprecher in einer womöglich noch gröberen Tonart, »nichts auszusetzen auf dem Gebiete, solange Salzfleisch und Stockfisch gut genug sind für den Mann vor dem Mast.«

»Handelt sich's um den Koch?«

» No, Sir.«

»Für was, zum Teufel, seid ihr dann hier heraufgekommen? Heraus mit der Sprache! Macht den Mund auf, einer von euch Seeadvokaten! Wie wär's, Schanghai-Bill? Hast doch sonst kein Reff in der Zunge. Ich hab' mein Auge an dir gehabt in diesen Tagen. Seit Wochen höre ich dich maulen da vorne. – Well, nun, was gibt's? Jetzt ist die Zeit, dein Sprüchlein herzusagen. Niemand wird dich darum fressen.«

Der also angeredete Schanghai-Bill beeilte sich keineswegs mit der Antwort.

»Ich muß Sie schon bitten, meinen Namen aus der Geschichte zu lassen, Sir«, sagte er zögernd. »Ich bin ein kranker Mann. Ich bin hier unrechtmäßigerweise, unter Anwendung körperlicher Gewalt, an Bord gekommen. Ich betrachte mich als Passagier und müßte nun von allen guten Geistern verlassen sein, wenn ich mir ein gutes Ding durch eine lose Zunge verderben würde. Ich kenne eine gute Hand, wenn ich sie habe. Sie ist so gut wie ein volles Haus im Pokerspiel. Ich werde sie halten und spielen, für alles, was darin ist. Wenn je ein seefahrender Mann ein gutes Ding hatte, so bin ich es, ich, Schanghai-Bill, so wie ich hier stehe! – Ah, es wird ein Futter werden für die Advokaten, ein Fressen für den Staatsanwalt, und ich werde einen Zahltag haben, so lang wie ein Tag ohne Sonne! Es wird wohl das beste sein, wenn ich meinem Kollegen Mr. Collins das Wort erteile – zu weiteren Ausführungen.«

»Mr. Collins ist gut«, sagte Silas Hard mit grimmiger Miene, »ich werde ihn mistern, ihn und die ganze Sippschaft!«

Aber schon kam der also Titulierte langsam hinter dem Besanmast hervor, ganz die Figur des Anführers einer meuternden Schiffsmannschaft, so, wie man sie zuweilen auf den Bildern sehen kann. Sein Gesicht war noch gelber als gewöhnlich, die Augen schillerten grün wie Katzenaugen, und wie er sich nun aufrichtete in seiner ganzen unwahrscheinlichen Länge, da ragte er um Haupteslänge über alle anderen hinweg, und es waren doch einige darunter, die auch keine Zwerge waren.

» Well, Sir«, begann er seine Rede mit einer gewissen gemessenen Feierlichkeit, »'s ist nichts zu sagen gegen das Essen und nichts gegen den Koch, wenigstens nicht mehr als das, was man sonst alle Tage an ihm auszusetzen hat, und das mit Recht. Aber es gibt noch andere Dinge außer Koch und Küchenzettel, sollte man meinen. So zum Beispiel die Abrechnung, die man am Schluß der Reise bekommt, oder die Artikel der Musterrolle, oder Leben und Tod, wenn das auch nicht viel zählt bei unserer Sorte, oder ob einer ein richtiger Seemann ist und für seine Rechte einsteht, für die er gemustert hat.«

»Da magst du wohl recht haben«, sagte der Kapitän.

»Und wenn ich recht habe«, fuhr Jim Collins fort, »so kann ein anderer nicht auch recht haben. Das wäre nicht vernünftig. Und weil – ich sag's geradeheraus: Es gefällt uns nicht mehr an Bord. Nicht das Schiff, nicht die Steuerleute und nicht der Kapitän. Wir haben es satt. Heute morgen haben wir eine Beratung abgehalten und nach Recht und Gesetz beschlossen, die Geschäfte selbst in die Hand zu nehmen. So stehen die Sachen, und diese armen Jungens hier haben mich beauftragt, Ihnen das zu sagen.«

Der Kapitän, der bisher schweigend und anscheinend gleichgültig die Rede angehört hatte, klopfte seine Pfeife aus auf dem eisernen Poller. Dann richtete er sich langsam auf, und je höher er sich aufrichtete, desto kleiner wurde Jim. Leise pfiff er durch die Zähne.

»Das also ist das Viertel, aus dem der Wind kommt! Kapitän Collins! In der Tat! Und eine feinere Zierde kann ich mir nicht gut denken für das Achterdeck eines Walfischfängers.«

»Er würde noch feiner aussehen von einer Rahnock!« unterbrach ihn Mr. Hard.

»Walfischfänger«, sagte Jim mit grimmiger Miene, »ist's etwa noch ein Walfischfänger, der vierkant braßt vor jedem Fisch und vor jeder Schule davonläuft, als ob er sich vor ihr fürchtete wie vor David Jonas in eigener Person? Wenigstens könnte man uns sagen, wie der Kurs ist und was das alles zu bedeuten hat, denn schließlich sind wir doch auch Menschen sozusagen und keine Hammelherde. Mit Ihrer Erlaubnis, Sir, sind wir das?«

Nun richtete der Kapitän sich erst in seiner ganzen Größe auf. Die Stirn begann sich zu runzeln, und die Augen blitzten grau und kalt wie das Meer.

»Der Kurs? Er ist Nord! Und nordwärts werdet ihr mit mir gehen, oder aber, so wahr ich hier stehe, ihr geht mit mir zu David Jonas! Wenn ihr euer Leben liebhabt, so müßt ihr nicht mit Ben Tilden segeln. Auch ich kenne eine gute Hand, wenn ich sie habe, und ich bin nicht zu feige, um sie zu spielen. Gerade hier sehe ich die Gelegenheit meines Lebens. Alles habe ich in einem Kreuzknoten und lass' ihn mir nicht zertreten von euren landlümmeligen Plattfüßen. Wer mit mir segelt, der muß Order parieren wie ein ordentlicher Seemann und riskieren, daß er vorzeitig zu den Fischen geht. Wer aber bange ist um sein bißchen Leben und lieber zu Mama gehen will –«

Wütend schaute er sich um nach den im Hintergrund stehenden Bootssteuerern.

»Klar das Steuerbordboot!«

»Wer also kalte Füße hat, der braucht sich nur zu melden! Ich packe ihn ins Boot. Ich gebe ihm für vierzehn Tage Proviant mit auf den Weg und wünsche ihm außerdem noch eine gute Reise. Es wird nicht schade um ihn sein, und froh bin ich um jeden, den ich los werde. Wer aber bei dem Schiffe bleibt, dessen Namen schreibe ich ins Logbuch als den eines wahren Seemannes, und ich werde dafür sorgen, daß er am Ende der Reise einen Zahltag haben wird, wie er ihn sonst niemals bekommen würde, und wenn er zehn Leben leben würde als Mann vor dem Mast.«

Plötzlich brach er die Rede ab. Ein paar Minuten lang herrschte Totenstille. Man hörte nur das Waschen des Wassers an der Schiffseite und das Pfeifen des Windes in der Takelage. Während der Erörterungen waren auch die gesamten Bootssteuerer, Steuerleute und sonstige »afterguards« auf das Achterdeck gekommen, bewaffnet bis an die Zähne mit Gewehren und Revolvern, während der Haufe der meuternden Matrosen sich auf nichts stülpte als auf ein wirkliches oder vermeintliches Recht und auf Jims großes Mundwerk.

»Was habt ihr zu sagen?« donnerte der Schiffsgewaltige.

Immer noch lautlose Stille.

»Ah, ihr wollt nicht? Euch fehlt der Mut? Nicht mehr habt ihr davon als meiner Mutter Katze! Aber dann, beim Donner, sollt ihr gehorchen! Lange genug habe ich euer Maulen dort vorne mit angehört. Nun ist's genug. Keine Seeadvokaten mehr, savvy! Was ihr hier gegen mich auszusetzen habt, das könnt ihr meinetwegen zu Hause den Advokaten erzählen, aber inzwischen bin ich Kapitän an Bord. – Geht nach vorne, wo ihr hingehört!«

Schroff wandte er sich ab und marschierte achteraus zum Mann am Ruder. Silas Hard, der schon lange ungeduldig dabeigestanden hatte, tat den Mund auf zu einer energischen Strafpredigt an die Leute, die noch immer murrend beisammen standen und keine Miene zum Fortgehen machten. Doch da trat Alaska-Jim in seiner Eigenschaft als Erster Steuermann vor und hielt eine Rede mit öliger Stimme.

»Langsam, langsam, Jungens! Wer wird denn weinen über solche Kleinigkeit? Wo käme man denn hin, wenn man sich über alles aufregen wollte? Damit verdirbt man sich nur den Appetit und bringt sich um den gesunden Schlaf, und das ist das Schlimmste, was einem passieren kann in diesem Leben. Ich bin ein gemütlicher Mann, der mit sich reden läßt und ein Herz hat für den Mann vor dem Mast. Das wißt ihr alle. Ich bin auch nicht von gestern und habe manches gesehen zu meiner Zeit, mehr als irgendein Muttersohn unter euch. Und das ist es nun, was ich euch sage:

Ihr habt doch wohl gehört von MacKays Insel? Von MacKay, dessen Steuermann ich gewesen bin, die vielen Jahre. – Nun ja, wer redet da von Walfischen? Wenn Ben Tilden und ich Geschäfte zusammen machen, so ist das allemal so gut wie ein langer

Zahltag, so gut wie Pferd und Kutsche für jeden von euch am Ende der Reise, wenn ihr es nur einmal in eurem Leben fertigbringen wolltet, den Mund zu halten. Aber das bringt ihr nicht fertig – ihr nicht! Ihr spuckt's heraus, was ihr auf der Leber habt und laßt euch dafür hängen am anderen Tage. Noch nie habe ich einen Seemann gesehen, der es anders gemacht hätte. Darum werde ich mich auch nicht vor euch hinstellen und meine Geschäfte ausschreien wie ein Marktschreier auf einer Kirchweihwiese. Ich könnt' es geradesogut den Papageien erzählen. Aber im Vertrauen will ich euch so viel sagen: ein Wort, von dem das Ohr nicht wissen darf, was der Mund gesprochen. Zwischen mir und euch und dem Besanmast will ich es euch sagen:

Es geht um bare Dollars. Es geht um Gold.«

Um Gold!

Die Worte hatten ihre Wirkung nicht verfehlt. Ein Murmeln ging durch die Menge.

»Und dies ist nun, was der Kapitän mir gesagt hat«, fuhr Jim fort. »Gerade vorhin, ehe ihr heraufkamt: ›Mister Jim‹, hat er gesagt, ›ich will, daß alle Mann zufrieden sind an Bord meines Schiffes.‹ Ja, das waren genau seine Worte – es soll in Zukunft Duff zweimal in der Woche geben, den Stockfisch am Freitag werden wir ausschalten und dafür Reis mit Curry servieren. Samstags soll es Erbsensuppe mit Speck geben, jeden Monat ein Pfund Tabak mehr pro Mann, täglich in der Hundewache soll jeder einen Schluck Whisky bekommen, und heute – da es gerade sein Geburtstag ist – stiftet er ein Fäßchen Rum für alle Mann. – Nun, ich denke, das ist anständig gehandelt als ein wahrer Seemann.

Die Wirkung dieser Rede war offensichtlich. Ein Murmeln der Freude und des Erstaunens ging durch die Menge. Nur Silas Hard schien keineswegs erfreut über die Mitteilung. »Nur so weiter!« sagte er mit grimmiger Miene. »Ich hab' noch nie etwas Gutes von so etwas kommen sehen. Verdorbene Vormasthände geben Teufel.«

Nachdem sie noch eine Weile beraten hatten, trat Jim Collins, der von Anfang an den Rädelsführer gespielt hatte, aus der Menge hervor.

»Und sind das nun wirklich auch des Kapitäns Worte?« fragte er mit unsicherer Stimme.

»Genau seine Worte«, antwortete Alaska-Jim.

»Es soll Duff zweimal in der Woche geben?«

»Gewiß.«

»Und Reis mit Curry an Stelle des Stockfisches?«

»Wenn ich's dir sage!«

»Und Erbsensuppe mit Speck an jedem Samstag?«

»Jawohl!«

»Und – und – und ein Faß Rum für alle Mann jetzt gleich in diesem Augenblick?«

»Jetzt in diesem Augenblick! Ich dächte, Jungens, das ist anständig gehandelt als ein wahrer Seemann, und ich schlage nun vor, daß wir allesamt drei kräftige seemännische Hurras ausbringen für Kapitän Tilden!«

Schon riß er die Mütze vom Kopf, und alle stimmten begeistert mit ein in den Ruf, als ob sie nicht eben erst mit Mord und Meuterei in den Augen aus dem Mannschaftslogis gekommen wären. Für den Rest des Tages war nun alles ein Herz und eine Seele. Drei Mann wurden achteraus geschickt, wo sie mit vielem lustigen Jo! Ho! ein Fäßchen Rum aus der Luke heraufheißten, und zwar von dem guten echten Zuckerrohrrum, den wir bei den Hawai-Inseln an Bord genommen hatten. Im Triumph wurde es nach dem Mannschaftslogis gebracht, wo jeder seine Blechmug bis oben an mit dem scharfen Stoffe füllte. Im Augenblick waren die Becher leer und wurden wieder und wieder gefüllt. Dazwischen grölte einer ein Lied zur Erhöhung der Festesstimmung:

Whisky bracht' mich um Kap Hoorn, Whisky, Johnny!«

Dann fielen sie alle ein zu einem mächtigen Rundgesang, der in seiner Inbrunst schon beinahe etwas Feierliches hatte:

»Whisky hier und Whisky da, Whisky für mein'n Johnny!«

Ab und zu stand Jim Collins auf und hielt immer wieder dieselbe Rede, derweilen er sich krampfhaft am Tische festklammerte und mit den grünen Augen ausdruckslos in das unsichere Licht der matten Lampe starrte.

»Was denkt ihr wohl davon, Jungens? Habe ich meine Sache gut gemacht? Zweimal Duff in der Woche, Whisky in jeder Hundewache und hier gleich ein ganzes Faß Rum! Ja, er ist ein feiner Kapitän, Ben Tilden, wenn man ihn nur zu nehmen weiß, und ich bin gerade der Junge, der sich auf so etwas versteht. Verlaßt euch nur auf mich. Weiß der Teufel, ich segle mit ihm zu David Jonas, solange er mir nur an jedem Tage meinen Whisky in der Hundewache gibt! Drei Hurras für Kapitän Tilden, hurra für die Reise nach dem Nordpol!«

Einmal kam sogar Alaska-Jim die steile Treppe hinunter in die dunkle Höhle des Mannschaftslogis. Er klopfte jedem auf die Schulter und war noch mehr als sonst die vollendete Liebenswürdigkeit.

»So ist es recht! Amüsiert euch gründlich, Jungens! Was hat man denn auch vom Leben? Wenn immer es euch an etwas fehlt, so kommt nur gleich zu mir. Ich bin auf eurer Seite und sorge für euch, wie ein Vater, sozusagen!«

Das sagte er mit sanften Worten und einer süßen Miene, der man nimmer anmerken konnte, wie schon Mord und Verrat in seinem Kopfe spukten. Mir wenigstens erschien er damals als der einzige Kavalier an Bord, wenn ich mir auch heute im Zurückdenken daran mit Hamlet sagen muß:

»Schreibtafel her! Ich will mir's niederschreiben, daß einer lächeln kann und immer wieder lächeln, und doch ein Schurke ist!«

Da sie immer aufdringlicher wurden in ihrer Lustigkeit, nahm ich meine Schlafdecke und entschlüpfte damit an Deck, wo ich fröstelnd und zitternd den trüben Gedanken nachhing.

Es war eine ganz klare und schon fast wieder dunkle Nacht. Am Himmel stand die dünne Sichel des zunehmenden Mondes und zog eine weiße Straße, die wie flüssiges Quecksilber zitterte über dem nachtschwarzen Meere. Auf dem Verdeck lagen lange, scharfe Schatten von den hohen Masten, deren Schattenbilder neben dem Schiff herzogen. Die Hunde lagen in fauler Behaglichkeit auf der Luke. Man sah das rote Licht, das hell aus der Kajüte leuchtete, man hörte das Summen des Windes im Tauwerk, und dumpf nur, wie aus weiter Ferne, das Singen der betrunkenen Matrosen mit dem immer gleichen Kehrreim:

»Whisky, Johnny ...«

Nur wenig hatte ich von dem Rum gekostet, aber hätte ich eine Flasche davon getrunken, so hätte mein Kopf nicht heißer, meine Gedanken nicht verworrener sein können. Ich versuchte nachzudenken, aber ich konnte es nicht. Ich versuchte meine Gedanken zu sammeln, aber sie zerflatterten im Winde. Ich ging nach vorn auf die Back und hörte auf das Rauschen des Wassers und starrte hinaus in die Nacht mit den flimmernden Nordlichtern, als sollten sie mir Antwort geben auf all die verworrenen Gedanken, die in meinem armen Kopfe gingen.

Und wie ich noch darüber nachdachte, da ging unmerklich das Dunkel in die graue Dämmerung des jungen Tages über. Alle Gestalten des Tages begannen sich aus der Finsternis abzusondern, und plötzlich kam aus dem Krähennest der langersehnte Ruf:

»Land ho!«

Vom Verdeck aus war vorerst nichts von dem Lande zu erkennen, aber als ich um acht Glas wieder nach oben kam, da stand es deutlich unter dem nördlichen Himmel, ein steiler, fast viereckiger Tafelberg, dessen Umrisse sich scharf abhoben im Lichte der aufgehenden Sonne. Der Wind war inzwischen umgesprungen und wehte fast genau aus Süden, so daß wir schnell vorwärts kamen. Es war ein wunderschöner Morgen mit kräftiger Brise, die die Schaumflocken auf den kräuselnden Wellen tanzen machte. In einem Abstand von drei bis vier Seemeilen fuhren wir während des ganzen Tages entlang der Küste, die schwarz und drohend und nicht eben einladend herüberschaute. Überall stieg sie schroff an zu hohen Steinwänden, deren Schichtung auch aus der Ferne deutlich zu erkennen war. Gegen Abend leuchteten sie blutrot in der untergehenden Sonne, so recht ein Sinnbild aller trüben, gottverlassenen Wildnis. Ganz im Hintergrund standen einige schneebedeckte Bergkegel, kaum sichtbar am dunstigen Himmel. Auf dem Achterdeck stand der Kapitän mit einer Karte in der Hand und ließ sich von Alaska-Jim die Einzelheiten erklären.

» Aye, aye, sir!« sagte er diensteifrig. »Dieses hier ist die Seehundküste. Den Kegel dort drüben haben die Jungens den Dollarberg genannt. Bei klarem Wetter kann man etwa zwei Strich weiter nach

Westen, genau Nord zu West, von hier noch einen anderen größeren ausmachen. Das ist der David Jonas. Hinter jenem Kap im Osten – sie heißen es den Klüverbaum – liegt die Entenlagune, wo wir mit dem alten ›Walroß‹ überwintern. Sie müssen über Stag gehen, ungefähr fünf Meilen hart am Wind und dann gerade hinein in die Bai, wo Sie so sicher sind wie am Dock in New Bedford. Im ganzen Eismeer gibt es keinen bequemeren Winterhafen.«

» Allright«, sagte der Kapitän, »das ist alles, was ich wissen wollte. Sie können jetzt den Anker klar machen.«

Noch am selben Abend, als eben die Sonne untergegangen war, segelten wir um das weit vorspringende Kap, und plötzlich kam die Bai in Sicht, die eine neue Überraschung war in dieser seltsamen Umwelt. Sie war fast kreisrund und stellenweise noch von dünnem, blauschimmerndem Eis bedeckt. Die Felsen traten ganz zurück. Landeinwärts breitete sich ein flacher, sandiger Strand, der nur ganz allmählich anstieg, zu einem sanften Hügellande, dessen Hänge grün schimmerten von dem dichten Moosteppich.

Den Namen »Entenbucht« hatte der Platz nicht gestohlen. In ganzen Wolken flogen die bunten Wildenten auf bei unserem Herannahen. Überall sah man Gänse und Lummen. Die Möwen erhoben ein ohrenzerreißendes Geschrei. Wie Wolken umschwebten sie die Spitzen der scharfkantigen, rotleuchtenden Felsen. Es war klar, daß wir hier nicht verhungern würden, und wenn jeder einzelne von uns so alt würde wie Methusalem selbst, auf dieser Insel oder was sonst es sein mochte. Nicht ein bißchen scheu waren die unruhigen Geschöpfe. Sogar die Wildgänse flatterten neugierig über dem Verdeck und ließen sich vertraulich nieder in die Takelage ohne Ahnung davon, welch großer Feind sich unter ihnen niedergelassen hatte. Das wildeste, verschlagenste, erbarmungsloseste aller Tiere des Tierreichs: der Mensch.

Während der Nacht lagen wir in der Bucht vor Anker, und im ersten Grauen des nächsten Morgens machten wir uns daran, das Schiff in die richtige Lage zu bringen zum Einfrieren für den kommenden Winter. Ein an eine lange Tauleine befestigter Bootsanker wurde an Land gebracht und dann vom

Verdeck aus die Leine am Gangspill kurz gehievt, bis das Schiff mit dem Heck hoch und trocken auf dem Lande lag. Sobald das möglich war, sprangen wir alle über die Seite und kamen uns dabei ungefähr so vor wie Kolumbus. Nach so vielen Decksplanken war es ein rechter Hochgenuß, einmal wieder den knirschenden Sand unter den Füßen zu spüren. Auch sonst war es ein ganz einladendes Plätzchen. Überall rauschte das Wasser der kleinen Bäche, und überall leuchteten die Blumen aus dem Moose. Die Vögel machten teilweise ein ohrenbetäubendes Geschrei. Sogar etwas Treibholz lag am Strande. Mit dessen Hilfe machten wir ein Feuer und wärmten die Hände in den Pausen zwischen der kalten Arbeit. Alaska-Jim, der heute bei ganz besonders guter Laune war, stand dabei und gab uns noch allerlei geographische Belehrungen.

Niemandsland!

Die Winternacht

Nicht einen Tag zu früh waren wir in den schützenden Hafen gekommen, denn schon begann der heranziehende Winter sich ernstlich bemerkbar zu machen. Bereits am Tage nach unserer Ankunft überzog sich der Himmel mit grauen Schneewolken, und auf dem stillen Wasser der Bucht bildete sich eine Haut von jungem Eis. Mit Volldampf wurde gearbeitet an den Vorbereitungen für die lange Winternacht. In einem nahegelegenen Süßwasserteich schnitten wir Eis und häuften es auf ein Gerüst neben dem Schiffe auf, um es für Trinkwasserzwecke bereit zu haben. Aus Rahen und Segeln machten wir ein Haus über dem Verdeck, das wir alsdann von außen mit einem Schneewall von mehreren Meter Dicke umgaben. Wir suchten das spärliche Brennholz am Strande zusammen und verrichteten tausend andere Arbeiten, die getan werden müssen, wenn anders man nicht zu Schaden kommen will unter dem gestrengen Regiment des arktischen Winters.

Doch nicht ein Wort weiter will ich erzählen von jenem Winter. Unzählige Male ist so etwas geschildert worden von den Polarfahrern. Mit Fug und Recht möchte ich es aber bezweifeln, ob jemals ein anderes Schiff unter solchen Verhältnissen die lange Nacht überdauerte wie die »Bonanza« im Niemandsland. Zu dem nimmer endenden Nachtdunkel gesellten sich noch die Schatten der überhängenden Katastrophe, die sich immer mehr verdichteten mit dem Fortschreiten der Monate. Zuweilen, wenn Land und Eis so tot und unwirtlich unter dem weißen Mondlicht lagen und ringsum kaum ein Laut zu vernehmen war in der regungslosen Stille, da kamen Augenblicke, in denen ich mich zweifelnd fragte, ob das nun alles Wirklichkeit sei und ob ich nicht doch noch eines Tages wieder daraus aufwachen würde wie einer, der in seinem Bette aufschreckt aus einem wüsten Traum.

Auf die stille Feierlichkeit des Winters waren die rasenden Frühlingsstürme gefolgt, und nun kündigte sich der Mai mit grauem Himmel und dicken Schneeflocken an. Die Tage waren nun schon recht lang, die Sonne – wenn sie sich überhaupt blicken ließ – entwickelte eine ansehnliche Wärme, und ringsum wurde es lebendiger mit jedem Tage. Nicht, als ob es vorher gänzlich an Leben gefehlt hätte auf unserer Insel! Kaum ein Tag verging, an dem nicht – angelockt durch den Geruch der Menschen und ihrer Beute – ein Eisbär auf der Bildfläche erschien, um auch hier nach dem Rechten zu sehen in seinem Reiche, in dem er bisher ein souveräner Herrscher war. Allenthalben sah man die Spuren von Füchsen und Wölfen, und in den zur Küste abfallenden Talschluchten wimmelte es von Schneehühnern. Man mußte sich wundern, wo das Getier alles herkam und wovon es lebte. Offenbar lagen wir hier vor einer Insel von großem Umfang. Oder war es gar das gewaltige, von den Gelehrten vermutete unentdeckte arktische Festland?

Wie dem auch war: Hier war alles »Kaukau umalakta«, wie die Eskimos sagten. Bären und Hühner wanderten alle in den Kochtopf, und es war gut, daß sie so freundlich waren, uns über den Weg zu laufen, denn wäre es wirklich so, wie es die landläufige Ansicht haben will, wäre die Arktis wirklich das tote, öde Land, als das sie oftmals in den Büchern hingestellt wird, so hätte keiner von uns das Frühjahr erlebt. Die lange Nacht war noch nicht halb vorüber, als der Koch das letzte Faß Salzfleisch mit einem Seufzer nach der Kombüse schaffte und die letzten verkrümelten Reste des Hartbrotes aus der Kiste zusammenfegte. Fortan lebten wir im wesentlichen à la Eskimo von Seehunden. Nun aber, da der

Sommer vor der Tür stand, kamen noch andere Nahrungsmittel aus den Hügeln des Innern in großen Herden herangewandert. Das waren die Karibus, eine Art Renntier, die aber etwas kleiner sind als die bekannten lappländischen und sich nicht zum Zähmen und Abrichten eignen. Sobald die ersten in Küstennähe erschienen, litt es unsere Eskimos nicht mehr an Bord. Mit einer Ausrüstung von Gewehren und Patronen zogen sie in die Berge, wo sie ein grausames Blutbad anrichteten unter der ahnungslosen Beute. Ganze Orgien der Gefräßigkeit wurden gefeiert. Und was selbst ein Eskimoheißhunger noch übrig lassen mußte, das wurde wohl verstaut auf hohen Gerüsten aus Treibholz zum Schutze gegen die Wölfe. Diese »Depots« waren für die Schiffsmannschaft bestimmt, die sie mit Handschlitten abholte und nach der Küste brachte. Jedesmal, wenn solche Expedition wieder fällig war, gab es einen großen Streit unter der Mannschaft, weil jeder lieber hinter dem warmen Ofen sitzen blieb. Was mich anbelangt, so konnte ich nie genug bekommen von solchen Fahrten. Man hatte dabei Gelegenheit, während eines ganzen Tages, unter Umständen sogar für zwei oder drei Tage, die »Bonanza« außer Sicht zu haben. Es gab nichts auf dieser Erde, das mir ein angenehmeres Gefühl verursacht hätte als dieses Bewußtsein.

Eine dieser Schlittenfahrten liegt mir noch in der Erinnerung, als ob es gestern gewesen wäre.

Drei Tage waren wir unterwegs gewesen, und nun hielten wir – Alaska-Jim, Jim Collins und ich – am Rande des steil abfallenden Plateaus, von wo man eine weite Aussicht hatte über das hart- und festgefrorene Meer und auf das Schiff, das da irgendwo in der Wildnis wie ein winzig kleines, verlorenes Pünktchen neben der Sandbank lag. Es war Nacht, und über Land und Himmel lag das seltsam fahle Dämmerdunkel der letzten Schatten der langen nordischen Nacht, ehe sie in das Einerlei des langen Sommertages übergeht. Gleichmäßig, wie Meereswellen, lagen die vom Winde geschichteten Schneebänke und warfen lange, schwarze Schlagschatten in die Ebene. Klirrender Frost lag in der regungslosen Luft. Die Hunde schliefen zusammengeringelt vor dem Schlitten. Kerzengerade stieg der Rauch des Lagerfeuers zum Himmel, wo vereinzelte Sterne durch das unsichere Zwielicht blinkten. Wir saßen um das Feuer und starrten in die Flamme. Lange Zeit sagte keiner ein Wort, bis auf einmal Jim eine Anwandlung von Beredsamkeit bekam. Plötzlich sprang er auf und schaute sich wild im Kreise um wie einer, der eben aus einem Traum erwacht. Sein Gesicht war noch gelber als gewöhnlich, und in seinen dunklen, tiefliegenden Augen glühte noch mehr als sonst die Leidenschaft, während er die Worte zwischen den Zähnen hervorzischte:

»Nein«, sagte er mit zorniger Miene, »ich halte es so nicht mehr aus! Ich habe genug von der Geschichte! Seit einem halben Jahre liege ich hier an einem Leeufer wie eine gesegnete Hulk. Ich schlingere nach allen Seiten, ich drehe mich nach allen Winden, ich tanze nach jedermanns Pfeife. Ich bin es müde, und ich dulde es nicht länger!«

»Du wirst es wohl dulden müssen«, antwortete Alaska-Jim.

»Müssen«, rief Jim mit einer Stimme, die von Leidenschaft erzitterte, »müssen, müssen und gehorchen und nicht dürfen und Order parieren! 's ist ein Monat von Sonntagen, seit ich nichts anderes mehr gehört habe als das. Nun wird es ungefähr Zeit, daß man endlich auch einmal davon redet, was wir dürfen und die anderen nicht. Seit Monaten leben wir von Seehunden und Walfischen wie die Wilden, und von Schneehühnern, die hart und zäh genug sind, um den Teufel zu vergiften, derweilen ihr in der Kajüte volle Rationen habt und Duff zweimal in der Woche und alle Tage Whisky. Ich dulde es nicht länger! Ich will an seine Butterdosen und an seine Marmeladebüchsen. Er hat Würste und Schinken in der Kammer hinter der Kajüte – ich weiß es! Ich werde sie holen! Und ich hole auch meine Ration Whisky und noch mehr, als mir zukommt!«

»Das kannst du tun, wenn es dir so gefällt«, meinte Alaska-Jim. »Aber laß mich dann aus dem Spiel, ich will nichts damit zu tun haben.«

Das war eben das Wort, das gefehlt hatte, um Jims Wut aufs höchste zu steigern. Die schwarzen Augen traten fast aus den Höhlen, während er sich wild im Kreise umsah.

»Nichts zu tun willst du damit haben? Und vielleicht hast du damals auch nichts damit zu tun gehabt, wie du den Jungens die süße Geschichte erzähltest von verschlagenen Schiffen und verborgenen Schätzen, wie du Joe Carrol die Dollars versprochen und Tom Johnson die Karte gezeigt hast? Vom Herbst bis Neujahr hast du uns hingehalten mit deiner glatten Zunge, und es wird wieder Neujahr werden, wenn wir noch weiter darauf hören. In allen diesen Monaten hast du Sturm gebraut, und jetzt, wo die Böen kommen, tust du dich um nach einem Nothafen, aber du wirst pfeifen, wie du den Mund gespitzt hast! Wir haben eine Beratung abgehalten, Joe Carrol, Tom Johnson, Schanghai-Bill, Johnny West und die anderen. Und dies ist nun, was sie dir zu sagen haben: Die Sache wird noch in dieser Woche steigen, und du wirst mit von der Partie sein, oder wir drehen dir deinen Hals, bis er so lang ist wie deine Zunge!«

Während dieser ganzen leidenschaftlichen Rede hatte sich Alaska-Jim nicht vom Fleck gerührt. Kaum eine Miene regte sich in dem glatten Gesicht, auf das der Widerschein der Flammen fiel. Auch jetzt, nachdem der andere geendet hatte, verriet er keinerlei Gemütsbewegung. Bedächtig zog er einen Brand aus dem Feuer und zündete damit seine Pfeife an.

»Was die langen Hälse anbelangt«, sagte er zwischen langen Zügen an seiner Pfeife, »so hat schon mancher helle Junge dort drunten im Zuchthaus von San Quentin seinen Hals strecken müssen für genau dasselbe, was ihr hier beabsichtigt. Nicht überall bist du im Niemandsland! Eines Tages wirst du wieder zurückkehren wollen nach der großen Welt, wo du deine Beute versilbern kannst für Autos und solche Dinge. Wie aber willst du das tun? Ich wette einen Dollar, daß noch keiner von euch sich die Mühe gemacht hat, darüber nachzudenken! Wenn du heute nach San Franzisko fährst mit dem Schiff, zum Sinken voll mit Gold, so würde Onkel Sam dir einen verdammt neugierigen Offizier an Bord schicken. Der würde verdammt neugierige Fragen stellen. Sie würden uns allesamt vors Seegericht bringen, und wer garantiert dir dann, daß alle dicht halten? – Ah, mein Junge! Ich kenne die Seeleute! Ich habe sie kennengelernt in diesen dreißig Jahren! Mancher fixer Bursch, der nicht beigedreht hat vor der Mündung eines Revolvers, hat schon gezittert vor einer Advokatenzunge und ist zerschmolzen wie Butter vor einem Pfaffentalar, und wenn's auch nur die Mütze eines Heilsarmeesoldaten war!«

»Nicht ich!« rief Jim voll Entrüstung.

»Das weiß ich, daß man eher einen Ziegenbock bekehren kann als dich. Aber wer garantiert dir für die anderen? Und wenn wir schon einmal dabei sind: wer garantiert dir, daß du je wieder herauskommst aus diesem Loche? Wir sind hier alle an einem Leeufer, sozusagen. Wer soll uns wieder hinausnavigieren, wenn der Sommer kommt? Etwa du oder ich? Oder irgendein anderer von den Jungen? Manche von ihnen sind so gute Matrosen, wie man sie nur immer finden mag. Schnell und lebendig, tüchtig und praktisch beim Spleißen und Segelnähen. Sie können Kurs steuern, so gerade wie nur einer, aber wer von ihnen versteht es, einen Kurs zu setzen? Nicht einer. Und ich auch nicht. Wenn's nach unseren Navigationskünsten ginge, so müßten wir hier bleiben bis zum Jüngsten Tage oder uns verlieren auf der See und dorthin gehen, wo schon so manches gute Schiff vor uns gegangen ist.«

»'s ist etwas dran«, meinte Jim.

»Etwas dran? Nein, beim Teufel, es ist alles! Die ganze Weisheit in einer Nußschale! Kapitän Tilden hat uns hierhergebracht, und er muß uns wieder hinausnavigieren. Wer soll es sonst tun? Er ist ein guter Seemann und ein erstklassiger Navigator. Er hat einen langen Kopf; aber nicht lang genug für Alaska-Jim. Ich hab' ihn unklar wie die Ankerkette in einem Bumboot. Er ist an einem Leeufer, und er weiß es. Er kennt nicht seine genaue Lage, er hat nicht die richtige Karte, und niemals wird er imstande sein, den Ankerplatz des alten ›Walroß‹ zu finden, wenn ich ihm nicht an die Hand gehe. Ich allein kenne die Gegend, und ich allein habe die richtige Karte. Aber ich gebe sie nicht heraus. Wo werde ich denn? Ehe ich mich's versehe, würde er sein Kabel kappen und mich zurücklassen in diesem wunderschönen Lande. Ich weiß, daß er es tun würde. Er ist von New Bedford. Ich kenne die Sorte. Nicht umsonst habe ich ein halbes Menschenleben lang unter ihnen gefahren.«

Bei diesen Worten schüttelte Jim heftig den Kopf, während er einen Priem in den Schnee spuckte.

»Wenn immer du sonst nichts zu sagen weißt«, fiel er ihm heftig ins Wort, »so kommst du mit der Karte. Seit einem halben Jahre spukt sie hier herum wie der Teufel im Gebet. Aber noch keiner hat sie gesehen. Ich glaube nicht an die Karte, so wenig wie an den Teufel.«

Statt aller Antwort zog Alaska-Jim seine dicken Pelzhandschuhe aus, wühlte in den Taschen und holte einen Leinenbeutel hervor, der aussah wie ein gewöhnlicher Tabaksbeutel. Sorgfältig band er die Schnur los und zog ein umfangreiches Papier hervor, dessen Anblick ich nur flüchtig erhaschte im unruhigen Schein des Feuers. Aber wenn ich es auch gar nicht gesehen hätte, so hätte ich doch alsbald gewußt, um was es sich handelte, aus dem Eindruck, den es auf Jim Collins machte. Der Mund blieb ihm offenstehen vor Erstaunen, und die Augen traten aus den Höhlen, während er gierig nach dem Zettel griff. Aber Alaska-Jim zog ihn schnell wieder zurück.

»Hände weg!« sagte er scharf. »Ich erlaube dem Kapitän nicht, daß er es ansieht, und gebe es auch blutigen Vormasthänden nicht in die Finger!«

»Bist nicht der einzige Hahn im Korbe hier an Bord«, meinte Jim mit beleidigter Miene, »es gibt noch andere Männer außer dir.«

»Ich hab' sie noch nicht gesehen, wenigstens nicht an Bord der ›Bonanza‹. Alles nur ein Pack von Narren, die mich daran hinderten, einen geraden Kurs zu steuern, von Anfang an. – Ah, dieses ist die Gelegenheit meines Lebens; für mich und für jeden Muttersohn unter euch. Wir brauchen das Ding nur richtig zu drehen. Jeder tut sein Teil an dem Geschäft, und ich werde euch alle unterbringen in einem bequemen und sicheren Hafen für den Rest eures Lebens. Keine Nachtwachen wird es für euch geben, und volle Rationen, und ab und zu ein Glas Whisky, um der Gemütlichkeit nachzuhelfen. – Ihr könntet es haben, wenn ihr nur wolltet. Aber nicht ihr! Wo ist denn einer unter euch Stockfischen, der überhaupt etwas will? Nur heute wollt ihr euren Bauch voll haben und verdammt das Morgen. Ich bin es müde, mit solcher Sorte zu fahren. Sollt euren Willen haben! Ihr habt euch eine Suppe eingebrockt gleich zu allem Anfang. Nun sollt ihr sie auch ausessen. Ihr habt versprochen, auf mein Signal zu hören. Nun gut, wenn ihr's nicht anders wollt. – Ich geb's für morgen früh!«

Wie ein Pfeil schnellte Jim von seinem Sitz hoch.

»Morgen?«

»Jawohl, morgen! Schlimm genug, daß ich es tun muß. Es sieht mächtig so aus wie eine Reise zu David Jonas.«

Beide gaben sich die Hand und schauten einander starr in die Augen, als wollte jeder in der Seele des anderen die Hinterlist lesen, die in der eigenen steckte.

Dann packten sie die Sachen für die Weiterreise, und bald hörte man nichts mehr als das Bimmeln des davoneilenden Hundeschlittens in der stillen Wildnis. Ohne weiteren Zwischenfall kamen wir wieder an Bord, als eben die Nacht schon wieder aus allen Ecken herausgekrochen kam.

Trotzdem ich todmüde war von der langen Reise, konnte ich doch stundenlang nicht einschlafen. Nur die Hälfte von dem, was ich gehört hatte, hatte ich verstanden, aber auch dieses war genug und übergenug, um mein Herz mit bösen Ahnungen zu füllen. Hätte ich aber nur den zehnten Teil geahnt von dem, was uns noch bevorstand, so wäre mir die Angst noch viel kälter über den Rücken gelaufen.

Am anderen Morgen ging ein wütender Südweststurm; eines jener echten Eismeerunwetter, die den Boden erzittern machen und den Treibschnee aufwirbeln, bis man draußen die Hand nicht mehr vor den Augen sehen kann. Die Leinwand über dem Deckhause flatterte wild im Sturm, und es heulte in der Takelage. Die Steuerleute und Harpuniere standen verfroren an Deck und wärmten die Hände an dem Ofen, der zum Schmelzen des Trinkwassers diente. Nur der Kapitän ging ständig auf und ab in seiner unruhigen Art. Auf einem Berg von Segeln saß der japanische Segelmacher über seiner Arbeit und unterhielt sich dabei mit mir, der ich ihm dabei helfen mußte. Es war sein altes Thema, das er schon so oft variiert hatte seit unserer Abfahrt von New Bedford: »Amerikamänner viel verrückt. Viel verrücktes Schiff. Eines Tages bums! Kaputt!« Und dieser lange vorausgesagte Tag schien ihm nun bedenklich nahe herbeigekommen zu sein.

»Mister Jim Collins sehr schlechter Mann«, sagte er mit bedeutungsvollem Kopfschütteln. »Alle Mann böses Gesicht, böse Augen. Kapitän großer Narr. Nix Augen. Heute abend viel kaputt. Wirst schon sehen!«

Während er noch so redete, hatte sich im vorderen Deckhaus, wo die Matrosen untergebracht waren, ein mächtiges Geschrei erhoben; eine Symphonie von Schimpfen und Fluchen, aus der man immer wieder die tiefe Baßstimme des Mister Silas Hard heraushören konnte. Man vernahm ein Geräusch von Schieben und Schlagen, wie von einem Ringkampf. Schon drängte die Schar der Matrosen in einem einzigen aufgeregten Haufen durch die Tür in den vom gelben Lampenlicht nur spärlich erleuchteten Raum.

»Was gibt's schon wieder?« fragte der Kapitän.

Ein undeutliches Murmeln war die Antwort.

Nun schaute der Kapitän sich um mit einem Blick, von dem Alaska-Jim solche Wunderdinge zu berichten wußte.

»Was gibt's?« wiederholte er scharf. »Denke, daß ihr noch einen Mund habt, zu reden. Tut ihn auf und spuckt es heraus, was ihr ausgeheckt habt in eurer Höhle, oder packt euch wieder nach vorn, wo ihr hingehört!«

»Was soll's denn geben?« fragte Jim Collins, der nun frech aus dem Haufen heraustrat. »Man wird sich doch noch die Finger wärmen dürfen an einem kalten Morgen!«

»Wenn's weiter nichts ist, was ihr auf dem Herzen habt, so kann euch schon geholfen werden. – Zu kalt, was? Ich werde euch schon einheizen, wenn ihr euch nicht augenblicklich nach vorn packt!«

Niemand rührte sich vom Fleck. Einer schaute erwartungsvoll den anderen an. Dann trat Jim Collins, der sich von Anfang an als Rädelsführer gefühlt und danach gehandelt hatte, noch näher heran.

» Well, sir«, sagte er bedächtig und ohne ein Zeichen der Erregung. »Wenn Sie's schon einmal wissen wollen, so können wir es ja gleich sagen, ehe Sie es erfahren durch drei Zoll lange Messer und Kugeln, die Amok laufen hier an Deck. Diese Mannschaft hat das Matrosenspielen satt. Wir leben hier in einem freien Land, auf einer freien Insel, unter keinem Gesetz. Jedermann ist hier Kapitän. Es ist aus mit Kapitän Tilden. Wir haben eine Beratung abgehalten, und dies ist, was beschlossen wurde mit Stimmenmehrheit und damit rechtsverbindlich für alle Mann an Bord. Von heute ab geht Schiff und Ausrüstung mit allem Drum und Dran in die Hand der Mannschaft über, wie sich das von Rechts wegen gehört. Denn der Matrose ist auch ein Mensch, sozusagen. Wir leben in einer neuen Zeit. Da ist kein Platz mehr zum Schikanieren und Kommandieren. In Zukunft wird alles kommunistisch gehandhabt. Gleiches Recht für alle und achtern und vorn die gleichen Rationen und Whisky für alle Mann an jedem Tage. Das ist, was wir beschlossen haben in unserem heute zusammengetretenen ausführenden Rat. Wir wissen wohl, daß Sie daran keine Freude haben werden, so wenig wie der Teufel an einem Gebetbuch, aber da es nun schon einmal so ist, so können Sie nichts Besseres tun, als die Flagge zu streichen und sich in Güte auseinanderzusetzen mit dieser Mannschaft. Jede Widersetzlichkeit werden wir bestrafen nach den Gesetzen der hohen See. Im anderen Falle wollen wir Vergangenes vergangen sein lassen und verpflichten uns, Ihnen am Ende der Reise denselben Gewinnanteil auszuzahlen wie jedem anderen Kameraden.«

» Aye, aye«, sagten die anderen, »das ist ein anständiges Angebot.«

»Und nun«, fuhr Jim fort, »geben wir ihnen fünf Minuten Zeit, unseren Vorschlag zu bedenken.«

Einen Augenblick, nachdem er geendet hatte, herrschte betretenes Schweigen. Man hörte nur das Flattern der Leinwand über dem Verdeckshause und das Pfeifen des Sturmes in der Takelage. Jim wischte sich den Schweiß ab, der ihm über seiner oratorischen Anstrengung aus dem Gesicht gequollen war. Der Kapitän stand noch immer wie versteinert vor solcher Verwegenheit. Eine dicke Zornesader schwoll auf seiner Stirn. »Fünf Minuten!« rief er mit donnernder Stimme. »Ich brauche nur drei, um euch den Wind aus den Segeln zu nehmen. In drei Minuten lasse ich euch alle in Eisen legen und verpflichte mich, euch mit heiler Haut nach San Franzisko zu bringen für eine gerechte Aburteilung in Onkel Sams Gerichtshof! – Mister Jim! Von allen Mistern, die ich je gesehen habe, ist der der tollste! Ich werde euch mistern! Noch ehe die Stunde um ist, werdet ihr eure Köpfe noch verdammt viel höher tragen. Von einer Rahnock werden sie baumeln, wenn ihr euch nicht augenblicklich nach vorn schert, wo ihr hingehört!«

Er schaute sich um nach Alaska-Jim, der aber ruhig stehen blieb und tat, als ob er nichts gehört hätte. Er warf einen zweifelnden Blick auf die Bootssteuerer, die um den Ofen standen. Aber auch diese machten keine Miene, den Befehlen nachzukommen. In allen Mienen stand die gleiche Verdrossenheit, in allen Augen brannte das gleiche Feuer der Meuterei. Nur der Koch, der in der Tür der Kombüse stand, fand sich bemüßigt, einige Worte zu sagen.

»Vielleicht, Herr, ist's besser, Sie treiben die Sache nicht auf die Spitze«, meinte er, indem er seine nassen Hände an der Schürze abwischte. »Sie sehen, daß alle Mann im anderen Lager sind, und 's ist ein verdammt schweres Geschäft, ein Schiff wieder vor den Wind zu bringen, wenn es schon einmal durchgedreht ist, und das, wenn man so knapp an Mannschaft ist wie Sie – mit Ihrer Erlaubnis, Herr.«

Langsam wandte sich der Kapitän nach dem Sprecher.

»Vielleicht, Herr Koch, haben Sie die Güte, sich nach der Kombüse zu bemühen, damit die Beefsteaks nicht wieder anbrennen wie gestern abend«, sagte er mit eisiger Ruhe.

Dann drehte er sich plötzlich um und stand mit erhobener Pistole vor dem meuternden Haufen.

»Zurück«, donnerte er sie an, »wer noch einen Schritt weiter geht, der hat eine Kugel zwischen den Rippen und wandert obendrein an die Rahnock, noch eh die Sonne aufgeht!«

Aber noch ehe die Worte ganz ausgesprochen waren, packte ihn Joe Carrols Arm von hinten wie eine Eisenklammer. Die Kugel ging pfeifend durch das Dach des Deckhauses. Im selben Augenblick war Jim herangesprungen und stieß zu mit dem langen Scheidemesser mit einer Geschicklichkeit, die von langer Übung zeugte. Es war ganz so, wie wenn man irgendwo in der Pampa ein wehrloses Schaf abschlachtet. Fast ohne einen Laut war der starke Mann hintenübergefallen, und nun lag er regungslos da mit weitausgestreckten Armen und geballten Fäusten.

Einen Augenblick herrschte Totenstille. Es war, als ob der Geist des Mannes, den sie im Leben so sehr gefürchtet hatten, sie nun auch noch im Tode gefangen halte. Louis Gonzalez, der portugiesische Bootsteurer, beugte sich behutsam über den Körper. »Ave Maria!« sagte er, indem er das Zeichen des Kreuzes machte. »Er ist tot. Schon auf dem Wege zur Hölle, und wenn es wahr ist, was die Leute sagen, so wird es ihm dort nicht an Licht und Kohlen fehlen!«

Alaska-Jim war der erste, der wieder sein Gleichgewicht fand.

»Dies ist eine häßliche Geschichte, Jungens«, sagte er mit seiner fettigen Stimme, die auch jetzt noch wie Öl aus seinem Munde floß. »Aber es hat keinen Zweck, darüber zu weinen, weder über vergossene Milch noch über vergossenes Blut. Eines Tages werden wir alle dahin kommen. Die einen im Bett, die anderen im Wasser, die anderen an der Rahnock, aber alle zu David Jonas. Es ist indes ein schlechter Wind, der niemand etwas Gutes zuweht. So sind wir jetzt alle miteinander Schiffsreeder geworden, sozusagen. Da es aber kein Schiff ohne Kapitän geben darf, so schlage ich vor, daß wir gleich einen wählen.«

Einen Augenblick unterbrach er seine Rede, während die Matrosen ziemlich einfältig einander anschauten.

»Wie wär's mit Alaska-Jim?« meinte Jim Collins.

»All right«, murmelten einige, »wenn es denn sein muß. Er ist so gut wie ein anderer, 's wird wohl auf eins herauskommen, ob er Jim, Jack oder Charley heißt.«

»Ist jemand gegen den Vorschlag?« fragte Jim.

Niemand meldete sich.

»Dann nehme ich die Wahl an, obwohl ich mich nicht danach gedrängt habe. Dies wird nun ein republikanisches Schiff sein, sozusagen, und ich so eine Art Präsident. Ihr wißt ja alle, wie sanftmütig ich bin und wie gut und angenehm ich Gesellschaft halte. Leben und leben lassen ist meine Parole. Volle Rationen für alle Mann und am Ende der Reise eine Handvoll Dollars für jeden einzelnen. Nun, ich denke, das wäre so viel, wie nur irgendein Kapitän tun kann für seine Mannschaft. Geht jetzt nach vorn. Ihr braucht heute nicht zu arbeiten bei dem Hundewetter. Der Koch wird euch eine Extraportion Pudding kochen. Und was ich noch sagen wollte: Mister Collins, ich ernenne Sie zu meinem Dritten Steuermann und muß Sie bitten, Ihre Sachen achteraus nach der Kajüte zu bringen.«

Langsam und fast wortlos, wie sie gekommen, trollten die Leute sich wieder nach vorn, und wäre nicht der Tote gewesen, der da lang ausgestreckt in der Mitte des Raumes lag, so hätte nichts dafür gesprochen, daß die Tragödie, die eben hier vor sich gegangen war, etwas anderes gewesen wäre als ein wüster Traum. Doch da lag er, steif, mit zurückgeworfenem Kopf und starren Augen, die gläsern nach der Decke stierten. Der Mund war weit aufgerissen, und die im Todeskrampf zusammengezogenen Lippen über den bloßen Zähnen verursachten ein schauriges Grinsen in dem frauenhaft verzerrten Gesicht. Es war das erstemal in meinem jungen Leben, daß ich einen Toten gesehen hatte. Ich sollte bald noch andere sehen.

Die anderen standen indes dabei und betrachteten den Toten mit einer Kaltblütigkeit, die etwas Grausames an sich hatte. Fred Andersen untersuchte mit Kennermiene die Wunde, aus der kaum ein Tropfen Blut herausquoll. »Ein sauberes Stück Arbeit«, sagte er bewundernd. »Hab' mir's immer gedacht, daß Jim Collins mit so etwas umzugehen versteht. Wenn er halb so geschickt wäre im Harpunieren, so wäre er ein besserer Mann als ich, und das will viel sagen.«

Eine ganze Weile berieten sie darüber, was sie anfangen sollten mit dem Toten. Jim Collins war dafür, daß man ihn bei Nacht und Nebel wegschaffe, je eher je besser. Die anderen aber protestierten heftig dagegen. Zumal Gonzalez wollte unter keinen Umständen etwas wissen von solchem Vorgehen.

»Ich bin nicht empfindlich«, sagte er entschuldigend, »o nein, nicht für fünf Cents bin ich das! Und ich habe auch nicht allzuviel Religion oder wenigstens nicht mehr, als sonst so Brauch ist unter seefahrenden Leuten. Ich glaube, daß die Toten unter die Luke kommen und geradeswegs zu David Jonas, und dann ist's aus. Wenigstens habe ich noch keinen zurückkommen sehen. Aber wenn man sie schon mal unter der Luke hat, so muß man sie auch ordentlich dicht machen, sonst kommen unversehens die Geister heraus wie die Blasen aus einem Kochkessel und laufen in dunkler Nacht auf dem Verdeck umher und verderben das Glück für die ganze Reise. So war es auf dem ›Morning Star‹, wo sie den Zimmermann über Bord warfen, so war's auf der ›Belvedere‹, wo sie den armen Tommy Burns zum Sterben auf dem Eis zurückließen. Nein, ich habe noch nie etwas Gutes von so etwas kommen sehen. Gebt den Toten, was ihnen zukommt, sage ich, und ihr werdet auch die Geister in ihrer Koje halten. Gebt ihnen ein christliches Begräbnis. Sprecht ein Vaterunser, sagt ein Ave Maria. Sicher ist sicher. Man weiß nicht, für was es gut ist.«

Ein zustimmendes Gemurmel folgte den Worten. Auch der neue Kapitän konnte sich der zwingenden Logik dieser Gedankengänge nicht entziehen. Es sei zwar sehr knapp an Händen für solches Geschäft; es fehle der Pfarrer, die Bibel, die Flagge, aber er wolle sehen, was sich tun lasse.

Zu meiner großen Erleichterung schafften sie den Toten in einen anderen Teil des Deckhauses, und der Zimmermann wurde mit der Herstellung eines Sarges beauftragt.

Acht Tage lang blieben nun die Geschäfte auf demselben Punkt. Draußen wütete der Sturm mit immer gleichem Ungestüm. In dem dicken, blendenden Treibschnee vermochte man kaum das dicht neben dem Schiff aufgestapelte Trinkwassereis zu finden und hereinzubringen, geschweige denn gar in feierlichem Zuge einen Toten hinauszutragen.

Das neue System an Bord machte sich zunächst dadurch vorteilhaft bemerkbar, daß jeder tat, was er wollte, und arbeitete, wenn er Lust dazu verspürte. Die laufenden Pflichten sollten die Reihe herum von jedem einzelnen erledigt werden. Da aber zumeist niemand wußte, an wem gerade die Reihe war, so wurde überhaupt nichts gearbeitet. Die Wirkung der vergangenen Disziplin hielt wenigstens noch lange genug an, um eine Überflutung des geheiligten Achterdecks durch die Matrosen zu verhindern. Dort saßen die »Offiziere« und spielten Poker vom frühen Morgen bis in die späte Nacht hinein. Da sie nur wenig bares Geld hatten, spielten sie um den schwarzen Blocktabak, der sich vor ihnen zu ganzen Haufen türmte.

Der Meister auf diesem Gebiete war offenbar Jim Collins, der mit seinen langen Diebesfingern die Karten wie ein Kenner hantierte und mit seinem scharfen Blick die Augen vom Blatt wegstechen konnte. Bald war seine Koje förmlich zugemauert von Tabakbergen, während die anderen mit trübem Blick und kalten Pfeifen umherschlichen.

Nach acht Tagen war endlich die Gewalt des Sturmes gebrochen und das Wetter etwas sichtiger geworden. Da bei dem hartgefrorenen Boden das Graben eines Grabes zu viel Mühe verursachte, waren sie übereingekommen, den verstorbenen Kapitän nach Seemannsbrauch im offenen Wasser über der Eisgrenze zu versenken. Alle Mann hatten sich um den mit der Flagge bedeckten Sarg im Kochraum des Deckhauses versammelt, und Joe Carrol, der sich offenbar nicht recht wohl fühlte in der Rolle, leitete die Zeremonien. Irgendwo hatte er doch noch eine recht umfängliche, altmodisch aussehende Bibel aufgetrieben, in der er nervös umherblätterte.

»Das ist nun gewiß schon zum hundertsten Male, daß ich dabei gewesen bin, wenn sie einen Jungen zu David Jonas schicken«, sagte er ratlos, »aber ich will meinen Hut fressen, wenn ich den Spruch finden könnte, der sich schickt für einen christlichen Seemann. Ich finde ihn nicht und wenn ich mich dadurch vom Galgen retten sollte.«

»Du mußt ganz hinten nachsehen«, sagte einer aus dem Publikum, »dann weiß man doch, wie's ausgeht.«

So schaute er denn ganz hinten nach in der Offenbarung Johannis bei der Geschichte von dem großen Tier. Das weiß ich noch wie heute.

»Und das Tier ward ergriffen und mit ihm der falsche Prophet und die das Tier anbeteten; lebendig wurden sie in den feurigen Pfuhl geworfen, der mit Schwefel brannte. Und die anderen wurden erwürgt durch das Schwert, und alle Vögel wurden satt von ihrem Fleisch. Amen. – Und nun schafft mir das fort!«

Alles in allem war es ein recht nüchternes und nicht eben stimmungsvolles Begräbnis. Leben und Tod galten offenbar nicht viel in dieser Umwelt. Ich sollte bald noch mehr herausfinden, wie wenig das der Fall war.

Am Abend versammelten sich alle Mann in der engen Kajüte zu einem Leichenschmaus. Alles, was noch übrig war an leckeren Konserven, mußte herhalten für die Gelegenheit. Spargel, Marmelade, Büchsenfleisch und kalifornische Früchte, die sie mit den Händen aus den Büchsen fischten. Vor allem aber lange Batterien von Whisky- und Branntweinflaschen, aus denen jeder nach Belieben seine Blechmug füllte. Bald war ihnen das Ausgießen zu viel Mühe, und sie wählten ein abgekürztes Verfahren. Jeder packte eine Flasche, brach ihr den Hals ab an der Tischkante und stürzte das köstliche Getränk in den schon übervollen Magen. Mit zunehmender Gemütlichkeit wurden sie immer gewalttätiger. Sie zerschlugen das Mobiliar aus purem Übermut. Einer warf eine Flasche in den großen Wandspiegel, dessen Scheiben klirrend durch die ganze Kajüte sausten, wie so viele Granatsplitter. Die anderen waren schon zu weit vorgeschritten in ihrem glücklichen Zustand, als daß sie das weiter beachtet hätten. Sie lachten und weinten, sie stritten miteinander und vertrugen sich wieder, und immer und immer wieder grölten sie mit rauhen, vom Schnaps verbrannten Stimmen das alte Lied, bei dem mir noch heute die ganze Kälte des Eismeeres über den Rücken läuft, wenn irgendwo an Bord die Matrosen den Kehrreim bei der Arbeit am Gangspill singen:

»Whisky, Johnny ...«

Zumal Jim Collins war schon erheblich mehr als drei Strich im Wind. Er fühlte sich unter den Fischen der Walfisch. Jeden einzelnen forderte er zum Boxkampf heraus, und da keiner geneigt war, die Herausforderung anzunehmen, wurde er immer kriegerischer. Schließlich endete er bei Alaska-Jim, über dessen neuerworbene Kapitänseigenschaft er sich in den niedrigsten Ausdrücken erging. Groß und breit pflanzte er sich vor ihm auf. Sein sonst so gelbes Gesicht war krebsrot vom Alkohol, und Mordlust leuchtete wieder aus seinen grünen Augen.

»Brauchst mich nicht so anzusehen mit deinen Schellfischaugen!« fuhr er ihn an. »Die ganzen Tage her habe ich dich bewundert mit deiner Kartoffelnase, und in der Tat: eine feinere Gallionsfigur habe ich noch nie gesehen für eine Kapitänskajüte. – Kapitän! Nicht mehr bist du Kapitän als die Katze in meiner Mutter Küche! Ich bin es, der das Ding gedreht hat vor acht Tagen, und ich bin es, der es immer wieder drehen kann, wenn es mir eben paßt. Und darum bin ich Meister und Präsident über alle Kapitäne, wie der Boß in Tammany Hall. – Savvy?«

»Das weiß ich, daß du fix bist mit der Zunge und ebenso mit dem Messer«, sagte Alaska-Jim, »aber dein Kopf ist niemals viel wert gewesen – nein, nicht für fünf Cents!«

»Nicht für fünf Cents? Komm herauf an Deck! Wir werden es gleich herausgefunden haben, wer der Bessere ist von uns beiden!«

Solche Kampfansage wirkte wie ein elektrischer Funke auf die Schar der Raufbolde. Die Aussicht auf einen regulären Boxkampf, und dazu noch zwischen Kapitän und Steuermann, hatte etwas ungemein Verlockendes. Sie sparten nicht mit Aufmunterungen. Im Nu hatten sie oben an Deck einen mit Strecktauen eingefaßten »Ring« hergestellt, wo die beiden alsbald ihre Kunst zum besten gaben. Freilich waren sie beide nicht »in bester Form«. Schon drunten waren sie mehrere Strich im Wind, aber hier oben, in der rauhen Nachtluft, die einen beim Austritt aus der whiskydunstenden Höhle wie ein wildes Tier überfiel, waren sie augenblicklich vollständig »durchgedreht«, wie man seemännisch sagt. Die umherstehenden Jungens ließen es zwar nicht an Aufmunterungen fehlen, aber bei den Kämpfern selber war es nur die Frage, wer dem Wirken des Alkohols noch am meisten Widerstand zu leisten vermochte. Bald wurde es offensichtlich, daß Jim nicht derjenige war. Im großen und ganzen erging es ihm wie jenem Schutzmann mit dem klassischen Polizeibericht: »Bald lag er oben, bald ich unten.« Schon war er übel zugerichtet, als er in seiner Wut eine an Deck liegende Handspeiche ergriff und mit einem Schlag seinen Partner niederstreckte, so daß er langewegs an Deck hinfiel und sich nicht mehr regte, nicht anders als der andere, dessen Leichenbegängnis man eben erst gefeiert hatte.

Stolz wie ein Sieger schritt Jim davon, ohne sich noch einmal umzusehen nach seinem Opfer. Die Zuschauer, die offenbar nicht auf ihre Kosten gekommen waren bei dem Schauspiel, fingen an zu murren, und es hätte nicht viel gefehlt zu dem Ausbruch eines wilden Kampfes aller gegen alle. Die einen meinten, der ganze Verlauf des Kampfes sei nicht »fair« gewesen, und bestanden auf einer Wiederholung des Schauspiels, die anderen waren im Gegenteil der Ansicht, daß alles »fair« sei im Krieg und in der Liebe und daß es am Ende doch nur auf das Resultat ankäme. Das aber spräche doch entschieden für Jim. So schimpften sie noch eine Weile fort in ihrer trunkenen Beredsamkeit. Dann ver-

schwanden sie wieder im Deckhaus, und von drunten kam grölender als je das alte Lied mit dem langen Schnörkel:

»Whisky, Johnny ...«

Nicht um alles in der Welt mochte ich wieder dort hinuntergehen. Wohl eine Viertelstunde lang saß ich regungslos in der Kälte und starrte in die sinkende Nacht und auf das kahle Verdeck unter den dicken, hartgefrorenen Schneemassen. Ich starrte hinaus in die frostige Wildnis, und es war mir, als ob ich sie noch nie so tot und einsam gesehen hätte in all den langen Monaten. Draußen auf dem Eise stand noch immer der Schlitten, den sie schon am frühen Morgen gepackt hatten zur Reise nach dem Innern. Die Hunde schliefen im Geschirr. Jack, der Eskimo, saß noch immer daneben und rauchte seine Pfeife mit einer Geduld, deren nur ein Eskimo fähig ist. Immer wieder mußte ich inzwischen nach dem Ohnmächtigen hinsehen. Der lag noch immer lang ausgestreckt auf dem Verdeck. Nicht ein Glied rührte er während der ganzen Zeit. Die weit aufgerissenen Augen starrten stier und regungslos vor sich hin. Aus einer häßlichen Stirnwunde quoll das Blut, das quer über das Gesicht lief. War er tot? Ich beugte mich über ihn und hörte seine unregelmäßigen Atemzüge. Für diesmal war also das Schicksal noch einmal an ihm vorübergegangen. Aber auf wie lange noch? Und wer konnte sagen, ob er morgen noch leben würde in diesem Narrenschiff?

Ich stand und starrte noch eine Weile ratlos vor mich hin. Dann überwand ich den Widerwillen und machte mich an eine Durchsuchung seines Körpers. Da hing auch wirklich der Leinenbeutel an einer teerbeschmierten Schnur über seiner haarigen Brust. Mit zitternden Händen, die kaum das Messer zu halten vermochten, schnitt ich ihn los. Dann rannte ich über die lose umherliegenden Taue hinweg nach vorn, so schnell mich die Beine trugen. Ganz mechanisch, fast unbewußt, war ich bei alledem vorgegangen, und so war es wohl nur der Zufall, der mich nach dem Mannschaftslogis führte. Es war dort ganz still. Die Lampe brannte düster in dem ewigen Dunkel des kahlen Raumes. Alle Bewohner waren ausgeflogen, mit Ausnahme von Hein Petersen, der ungestört in seiner Koje lag. Denn wenn irgend etwas nicht nach Hein Petersens Geschmack war, so legte er sich schlafen und ließ den lieben Gott für alles weitere sorgen. Glücklicher Hein Petersen! Er könnte auf einer Rolle Stacheldraht einschlafen, wenn es sein müßte, er würde schlafen unter dem Henkerbeile, wenn es nicht anders ginge. Nie wieder habe ich einen anderen Menschen angetroffen, der so wie er den Schlaf kommandieren konnte. So half ihm auch jetzt wieder sein gleichmäßiges Schnarchen über Mord und Totschlag dieser blutigen Zeit.

Beim unsicherem Licht der Lampe untersuchte ich den Beutel. Es war ein ganz gewöhnlicher, grauleinener, mit dicken blauen Streifen versetzter Beutel, der stark nach Teer und Tabak roch. Zugebunden war er mit einem teerigen Bändel von der Sorte, wie ihn auf alten Schiffen die Matrosen aus Kabelgarn drehen, wenn der Bootsmann nicht mehr weiß, was er anfangen soll mit den müßigen Händen der Wache an Deck. Allerlei Schätze kamen daraus zum Vorschein. Eine große Segelnadel, eine Marlinspike, ein angeschnittener Block von dem schwarzen Plattentabak, eine alte Maiskolbenpfeife und ganz zu unterst ein weiteres, sorgfältig in Ölzeug verpacktes Paket. Schon einmal hatte ich dieses gesehen bei der nächtlichen Unterhaltung zwischen den beiden Galgengesichtern, kurz vor der Mordnacht. Die Neugierde brannte wie Feuer in meinen Adern. Die zitternden Hände konnten kaum den Knoten lösen. Und die Erwartung wurde nicht getäuscht. Es war die Karte.

Einen Augenblick flimmerte es mir vor den Augen, während ich den Schatz untersuchte. Es war eine sorgfältig auf Leinen aufgezogene Karte von etwa einem halben Quadratmeter Umfang. Wie alles andere in dem Beutel, so roch auch sie nach Teer und Tabak, aber die handgezeichnete Skizze der Landmarken und Küstenlinien war äußerst sauber ausgeführt und rührte gewiß von einem Manne her, der länger die Schulbank gedrückt hatte als Jim Collins, Joe Carrol und Konsorten zusammengenommen. Der Rand der Karte war dicht beschrieben mit allerlei unverständlichen Notizen und nautischen Berechnungen, aus denen man nicht Kopf noch Fuß machen konnte. Der Plan der Karte aber war ganz klar und eindeutig. Da war die Entenbucht, in der wir lagen, in genauer Ausführung, mit vielen Lotungen, bis weit hinaus ins offene Meer, bei zehn Faden Tiefe. Überall entlang der im wesentlichen in ost-

westlicher Richtung verlaufenden Küste waren die Landmarken eingezeichnet, die wir alle nur allzu gut kennengelernt hatten in den letzten Monaten. Das Land, auf dem wir uns befanden, bildete eine Halbinsel, die nordwestlich von unserem Liegeplatz wieder etwas nach Osten einbog in eine weite Bai, in deren Grunde an der Mündung eines kleinen Flusses sich eine fast kreisrunde Bucht befand mit einem engen Eingang, der wohl gerade nur groß genug war, um die Einfahrt eines Schiffes von der Größe der »Bonanza« zu ermöglichen. Sie trug den Namen Walroßhafen. Der steile Berg, der dicht hinter der Bucht zu anscheinend sehr beträchtlicher Höhe aufstieg, trug den Namen Bramstenge und war aus irgendeinem unerfindlichen Grunde mit einem dicken Kreis aus roter Tinte bezeichnet. Von dort lief eine schnurgerade, punktierte Linie über einen weiter südlich gelegenen Berg – es war kein anderer als unser alter Bekannter, der David Jonas – hinweg direkt nach unseren Winterquartieren. Überall den Weg entlang standen seltsame Randbemerkungen, wie sie Jack an Land in den Mund kommen, wenn er »an Bord eines Pferdes« oder auch mit einem Hundeschlitten über Berg und Tal geht. »Ebener Grund, leichtes Segeln« stand an einer Stelle. »Starke Strömung Nord zu Ost, halb Ost« an einer anderen. Auf einem flachen Bergrücken, der auf der Karte als der Walfisch bezeichnet wurde, ging es an einer Stelle durch eine enge Schlucht, die sie das Spautloch getauft hatten. »Rechtweisend Nord zu West« stand als Kurs, und als Entfernungsangabe »Sechzig Seemeilen, wie die Krähe fliegt.«

Alle diese Angaben verschlang ich mit gierigen Augen, wie man sich wohl denken kann. Jede einzelne der verschrobenen Notizen wiederholte ich wieder und wieder und hämmerte sie in meinen Kopf, bis ich sie auswendig wußte. Aber je mehr ich mir einen Vers darauf zu machen suchte, desto wirrer wurde es mir im Kopfe.

Was sollten diese Krähenfüße? Es war wohl nicht anzunehmen, daß Alaska-Jim solche Kurven für nichts und wieder nichts in der Tasche herumträge, und nach allem, was man so hörte, war auch dieser Kapitän MacKay nicht der Mann, der aus Freude an der roten Tinte die Kreuze auf der Landkarte malte. Etwas mußte schon dahinterstecken, da wir doch eben um dieser Krähenfüße willen den ganzen Weg von New Bedford bis hierher gekommen waren. Je länger ich darüber nachdachte, desto klarer wurde mir alles. – Ah, dieses war eine nie wiederkehrende Gelegenheit. Hier war die Karte, dort draußen der Schlitten, und alle Mann an Bord drei Strich im Wind. Wahrlich, man verdiente alle hier noch zu erduldende Sklaverei, wenn man die Gelegenheit nicht ausnützte, die einem ein günstiger Wind in den Schoß geweht hatte!

Wie ich noch bei diesen Gedanken war, kam Jack, der Eskimo, die steile Treppe herunter.

»Matrosen viel besoffen«, sagte er unwirsch. »Ich gehe. Allright.«

Schon machte er Miene, wieder die Treppe hinaufzusteigen, als sein Blick auf die Karte fiel.

»Mokporah!« rief er erstaunt.

Der Eskimo läßt sich im allgemeinen nicht leicht verblüffen von den Künsten der zivilisierten Welt. Vor Schriftstücken aber – den Mokporahs – hat er großen Respekt. Nie würde er sich in seinem eigenen Lande der Führung eines Weißen anvertrauen, den er wegen seiner Unbehilflichkeit mit Recht bemitleidet, es sei denn, daß dieser als Talisman ein wunderkräftiges Mokporah mit sich führe.

Ich setzte ihm den Fall in Kürze auseinander und klärte ihn auf über das Schiff und das viele Kaukau auf der anderen Seite des Landes. Da funkelten seine Augen. » Allright«, sagte er, »naguruk, pagmamme pischak.« Denn das Vielewortemachen ist nicht nach der Art der Eskimos.

Wenn ich nun erzählen will von jener letzten halben Stunde an Bord der »Bonanza«, so fängt meine Feder an zu meutern. Es war alles wie im Traum. Mit fiebriger Hast ging ich den Geschäften nach, ohne mir selbst recht darüber klar werden zu können, daß dieses alles wirkliches Geschehen und nicht die Ausgeburt phantastischer Träume war. Draußen auf dem Eise stand noch immer der Schlitten klar zur Abreise. Die Hunde schliefen zusammengeringelt im Geschirr. Die Ausrüstung für eine Reise von acht bis vierzehn Tagen war an Bord. Fehlte nur noch der Seesack mit den persönlichen Habseligkeiten. In der Eile stopfte ich ihn voll mit allerlei nutzlosem Plunder, den man am ersten Reisetage schon als Ballast über Bord werfen mußte, während nützliche Dinge, wie Messer, Pelzhandschuhe usw., zurückblieben.

Im legten Augenblick sah ich mich noch einmal in dem düstern Räume um, der mir so lange eine, wenn auch recht stiefmütterliche Heimat gewesen war. Mein Blick fiel auf Hein Petersen, der noch immer kräftig drauflos schnarchte in seiner Koje.

»Sollen wir ihn mitnehmen?«

Da drehte er sich auch schon um mit einem Seufzer und schaute uns mit großen Augen an.

»Treck' man din Tüch an, Hein. Wi gat up de Reis'.«

»Utpiken?«

»Ja.«

»Denn man tau! Wat sin mut, mut sin.«

In weniger als zehn Minuten stand er schon fix und »landfein« angezogen und wartete beim Hundeschlitten. Armer Hein Petersen! Sein Kopf war niemals viel wert gewesen und seine Zunge noch viel weniger. Aber wo es darauf ankam, da war er noch immer zur Stelle mit seiner alten Devise: »Wat sin mut, mut sin.« Und fast will es mir scheinen, daß es heute besser stünde um unsere arme Erde, wenn es mehr solche Leute gäbe, die weniger reden und mehr »man tau« sagen.

Nicht länger als einige zwanzig bis fünfundzwanzig Minuten brauchten wir für diese Vorbereitungen, obwohl sie mir in meiner Ungeduld wie ebenso viele Tage vorgekommen waren. Der Sicherheit halber entfernten wir die verräterischen Schellen vom Geschirr und führten das Gespann langsam und vorsichtig in den Schatten des nächsten Hügels. Mein Herz schlug zum Zerspringen vor Angst und Erwartung. Endlich aber war es soweit. Die Peitsche sauste durch die Luft. Die Hunde legten sich mit voller Kraft ins Geschirr.

Es war eben Mitternacht. Am Horizont stand die Dämmerung in leuchtenden Farben. Hoch oben am Himmel, wo das Smaragdgrün des heraufziehenden Tages mit den Nachtschatten kämpfte, stand eine blasse Mondsichel. Es war ganz windstill und beinahe warm. Scharf hoben sich die Masten des Schiffes vom hellen Himmel ab. Aus dem Kajütenfenster schimmerte ein rotes Licht, und von dorther kam auch mit rauhen, alkoholschweren Stimmen der nimmerendende Singsang mit dem langen Schnörkel:

»Whisky, Johnny ...«

Drei Mann und ein Schlitten

Was soll ich nun von der Reise über die Insel erzählen? Ich habe später noch manche abenteuerliche Fahrt unternommen, in aller Herren Länder, aber keine wieder wie diese. Keine je wieder mit einer Seele so voll von widerstreitenden Gefühlen und Empfindungen, die einander jagten wie die Schneeflocken in einem Wintersturm. Das Gefühl, nach so langer, langer Zeit nun endlich los zu sein von dem verhängnisvollen Schiff mit seiner verhaßten Disziplin, war uns allen eine Genugtuung von unaussprechlicher Wonne. Kein Kapitän Carrol, keine Nachtwachen, keine Rationen, kein »Whisky, Johnny« mehr! Hier draußen war alles Freiheit und Ungebundenheit, und der Kochtopf brauchte niemals leer zu werden, solange es wilde Rentiere gab und man eine Patrone hatte, um sie zu schießen. Und doch – während wir so dahin wanderten und uns einzureden versuchten, daß es uns eigentlich ganz wunderbar ginge, da hockte die Sorge schon mitten unter uns. Und die nagenden Zweifel und die fressende Ungeduld. Ich selbst – ob ich es mir auch nicht eingestehen wollte – kam mir vor wie einer, der eine Reise nach dem Mond unternommen hat. Gewiß: da war die Karte, und eine recht sauber ausgeführte Karte obendrein, aber wer garantierte dafür, daß die darin eingezeichneten Linien und Kreuze etwas anderes waren als das zwecklose Spiel einer müßigen Phantasie? Und wenn sie es waren – was dann? Ich mußte darüber nachdenken, ob ich wollte oder nicht, und je weiter wir vordrangen in die weiße Wildnis, desto größer wurde das Fragezeichen.

Das Reisen mit Hundeschlitten ist eine schwere Kunst, von der derjenige, der sich noch nie darin versucht hat, sich nimmer eine richtige Vorstellung machen kann. An der Küste des Eismeeres, wo der Schnee zumeist hart ist, so daß ein Einsinken nicht zu sehr zu befürchten ist, sind die Schlitten auf Läufen gebaut und die Hunde nebeneinander gespannt, während auf dem weichen Schnee weiter im Inland die Hunde hintereinander angespannt sind und der Schlitten selbst flach und ohne Läufe auf dem Schnee liegt. Bei unbetretenen Bahnen muß stets jemand vorauslaufen, nach dem sich die Hunde richten können – falls es ihnen beliebt. Denn es gibt auf dieser Erde kein widerspenstigeres Geschöpf als einen Schlittenhund.

Schon gleich in der ersten halben Stunde, als wir noch kaum außer Sicht des Schiffes im Schatten der Hügel angelangt waren, verweigerten sie die Gefolgschaft. Wie auf Kommando legten sich alle hin und waren mit List und Drohungen nicht mehr zum Weitergehen zu bewegen. Auf alle Peitschenhiebe reagierten sie nur mit schaurigem Geheul. Und plötzlich – wer kann wissen, was alles in so einem Hundegehirn vor sich geht? – stürzten sie übereinander her wie eine Meute gieriger Wölfe; ein wilder Kampf aller gegen alle. Hilflos standen wir dabei und betrachteten dieses knurrende, zähnefletschende Chaos. Zehn gegen eins war zu wetten, daß sie auf dem Schiff den Aufruhr hören würden, und dann war es aus mit der neuen Freiheit. Erst allmählich gelang es, dem Hexensabbat ein Ende zu machen. Dann ging es in gestrecktem Galopp landeinwärts auf der ausgetretenen Bahn, immer im gleichen Tempo, während der ganzen Nacht, hinter den kleinen Teufeln, denen die lange Ruhezeit und die gute Fütterung der letzten Wochen offenbar in die Glieder gefahren war.

Als wir oben auf der Hochebene angelangt waren, war der junge Tag schon angebrochen. Der Morgen stand blutrot über den Schneefeldern, und die aufgehende Sonne warf lange, bläuliche Schatten über die Schneebänke, die in gleichmäßigen Wellen über der Ebene lagen. Beinahe gerade von vorn, aus Nordosten, wehte eine steife, kalte, messerscharfe Brise. Fast genau im Norden stand eine hohe, nach oben etwas abgerundete Bergspitze, die sich ausnahm wie ein Hut, der irgendwo verlorengegangen war in dem flachen Land. Wir alle kannten ihn nur zu gut. Es war der David Jonas. Oft schon hatten wir ihn gesehen bei klarem Wetter, aber dann nur immer ganz weit weg in nebliger Ferne. An jenem Morgen aber stand sein Bild ganz klar und scharf abgegrenzt vor den feurigen Farben des heraufziehenden Tages. Es schien, als ob er nicht mehr als eine Tagesreise weit entfernt wäre, und es war irgend etwas an seinem Anblick, das so kalt und tot und drohend anmutete, daß ich auf der Stelle wieder umgekehrt wäre, wenn ich mich nicht vor mir selbst geschämt hätte ob meiner Zaghaftigkeit. Tief unten in der Bucht, die klein wie ein Spielzeug aussah, lag die »Bonanza« wie ein kleiner schwarzer Punkt in der weißen Wüste. Noch einmal schauten wir hinunter, und einer blickte den anderen an mit einer Miene, in der noch ein Rest von Zweifel war. Noch war es Zeit, noch konnte man es sich überlegen, ehe man für immer die Schiffe hinter sich verbrannte. Dort drunten hatte man doch immer eine Art von Dach über dem Kopfe, man bekam sein täglich Brot, wenn es auch manchmal noch so spärlich war, während hier draußen alles heulende Wildnis und fressende Ungewißheit ist. Und vielleicht – am Ende ist doch besser der Teufel, den man kennt, als der, von dem man gar nichts weiß. Eine ganze Weile standen wir so und starrten unschlüssig in den heraufdämmernden Tag. Das Gift des Zweifels ging um wie ein Gespenst. Da war es Hein, der das erlösende Wort sprach:

»Wat sin mut, mut sin! Man tau!«

Die Hunde sprangen auf und legten sich ins Geschirr mit lautem Heulen. Vorwärts ging es in den Zähnen des Windes, gerade hinein in die unbekannte Wildnis. – – –

Während des ganzen Tages wehte der Wind in heftigen Böen, die in etwa nordnordöstlicher Richtung aus dem Steuerbordviertel unserer Fahrtrichtung kamen. Die eisige Luft setzte sich als dicker Reif in den Haaren und Augenbrauen fest, der Wind zerrte an den Kapuzen der Pelzkleider. Alles in allem war es ein ungemütliches Wandern und ein recht unerfreulicher Anfang der abenteuerlichen Reise. Und doch war es ein schöner Tag mit klirrendem Frost, strahlendem Sonnenschein und helleuchtenden Farben, wie man sie eigentlich nur im Eismeer erleben kann. Gegen Abend aber wuchs die Brise zum Sturme an. Der treibende Schnee, der anfangs nur ganz niedrig von Schneebank zu Schneebank gefegt wurde und uns nur lieb sein konnte, da er vor etwaigen Verfolgern die Spur verwischte, fing jetzt an, wie ein Nebel die Luft zu erfüllen mit Millionen Kristallen, die alle in der Sonne funkelten und von denen jeder einzelne sich wie eine Nadel in die Haut bohrte. Wie sie auf die Kleidung fielen,

schmolzen sie und froren gleich wieder, so daß wir bald alle daherkamen wie wandelnde Eiszapfen.

Als der Sturm immer stärker wurde, errichteten wir ein Lager mitten auf der schutzlosen Hochebene, im stärksten Unwetter. Oben auf dem Schlitten lag ein starkes Zelt, aber wir konnten nicht daran denken, dieses hier aufzustellen. Der Wind hätte es davongetragen, noch ehe wir einen einzigen Pflock eingerammt hätten. Von der übrigen Ladung des Schlittens wußten wir nichts und, müde wie wir waren, hatten wir auch keine Lust, jetzt eine Inventur zu machen, denn so etwas ist ein schwieriges, zeitraubendes Unternehmen, wenn man es ausführen muß mit klammen Fingern und dicken Pelzhandschuhen bei fünfzehn bis zwanzig Grad unter Null. Es war wohl die gewöhnliche Ausrüstung, die man einem Hundeschlitten mitgab auf die Reise nach den Jagdgründen, wo die Eskimos die Renntiere erlegten. Ein schöner, aus einer alten Petroleumbüchse gefertigter Ofen befand sich an Bord des Schlittens, aber nichts war zu finden, das irgendwie als Brennmaterial hätte dienen können, es sei denn, daß man den Schlitten selbst in Stücke geschlagen hätte. Wohl eine halbe Stunde lang suchten wir vergeblich in dem rasenden Unwetter. Es war die schlimmste aller Tantalusqualen.

So verbrachten wir ohne Zelt und Feuer eine recht unerfreuliche Nacht. Wir kauerten im Lee des Schlittens und spannten die Persenning als Dach. Das gab wenigstens die Illusion eines Schutzes. Aber der Wind peitschte das Tuch, und der kalte Schnee drang durch tausend Ritzen. War das eine Nacht! Wir knabberten die steinharten Schiffszwiebacke und das rohe Salzfleisch, das hart wie Stein gefroren war in dem Wetter. Keiner hatte einen Geschmack von der Mahlzeit. Wolfshungrig, wie wir waren, hätten wir auch eine Handvoll Sägespäne gegessen, wenn sie uns unter die Finger gekommen wäre. Ich versuchte zu schlafen, ungefähr so wie einer, der nächtlicherweile in einem dicht besetzten Eisenbahnzug ein wenig einnickt auf seinem Platze und sich dann glauben macht, er hätte geschlafen. Alle Augenblicke schreckte ich auf, wenn besonders heftige Windstöße an der Decke zerrten und sie in tausend Fetzen davonzutragen drohten, wie ein losgerissenes Bramsegel in einem Kap-Hoorn-Sturme. Trotz alledem war ich offenbar zuletzt doch noch ein wenig eingeschlafen, denn als ich mich wieder umsah, schien der helle Tag durch die Ritzen. Im Lee des Schlittens hatte sich ein Berg von Treibschnee angesammelt, durch den man sich nur mit Mühe einen Weg ins Freie bahnen konnte, wo eben, feuerigrot und übernatürlich groß, die Sonne über den Horizont gekrochen kam. Auch die Hunde lagen, völlig zugeweht, in eng zusammengeringelter Haltung unter hohen Schneebänken, wo sie sich offenbar sehr behaglich fühlten. Der Wind wehte noch immer in heftigen Böen, der Treibschnee füllte noch die Luft, aber die Kraft des Sturmes war gebrochen. Bald wurde das Wetter so sichtig, daß man an die Weiterreise denken konnte.

Diese »Stille nach dem Sturme« war jedoch nur eine Frage der Auffassung. Schon wieder trieb der Schnee so heftig, daß man kaum von einem Ende des Schlittens zum anderen sehen konnte. Ringsum starrte der Blick in das graue, undurchdringliche Nichts, und es wäre wohl am geratensten gewesen, zu bleiben, wo man war, zumal auch der Kompaß in jenen nördlich des magnetischen Pols gelegenen Gegenden nur ein sehr unzuverlässiger Helfer ist. Der einzige einigermaßen verläßliche Wegweiser ist die Lagerung der Schneebänke. Mit geringen Ausnahmen weht der Wind immer entweder aus Nordosten oder Südwesten; demgemäß ist auch die Drift dieselbe, und, falls man sich auf einer größeren Fläche befindet, die das freie Spiel dem Winde erlaubt, liegen die Schneebänke in langen Wellen in der gleichen Richtung. Der Wanderer braucht also nur bei sichtigem Wetter den Winkel seiner Marschrichtung zu der Drift festzustellen, um dann bei jedem einigermaßen erträglichen Wetter einen ungefähr richtigen Weg zu ertasten. Alles das hört sich schön an in der Theorie. Etwas anderes ist es aber, wenn man solche Lehre in die Tat umsetzen will. Man schaut und schaut hinein in den tobenden Hexensabbat, man sucht nach den Spuren, man versucht, den weißen Schleier zu durchbohren, bis einem die Augen brennen, bis man irre wird an allen Richtungen der Windrose und man beim besten Willen nicht mehr weiß, ob man vorwärts oder rückwärts marschiert. Mühsam tappten wir durch den losen Schnee, der stellenweise den Schlitten fast zu vergraben drohte, und durch den Kopf gingen uns dabei allerlei Gedanken, wie sie einem kommen mögen, wenn der Magen knurrt. Immer wieder – ob ich wollte oder nicht – gingen meine Gedanken zurück nach Deutschland, und ich dachte mir, wie fein es doch wäre, wenn man zum Beispiel so einen richtigen Apfel zu essen hätte. Stundenlang hing ich diesem verlockenden Gedanken nach, während die Füße sich mechanisch weiter bewegten. – Ein Apfel! Gab es wirklich noch irgendwo ein Land, wo so etwas wuchs, oder war das nicht alles nur ein lockender Traum und die einzige Wahrheit war dieser Spuk? Wieder und wieder suchte ich diese Ideen abzuschütteln, die sich wie Nebel um meinen Kopf legten. Nicht viel anders mochte es in Heins Kopfe ausgesehen haben. Er murmelte etwas vor sich hin, während er mit gesenktem Kopf durch das Schneewehen schritt. Dann aber blieb er unvermittelt stehen und schaute mich an mit strahlenden Augen und einem wahrhaft verklärten Blick:

»Mensch, Plumen und Klüten!«

Gegen Mittag begann das Wetter immer heller zu werden. Ab und zu brach die Sonne hell durch den Treibschnee. Eine Stunde später war ringsum alles blauer Himmel und strahlender Sonnenschein. Da stand auch groß und breit und nicht mehr wie ein flimsiges, hutförmiges Etwas über der Ebene, sondern als ein schroffer, von Schluchten durchzogener Berg, der Jonas. Gerade voraus in unserer Wegrichtung begannen sich seine Umrisse aus dem grauen Nichts des verlaufenden Schneesturms abzusondern. Ein Stein fiel uns vom Herzen bei seinem Anblick. Der Zufall hatte uns richtig geführt. Wir waren nicht im Kreise herumgelaufen, wie wir gefürchtet hatten, sondern im Gegenteil ein schönes Stück vorwärtsgekommen. Während des ganzen Tages drängten wir weiter trotz der Müdigkeit, die uns wie Blei in allen Gliedern lag. Nichts Lebendes war zu sehen mit Ausnahme von einem Strich Gänse, der weit außer Schußweite von Süden herankam. Bei sinkender Nacht schlugen wir ein Lager auf am Fuße des Berges, der finster und trotzig dastand, ganz in schwarze Schatten gehüllt vor dem nördlichen Himmel, der wie ein einziges glutrotes Feuer brannte. Es war ein schöner Abend, mit so kristallheller Luft und so zarten Farben, wie sie nur das Eismeer kennt. Wie feiner Goldstaub lag es über der Ebene, die letzten Sonnenstrahlen brachen sich in Millionen Kristallen, und überall huschten grüne und blaue Lichter über die Schneefelder. Denn es gibt keinen Platz, auf dem die Farben sich so gerne tummeln wie auf einer weiten Schneefläche, und darum sind sie auch nirgends so lebendig wie dort, wo alles andere Leben unter der Decke des ewigen Winters erstarrt. Für den, der niemals jene Gegenden besucht hat, sind sie kalt und tot, von einer weißen Einförmigkeit, die in dem Menschen den Wahnsinn erwecken kann. Wer aber länger dort gelebt hat, der braucht nur einen Augenblick die Augen zuzumachen, um alles wieder vor sich zu sehen in leuchtenden Farben, wie man sie anderwärts vergebens sucht. Auch das Meer besteht nur aus farblosem Wasser. Und doch – was wäre bunter und vielgestaltiger als das Meer? Wer würde wohl müde werden, es anzuschauen in seinem ewigen Wechsel? Bald ist es der dunkelblaue Himmel, der sich darin spiegelt, bald das grollende Unwetter, bald wieder die königliche Glorie eines reinen, fleckenlosen Sonnenunterganges. Und ist es anders mit den Schnee- und Eisfeldern des hohen Nordens? Nur daß dort die Farben sich millionenfach brechen und verstärken in den frostigen Kristallen der reinen Luft und unendlich viel zarter als anderswo zerfließen in der langen, langen Dämmerung.

Ah, wenn man von den Farben leben, wenn sie mit all ihrer Glut ein Lagerfeuer entzünden könnten! Da saßen wir nun, wie die Nacht zuvor, schutzlos in der Kälte, die messerscharf vom klaren Nachthimmel herunterkam. Beim besten Willen war weit und breit kein Brennmaterial zu erspähen, und es war klar, daß unsere schönen Kochtöpfe, von denen wir mehrere an Bord des Schlittens hatten, nicht in Tätigkeit treten konnten, ehe wir ein recht fettes Großwild – am liebsten wohl einen Bären – vor die Büchse bekommen würden. Denn Speck ist Öl und Feuer. Mehrmals im Laufe des Tages hatten wir frische Spuren gekreuzt, aber in der Hitze des Vorwärtsdrängens war aller Jagdeifer vergangen. Nun aber, da es sich um Wärme oder Kälte handelte, hielt jeder schärfsten Ausguck. Jack, der die besten Augen hatte, blickte schon eine Weile gespannt nach Westen wie einer, der etwas ins Auge gefaßt hat. Plötzlich faßte er mich am Ärmel.

»Zwei Männer!« rief er voll Erstaunen.

Ich fing an zu lachen. Hätte er das Auftauchen einer Seeschlange verkündet, so hätte ich eher daran geglaubt als an solche Botschaft. Wie sollten Menschen in diese Wildnis kommen? Als ich aber selbst meine Augen in der angedeuteten Richtung bewegte, da erfror mir das Spottwort auf der Zunge. In weiter Ferne, aber deutlich sichtbar vor dem glutroten Abendhimmel, bewegten sich zwei schwarze Punkte langsam und gemessen, genau wie Menschen, über den Schnee. Oder wie Moschusochsen oder sonst ein vernunftbegabtes Geschöpf von dunkler Farbe. Langsam kamen sie näher und wurden dabei zusehends größer. Plötzlich aber erhoben sie sich auf Flügeln und flogen davon mit lautem Gekrächze. Es waren ganz gewöhnliche Raben, die die Luftspiegelung zu Moschusochsen verzerrt hatte.

Noch einmal überholten wir den ganzen Schlitten, ob sich nicht vielleicht doch etwas fände, was bei gutem Willen als Brennmaterial dienen konnte. Aber es war nichts zu entdecken, und das war um so mehr der Tantalusqual, als er wohlverproviantiert war mit allerlei leckeren Nahrungsmitteln, die nur einer geringen Erwärmung bedurften, um eine lukullische Mahlzeit zu liefern. Da waren ein Sack Mehl, eine Kanne Sirup, mehrere Pakete Tee, eine Büchse mit Speck und Bohnen, auf der eine verlockende Gebrauchsanweisung stand: »Fünf Minuten in kochendes Wasser stellen.« Das alles war für uns nur Theorie und Druckerschwärze. Alle Phantasie half uns nicht über die traurige Wirklichkeit hinweg. Der Tee blieb ungekocht, und der Sirup in der Kanne war so hart wie Zement. So hielten wir auch diesmal wieder eine kümmerliche Mahlzeit mit harten, trockenen Biskuits. Dann machte es sich jeder bequem, so gut er konnte, auf den Renntierfellen, die wir auf dem Boden des Zeltes ausgebreitet hatten, und versank in einen bleiernen Schlaf.

Die Sonne stand schon hoch am Himmel, als wir uns am nächsten Morgen zur Weiterreise anschickten. Bei völlig windstillem Wetter passierten wir den Westfuß des Berges mit nordwestlichem Kurse. Noch nie während der ganzen Reise waren wir so schnell vorwärtsgekommen. Abgesehen von der glatten Bahn und dem günstigen Wetter beschleunigte auch das Feuer der Erwartung unsere Schritte. Nach den Zeichnungen der Karte mußte die Ebene sich auf der anderen Seite des Berges in ein Hügelland auflösen, das in sanften Wellen zur Küste abfiel. War das der Fall, so konnte man daraus auch auf die Zuverlässigkeit aller anderen Angaben schließen. Wenn dem aber nicht so war? Ich wagte es nicht auszudenken, was dann wohl für Aussichten für die Reise beständen. Hier sollte es sich erweisen, ob das Ding in meiner Tasche ein brauchbarer Führer war oder nur ein Spuk, der uns in der Wildnis narrte. Ich muß gestehen, daß die Angst mir eiskalt über den Rücken lief, während wir blindlings weitertappten durch die weiße Wüste!

Aber siehe da! Es ging alles nach Wunsch. Noch vor Mittag standen wir am Rande der Ebene, die schroff abfiel zu einem Berglande, das sich weithin gegen Norden erstreckte, bis zu einem dunklen Streifen unter dem Horizont, der auf offenes Wasser im Meere hindeutete. Eine ganze Weile stand ich wie angewurzelt und betrachtete das weite Land unter dem dunstverschleierten Himmel. Auch hier war alles nur Kälte und Leblosigkeit und glitzernder Schnee unter flimmernder Sonne. Irgend etwas schien jedoch zu sagen, daß irgendwo in diesen Tälern, die sich so sanft dahinzogen wie die Täler bei uns zu Hause, daß da auch Leben sein mußte und Tiere oder Menschen von irgendeiner Sorte. Ich holte die Karte hervor und verglich ihre Striche mit den Linien der Landschaft. Es stimmte alles ganz auffallend überein. Da war der Bergrücken, der nach Nordwesten führte, dort der Tafelgrund, den die Karte so anspruchsvoll einen Cañon nannte; und dort, weit draußen in dunstiger Ferne die hohe, fast nadelförmige Spitze, das konnte nur die Bramstenge sein. Es stimmte alles! Mein Herz hüpfte vor Freude bei der Feststellung, und zum ersten Male seit dem ersten Augenblick der Flucht kam über mich ein großes, schönes Gefühl der Ruhe und Sicherheit, als ob ich schon wieder in meiner Koje an Bord der »Bonanza« wäre und nicht auf einer Wildgänsejagd, hier draußen in der Wildnis, bei den Füchsen und Wölfen, tausend Meilen von irgendwo.

Auch Jack, der nichts von Karten verstand und auch nichts davon verstehen wollte, schien die Gegend sehr zu gefallen. Eine Weile schaute er mit leuchtenden Augen über die Hügel. Dann hob er lüstern schnüffelnd die Nase und sog begierig die Brise ein, die von dorther kam.

»Ich rieche Rentier!«

Noch eine Weile saßen wir in der Sonne, die schon beinahe heiß vom Himmel brannte. Ich legte mich lang auf den Schnee und kam dabei ins Dösen, nicht anders, wie man zu Hause dösen mag, wenn man im Grase liegt und den Schmetterlingen nachsieht und den Wolken, die über den blauen Himmel segeln. Um so saurer wurde mir nachher das Arbeiten, als gleich wieder die Tretmühle am Schlitten begann. Hals über Kopf ging es den steilen Abhang hinunter in ein in etwa nordnordwestlicher Richtung laufendes Längstal, wo wir munter weitereilten auf ungebahnten Wegen durch die pfadlose Wildnis. Die Sonne schien immer wärmer. Der Wind wehte ganz leise. Es war, als ob man plötzlich in eine andere Welt gekommen wäre. Zwar war auch hier auf Tal und Höhen nichts anderes zu sehen als die ewige, einförmige Decke von Eis und Schnee; kein Fleckchen Erdreich war zu sehen, es seien denn die hohen, schwarzen Felsblöcke, die da und dort im Talgrund lagen, als ob sie ein Riese hierhin geschleudert hätte in seiner Laune. Aber es war etwas in der Luft, das wie balsamischer Südwind daherkam nach den schneidenden Stürmen der Hochebene. Wohin man blickte, sah man im Schnee die Spuren der wilden Rentiere und die breiten, mit kleinen Punkten umgrenzten Abdrücke der Bärentatzen. Ab und zu war es, als ob ein weißer Polarfuchs über die Wegrichtung huschte. Auf allen Steinen saßen Schneeulen, deren unheimliches Hu-Hu sich mit dem melancholischen Geheul der Wölfe mischte, das von irgendwoher aus der Wildnis kam. Es war nicht eben ein freundliches Konzert, aber in meinen Ohren klang es wie süße Musik, denn es waren doch einmal wieder Laute in dieser Lautlosigkeit. Nach Tagen des Schweigens kam einem die Erkenntnis, daß man nicht das einzige stimmbegabte Geschöpf in dieser Wildnis war, und das erfüllte einen mit großer Beruhigung, selbst wenn es nur Eulen und Wölfe waren, die da mit Engelszungen sangen. Der Tag war schon wieder weit vorgeschritten, als wir eine Atempause machten unter einem Felsblock, der weit über den Abhang ragte und so eine völlig schneefreie Höhle bildete. Es war ein schönes Plätzchen für eine Lagerstelle, aber irgend etwas schien nicht geheuer. Überall war der Schnee hartgetreten von den Spuren des Wildes. Die Hunde, die sonst bei jeder Rast sich niederzuwerfen pflegten wie so viele Bleiklötze, standen knurrend auf einem Klumpen und schauten wild in die Einöde, mit flackernden Augen.

Der Grund der Höhle war bedeckt mit Moosen und Flechten und von ganz kleinen, verkrüppelten Kriechpflanzen, wie sie überall auf den Prärien des hohen Nordens vorkommen. Ich kroch hinein auf der Suche nach vertrocknetem Gestrüpp, das sich als Brennmaterial verwenden ließe. Die Höhle war größer, als sie von außen ausgesehen hatte. Der vordere Teil bot Raum genug, um einen Reiter auf seinem Pferde zu beherbergen. Ein rundes, fast wie ein künstliches Mauerwerk aussehendes Gewölbe führte in einen inneren Teil, von wo ein eiskalter Lufthauch herauskam. Der Instinkt des Naturforschers siegte über alle bessere Vernunft, und ich machte mich an die Untersuchung dieses so furchtbar interessanten Höllenrachens. Vorsichtig tappte ich durch die ägyptische Finsternis über die glatte Bahn, die immer tiefer führte. Mit jedem Schritt wurde es unheimlicher. Der dumpfe Modergeruch wurde immer unerträglicher. Zuweilen huschte und raschelte es in der Finsternis. Es mochten wohl Ratten und Mäuse sein, die hier ihr Unwesen trieben. Oder ein hungriger Polarwolf. Oder war es nur das Spiel der überhitzten Phantasie? Plötzlich ertönte aus nächster Nähe, aber vom Eingang her, ein dumpfes Knurren, wie das eines ausgewachsenen Kettenhundes. Zugleich ließ sich von draußen her die Stimme des Eskimos vernehmen.

»Nannuk! Nannuk! Großer Nannuk!«

Die Hunde erhoben ein ohrenbetäubendes Geheul. Erschreckt wandte ich mich um, direkt im Eingang der Höhle stand ein Eisbär von einem Umfang, der mindestens das Doppelte war von all den Bären, die ich bisher gesehen hatte. Wie angewurzelt blieb er auf meiner Rückzugslinie stehen, den spitzen Kopf, der so lächerlich klein und zierlich ist im Verhältnis zu der übrigen Ungeschlachtheit seines Körpers, hob er witternd zur Decke. Dann kam er unbesorgt herangetrollt, in einem gleichmäßig wiegenden Gang.

Offenbar hatte er noch nie in seinem Leben einen Menschen gesehen und wußte nicht, wessen man sich zu versehen hat im Umgang mit diesem gefährlichsten aller Raubtiere. Was er immer auch im Schilde führte, Gutes konnte es jedenfalls nicht sein. Am Ende kam es auf dasselbe heraus, ob er mich mit seinen Tatzen im Zorn erschlagen oder aus lauter Liebenswürdigkeit in der Umarmung ersticken

würde. Ich vergaß alle Vorsicht und rannte laut schreiend immer tiefer in den schwarzen Schlund der Höhle hinein. Es war nur eine Frage der Sekunden, wann er mich einholen würde. Da krachte draußen ein Schuß. Die Kugel pfiff haarscharf an meinem Kopfe vorbei und schlug klatschend in die Felswand. Wie versteinert blieb der Bär stehen vor diesem neuen Wunder. Er stand nun ganz im Schatten der Höhle. Nichts war von ihm zu erkennen als die beiden Augen, die wie zwei grüne flackernde Teufelsaugen in der Finsternis glühten. So stand er wohl eine ganze Minute lang. Oder waren es deren zehn? Oder eine Stunde? Mir kam es vor wie eine Ewigkeit. Draußen krachte Schuß auf Schuß, und es war offenbar, daß keiner sein Ziel verfehlte. Jetzt erst schien Meister Petz zum Bewußtsein seiner Lage zu kommen. Mit einem heiseren Gebrüll, das in der Höhle ein schauriges Echo weckte, stellte er sich auf die Hinterläufe. Dann schnellte er vorwärts in der Dunkelheit. Mit ein paar täppischen Sätzen hatte er mich eingeholt. Ein Tatzenhieb seiner rechten Klaue verursachte eine häßliche Wunde an der Hand, die den Knochen bloßlegte. Noch heute ist an ihrer Stelle eine tiefe Narbe, die mir später noch manchen Verdruß bereitet hat, weil böse Menschen sie mit ganz anderen Abenteuern in Verbindung bringen. Der Anprall hatte mich zu Boden geworfen. Ich lag auf dem Rücken, und das zottige, übelriechende Ungeheuer direkt über mir, auf allen Vieren. Aus einer klaffenden Kopfwunde floß das dunkelrote, fast schwarze Blut in Strömen, mir gerade ins Gesicht. Der Strom wollte mich fast ersticken. Aber ich rührte mich nicht. Ein tiefer Seufzer erschütterte den ganzen Körper, dann brach die gewaltige Masse dicht neben mir zusammen wie ein eingestürztes Haus. Im nächsten Augenblick war Jack zur Stelle und stieß das lange Messer noch einmal tief in die Eingeweide. Als der Bär kein Lebenszeichen mehr von sich gab, putzte er sein Messer und biß ein Stück Tabak ab. Dann erst machte er sich daran, den Schaden zu besehen. Er schien sehr erstaunt, mich noch unter den Lebenden zu sehen.

»Nix kaputt? Nix Nannukmagen?« sagte er ruhig. »Allright, very well.«

Denn die Sorte läßt sich von Tod und Leben nicht imponieren. Nachdem wir mit vieler Mühe mein Bein freigemacht hatten, das der Bär im Fallen unter sich begraben und fast zerquetscht hatte, humpelte ich wieder hinaus ins Tageslicht, das ich um ein Haar nicht wiedergesehen hätte. Ich bin später noch in manchen Höhlen gewesen, auf jener sowohl wie auf anderen Reisen, aber in keiner je wieder, ohne mich vorher eingehend umzuschauen, denn es sind die gebrannten Kinder, die das Feuer scheuen.

Als ich draußen ankam, waren sie eben dabei, noch einen zweiten Bären abzuhäuten. Es war das Männchen, das unbesorgt über den Talgrund kam, um sich nach dem Befinden seiner besseren Hälfte zu erkundigen, die, für mich so sehr zur Unzeit, in der Höhle logierte.

Wie dem auch sei: Da war nun wieder »Kaukau angenini«, wie die Eskimos sagen. Die Hunde fielen mit wahrem Wolfshunger über die Fleischfetzen her und schluckten und würgten, bis sie einfach nicht mehr konnten und sich flach in den Schnee legen mußten aus purer Überfressenheit. Das Erfreulichste bei diesem Reichtum war aber die Tatsache, daß wir endlich wieder Brennmaterial im Überfluß hatten. Der Speck lieferte das Öl, ein Stück Moos den Docht für die Lampe. Bald kochte der Teekessel über dem Feuer, und die Welt war auf einmal wieder wunderschön. Es war so warm, daß man draußen vor dem Zelte sitzen konnte. Die Sonne, die kaum noch über die Hügel hinwegschaute, goß einen Goldregen über die Schneefelder, und es war, als ob die ganze Natur sich reckte und streckte in wonniger Behaglichkeit. Ehe wir noch recht unser Lager aufgebaut hatten, besuchten uns schon die Spatzen, die piepsend um den Kochtopf hüpften.

Am anderen Morgen weckte uns das Zwitschern der Vögel und das neckische Spiel der Sonnenstrahlen, die in flüssigen Ringeln auf dem Zeltboden tanzten. Wieder war es ein warmer, windstiller Tag. Der Schnee war weich und naß, und der Schlitten blieb alle Augenblicke stecken. Schon von der ersten Stunde dieses mühsamen Marschierens waren wir alle in Schweiß gebadet. Fast mit jedem Schritt talabwärts in unserer Windrichtung wurde es lebendiger in der Umgegend. Da und dort erhob sich zwischen den Steinen eine Schar von Schneehühnern und lief schwirrend davon. Die Eulen saßen regungslos auf den Felsen, und die Raben stolzierten schwarz und gravitätisch durch diese Symphonie in Weiß. Hoch oben in der blauen Luft kamen als Bo-

ten des Sommers die Gänse in langen Strichen herangesegelt.

Bald kamen wir in das Tal eines kleinen Flusses, dessen Wasser man deutlich rauschen hörte unter der Eisdecke. Die Oberfläche des Flußeises war vom Winde spiegelblank gefegt, wie eine Schlittschuhbahn. Auf der Karte war diese Stelle deutlich eingezeichnet.

»Blowhole – das Spautloch«, hieß die Bezeichnung. Und sie machte ihrem Namen Ehre. Ein scharfer Talwind ging klagend zwischen den Felsen. Da er gerade von achtern kam, verloren wir keine Zeit, ihn auszunutzen nach seemännischer Art. Wir heißten die Schlittensegel, nahmen die Hunde an Bord, und fort ging die Reise in ansehnlichem Tempo.

Stellenweise war das Tal recht eng, und an einzelnen Punkten traten die Felsen so nahe zusammen, daß es aussah, als ob sie eine einzige Wand bildeten, die das Tal abriegelte. Erst bei näherem Herankommen gewahrte man die schluchtartige Öffnung, durch die der Flußlauf seinen Kurs verfolgte. In solchen Schluchten wuchs der Wind zu orkanartiger Stärke. Man mußte das Segel herunternehmen, und es bedurfte aller Steuerungskunst dreier starker Männer, um zu verhindern, daß der Schlitten in seiner rasenden Fahrt an den roten Felswänden zerschellte. Spät abends erreichten wir eine Gegend, wo das Land wieder offener wurde und keine Felsblöcke mehr aus der Schneedecke schauten. Zahllose Spuren von allerlei Großwild liefen hier über die Fahrtrichtung. Etwas abseits, an einem Hügelhang, bewegte sich, deutlich sichtbar auf dem weißen Hintergrund, eine große Anzahl dunkler Punkte, die Jack als eine Herde wilder Renntiere ausmachte. Der Flußlauf war nunmehr eingesäumt mit kleinen Weidenbüschen, der Aufenthaltsort zahlloser Enten und sonstiger Vögel, die bei unserem Herannahen mit lautem Quack Quack davonflogen.

Unversehens standen wir am Ufer eines großen, fast kreisrunden, zwischen flachen Hügeln eingebetteten Sees. Er war noch ganz mit Schnee und Eis bedeckt, und seine Grenzen waren nur erkenntlich an dem Saum von Weidenbüschen, die die Ufer umgaben. In einiger Entfernung bemerkte man einen Spalt im Eise, aus dem das Wasser wie aus einem Springbrunnen hervorquoll und das umgebende Eis weithin überschwemmte. Es war schon beinahe dunkel, und die Nordlichter standen zitternd am Himmel, als wir unser Lager aufschlugen, hart neben einem besonders dichten Weidengebüsch, in dem sich eben erst mit geschäftigem Geschnatter ein Strich Wildgänse niedergelassen hatte. Hier wenigstens fehlte es nicht an Nahrungsmitteln und auch nicht an Brennmaterial. Hastig raffte ich zusammen, was ich davon finden konnte. Als das Feuer in Gang war, warf ich noch ein Stück Bärenspeck hinein, der es zischend aufflammen ließ mit dunkelroter Farbe. Ein Schuß mit dem Schrotgewehr brachte zwei Wildgänse zur Strecke, die im Nu gerupft und im Kochtopf waren. Über dem kam auch Jack zurück, der gleich bei unserer Ankunft auf rätselhafte Weise in den Büschen verschwunden war. Die Begeisterung war nicht gering, als die auf einer Weidengerte aufgespießte Beute von großen, glänzenden Weißfischen sichtbar wurde.

In jener Nacht saßen wir noch lange beisammen und taten uns gütlich an Fischen und Gänsebraten und schwatzten und lachten und vergaßen alle Müdigkeit über der günstigen Wendung des Geschicks. Aber lange, nachdem die anderen schon eingeschlafen waren, saß ich vor dem Zelt und schaute in das knisternde Feuer, das unstet flackerte im Winde, der kalt aus dem Talgrund kam. Und meine Gedanken waren wilder als der Wind und unruhiger als das Feuer. Die Müdigkeit lag mir schwer in allen Gliedern. Alle Augenblicke fielen mir die Augen zu, aber schlafen konnte ich nicht. Immer mehr kam ich ins Grübeln. Mit wirrem Kopf saß ich vor dem Feuer, das puffend und knisternd in sich versank, und lauschte auf die Stimmen der flüsternden Nacht. Von fernher heulten die Wölfe, und neben dem Feuer knurrten zuweilen die Hunde, wie im Traum. Das ganze Abenteuer, in das wir uns gestürzt hatten, kam mir auf einmal so unwirklich, so unmöglich vor, daß ich mich fragen mußte, ob ich noch ich selber war oder ob das alles nur ein Spuk war, der mich narrte, ein phantastischer Traum, aus dem ich einmal aufwachen würde wie einer, der ein Gespenst gesehen. Was sollte sie eigentlich, diese seltsame Reise, von irgendwo nach irgendwo? So etwas konnte man zuweilen in den Büchern lesen, aber daß das auch in Wirklichkeit möglich wäre, das hatte ich im Ernst noch nicht vermutet.

Gewiß: da war die Karte! Aber das war doch nur ein dünner, zerbrechlicher Faden als ein einziger Führer durch Eis und Winternacht. Ein Stück Papier! Und wer garantierte dafür, daß sie nicht ein Narrenseil war, das uns in dieser Wildnis foppte?

Noch einmal – aber zum wievielten Male? – holte ich sie hervor aus dem schmutzigen Tabaksbeutel. Noch einmal breitete ich sie vor mir aus und studierte sie mit geröteten Augen und klammen, halbverfrorenen Fingern und achtete nicht, wie darüber die Sonne schon wieder hinter den Hügeln hervorgekrochen kam und Land und Himmel vergoldete in ihrer kalten Schönheit. –

Inzwischen waren die Hunde immer unruhiger geworden. Sie knurrten und murrten, und nun waren sie alle auf den Beinen und bellten in den heraufziehenden Tag hinein. Es mußte wohl ein Bär, ein Moschusochse oder eine Herde Karibus in der Nähe sein, denn daß es die bloße Freude an der Morgenröte war, die sie zu solcher Begeisterung entflammte, war doch nicht wohl anzunehmen bei solch prosaischem Geschöpf wie einem Eskimohund. Immer barbarischer wurde der Lärm. Nun war auch Jack auf den Beinen und starrte mit den Hunden hinaus nach einem Gegenstand auf dem Seeeis, der für schlechte Kabelunaaugen nicht erkennbar war.

»Nannuk! Nannuk!« rief er voll Begeisterung, indem er seine Winchesterbüchse ergriff. Gleich darauf legte er sie wieder beiseite mit einem erstaunten Gesicht. Quer über das Eis kam, vom anderen Ufer des Sees her, ein dunkler Gegenstand, der sich gerade auf unser Lager zu bewegte. Ein Nannuk konnte es nicht sein. Dafür war er zu dunkel, und außerdem waren die Bewegungen viel bestimmter, als man bei einem Tiere der Wildnis vermuten konnte. Schnell kam es näher. Nun konnte man es deutlich ausmachen. Es war wahrhaftig ein Mann!

Diese Erkenntnis kam mir fast wie eine Offenbarung. Was man in anderen Zonen zuerst vermutet hätte, war uns hier in dieser Einöde wie ein Wunder. Doch da ging es deutlich erkennbar vor dem hellen Hintergrund der aufgehenden Sonne. Ein großer, sehr magerer Mann mit einem Sack auf dem Rücken, Gewehr über der Schulter und Schneeschuhen von der breiten, geflochtenen Sorte, wie sie Eskimos tragen. Als er in Rufweite herangelangt war, blieb er stehen, hob die Hand an den Mund und rief uns an nach seemännischem Brauch: »Schiff ahoi! Was für ein Fahrzeug ist das?«

»Bootsmannschaft der ›Bonanza‹!«

»Bonanza? Kenn' ich nicht. Dreht bei, bis ich komme!«

Langsam kam er näher, inmitten der tobenden Hundemeute, die er sich mit kräftigen Schlägen seines Stockes nur mühsam vom Halse halten konnte. Im Schatten der aufgehenden Sonne war sein Gesicht nicht zu erkennen, aber seine Gestalt wuchs immer mächtiger aus der Wildnis: ein Mann weit über Normalgröße mit auffallend langen Armen und Beinen, die seiner Erscheinung etwas Affenartiges verliehen. Er trug einen eng anliegenden Anzug aus Seehundfell. Der lange, knochige Kopf stak in einer von einem Wolfsfell umrahmten Kapuze.

»Muktuk Kabeluna«, meinte Jack. Ein schwarzer Weißer.

Es war in der Tat ein farbiger Gentleman, der uns da die Ehre seines Besuches antat. Nicht eben schwarz, aber von jener interessanten Kaffeefarbe, wie man sie bei den Mischvölkern auf den Azoren und Kapverdischen Inseln oder bei den Kanaken der Südsee antrifft. Er hatte ein verwittertes, pockennarbiges Gesicht, mit ungewöhnlich prononcierter Nase und großen, lebhaften, lackglänzenden Augen. Als er dicht herangekommen war, machte er eine Verbeugung, die nicht ohne Grazie war.

» Good morning, gentlemen«, sagte er mit einer weichen Stimme, die seine westindische Herkunft verriet. »Freut mich, Ihre Bekanntschaft zu machen! Verdammt froh bin ich darüber! Seit Jahren habe ich keinen Christenmenschen mehr gesehen, abgesehen von Fung Li und Possum und Tom und Admiral Dewey. Und die kann man doch nicht zu den Christen zählen!«

Mit einem Satz war er mitten unter uns. Ehe ich es verhindern konnte, packte er meine Hand in seinen Riesentatzen wie in einem Schraubstock und schüttelte sie wie ein Pumpenhebel. Dann ließ er von mir ab und wiederholte die Zeremonie bei den anderen. Nachdem er so der Reihe nach shake hands gemacht hatte, setzte er seine Rede fort, ohne einem anderen Gelegenheit zu einer Zwischenbemerkung zu geben.

»Mein Name ist Jonas. – Abraham Lincoln Jonas. Direkt von Jamaika, wo der gute Rum herkommt, von dem ich nimmer einen Tropfen zu trinken bekommen habe in so vielen Jahren. Meine Mutter stammt aus dem lieben alten Georgia, wo die Wassermelonen so groß sind wie die Kanonenkugeln. Mein Großvater ist dort Reverend gewesen an der Episkopalkirche. Man sagt, daß ich viel Ähnlichkeit mit ihm habe, und das will ich gern glauben, denn ich war ein hübscher Mann in meinen Tagen, ehe ich aufs Salzfleisch- und Hartbrotessen verfallen bin an Bord des alten ›Walroß‹.«

»Walroß?«

»Was denn sonst? Ein ordentlicher Seemann muß Schiffsplanken haben, auf denen er sein Salzpferd essen kann. Dort unten liegt der Kasten, nicht eine halbe Tagesreise von hier. – Und von wo mögt ihr herkommen? – ›Bonanza‹? Noch nie etwas gehört von solchem Schiff. – ›Bonanza‹! Ha! Ha! Ja, jetzt fällt mir was ein! Jetzt weiß ich!«

Er fing an zu lachen über alle Stufen der Tonleiter und lachte immer weiter, bis ihm die Tränen über die schokoladenbraune Gesichtshaut rollten. Inzwischen hatten wir ihn in das Zelt gelotst, wo seine schwarzen Augen auf den dort aufgebauten Schätzen ruhten in funkelnder Begeisterung. Wieder packte er mich mit seinen unwiderstehlichen Schraubstocktatzen, und seine Stimme zitterte vor Erwartung.

»Sag' doch, Jim, Jack, oder wie du immer heißen mögst, ist da nicht auch Tabak unter dem Haufen? Wenn das der Fall ist, so verkaufe ich dir meine Seele gleich jetzt für ein einziges Lot. Tabak! Seit Jahren habe ich so etwas nicht mehr gesehen! Alles haben wir an Bord des ›Walroß‹. Mehl, Zucker, Hartbrot, Salzpferd. Es fehlt uns an nichts. Aber meine Seele ist krank nach Tabak! Mit der Zeit macht man sich ja so eine Art Preventer. Seegras und Roßhaar und Kabelgarn habe ich in meiner Pfeife geraucht, aber es ist doch alles nicht wie der richtige Stoff.«

Ich gab ihm ein Pfund von dem schwarzen Plattentabak, nach dem er gierig schnappte mit seinen krummen Fingern. Während er mit religiöser Andacht den Tabak zerschnitt, in der Hand zerrieb und dann die Pfeife stopfte, war kein Wort mehr aus ihm herauszubringen. Erst als das Zelt ganz erfüllt war von den blauen Wolken, fuhr er bedächtig in seiner Rede fort. »»Bonanza‹? Nein, von dem Kasten habe ich noch nie gehört. Aber ich wette meinen Hut gegen das Pfund Tabak, daß Alaska-Jim dort an Bord ist.«

»Das ist er auch.«

»Das wußt' ich zuvor. Alaska-Jim ist überall dort, wo's etwas zu erben gibt.«

»Da haben Sie den Herrn wohl schon früher gekannt?«

»Ob ich ihn kenne? Niemand kennt ihn besser als Abraham Lincoln Jonas. Ein glatter Gentleman mit einer langen Zunge, aber mit einem kurzen Gewissen. Ich habe ihn selber gesehen, damals in der Missionsstraße in San Franzisko, als er Steuermann war an Bord der ›Comliebank‹. Eben geht er an einem Wirtshaus vorbei, und heraus kommen drei Paar Hände, die eine alte Rechnung mit ihm hatten von wegen Schikanieren an Bord. Alle waren bewaffnet mit Scheidemessern, die groß genug waren, um den Teufel zu erschrecken. Aber nicht Alaska-Jim. Er boxt den ersten in den Straßengraben, schlägt den beiden anderen die Köpfe zusammen und bringt sie alle vor Anker in der Polizeistation. Ein andermal, als der Bootsmann auf der ›Mary Sachs‹ ihm den Walfisch verscheuchte, da ging er auf ihn los mit dem Bombengewehr und sprengte ihn in die Luft, daß man die Trümmer in einem Monat nicht mehr zusammengefunden hätte. Ich habe es gesehen mit meinen eigenen Augen. – Ah, Teufel waren Sonntagsschüler neben Alaska-Jim!«

So plätscherte seine Unterhaltung noch eine Weile weiter um dieses Thema, bis sie plötzlich auf ein anderes Gebiet übersprang.

»Ich bin schwarz«, sagte er unvermittelt. »Oder wenigstens doch nicht gerade das, was man einen weißen Mann nennen könnte. Aber ich bin nicht der erste beste hergelaufene Nigger, wie ihr wohl meinen könntet, wenn ihr mich daherkommen seht mit einem Sack auf dem Rücken. So wie ihr mich da seht, bin ich Kapitän. Kapitän und Reeder, Makler und Versicherer, alles in einer Person, seitdem alle Mann an Bord zu David Jonas gegangen sind. Alle, mit Ausnahme von Fung Li, und den kann man doch kaum unter die Menschen rechnen. Herr und Meister bin ich über das Schiff. Kein Mensch ist da als Boß. Keine Arbeit, keine Nachtwachen mehr für Abraham Lincoln Jonas! Ich gehe auf die Jagd, wenn es mir Spaß macht und lege mich zur Koje, wenn es mir darum zu tun ist. Fung Li kocht mir das Essen. Ich schlafe viel, arbeite wenig und werde mit der Zeit fett wie ein Proviantmeister. Aber meine Seele ist krank nach christlicher Gesellschaft. Kommt mit mir, Jungens! Ich werde euch heuern als Bootssteuerer. Ich werde jedem eine Koje in der Kajüte einräumen, und ihr sollt leben wie die Kampfhähne.«

Er unterbrach seine Rede und ließ seine großen, leuchtenden Augen von einem zum anderen gleiten. Nicht die Hälfte hatten wir verstanden von dem Gerede. Nur ungefähr konnte ich mir zusammenreimen, was es mit Tom und Fung Li für eine Bewandtnis hatte, und gar die Anwesenheit einer solchen Respektsperson, wie die des Admirals Dewey, war mir ein unlösbares Rätsel. Da er uns aber gar so freundlich anlachte mit seinem dunkelbraunem Negergesicht, aus dem die weißen Zähne wie Perlen leuchteten, sagten wir nicht Nein zu der Einladung.

Im Nu war das Lager abgebrochen, und schon waren wir auf dem Weitermarsch unter Führung des Kapitäns Abraham Lincoln Jonas, der mit seinem wiegenden Seemannsgang weit voraus marschierte, um den Hunden die Spur zu brechen. Wir marschierten quer über den See und dann steil bergauf bis zur Spitze eines Hügels, von wo das Land wieder steil abfiel zur Meeresküste. Wieder, wie auf der anderen Seite der Halbinsel, lag es auch hier endlos weit ausgebreitet in seiner schaurigen Eintönigkeit von Eis und Schnee. Fern im Norden lag unter dem Horizont das offene Wasser als ein dunkelblauer Streifen, und darüber stand ebenso dunkelblau sein Widerschein am blassen Himmel. In einer kleinen, gegen Westen offenen Bai lag fest eingefroren zwischen übereinander geschobenen Treibeisschollen eine Bark, die der »Bonanza« zum Verwechseln ähnlich sah. So viel Ähnlichkeit hatte die Gegend mit der, die wir eben erst verlassen hatten am Anfang unserer Reise, daß ich mich einen Augenblick fragen mußte, ob wir nicht am Ende im Kreise herumgegangen und an den Anfang zurückgekommen wären. Ich mußte mich in den Arm zwicken, um mich zu vergewissern, daß ich nicht träumte.

Die anderen waren weniger angekränkelt von der Blässe des Gedankens. Am wenigsten die Hunde, die dort unten offenbar eine Mahlzeit witterten. Hals über Kopf ging es bergab, und schon nach zwei Stunden hielten wir auf dem holperigen Eis der Bai, gerade vor dem Schiff.

Von allen Schiffen, die ich je gesehen habe, war dieses das verwahrloseste. Es machte mehr den Eindruck eines von Gott und der Welt verlassenen Wracks. Das ganze stehende Gut hing lose herunter. Überall baumelten die losen, halb ausgeschorenen Gordings und Gaitaue. Die Bramrahe war in der Mitte durchgebrochen, und es sah aus, als ob der andere Teil im nächsten Augenblick auch herunterkommen wollte. Die Großrahe hing lose herunter wie ein lahmer Flügel. Alles war verwittert und verdorben. Von überall kam eine knarrende, ächzende Musik aus rostigen Lagern und ungeölten Blöcken. Kein Lebewesen war zu entdecken, es sei denn eine Eule, die unbeweglich, mit großen, starren Augen auf dem fast gänzlich zugeschneiten Gangspill saß.

»Das ist Tom«, sagte Kapitän Jonas, während wir an Bord gingen, »mein alter Schiffskamerad. Und ein verdammt besserer als manche von denen, die keine Federn haben.«

An Bord des »Walroß«

Schon von außen hatte, wie gesagt, das seltsame Fahrzeug einen recht verwahrlosten Eindruck gemacht. Dieser erste Eindruck wurde nur noch verstärkt, als wir an Deck des alten »Walroß« standen. Offenbar war dieses früher auch einmal eingehaust gewesen wie alle Verdecke überwinternder Schiffe im Eismeer, aber das mußte wohl schon eine Weile her sein, denn das alles stand im letzten Zustand des Verfalls. Nur da und dort war noch ein Stück der Bretterwand zu sehen, von der zerrissene Leinwandfetzen herunterhingen. Von Bordwand zu Bordwand war das Verdeck überzogen mit einer Schicht von steinhart gefrorenem Schnee, der alles gleichmäßig anfüllte, von der Back bis zu dem erhöhten Achterdeck, und alle Decksaufbauten unter sich begrub. Von allen Wanten und Pardunen hingen lange Eiszapfen, die wie schimmernde Kristalle in der frühen Sonne funkelten. Noch immer war alles still und tot.

Kein Lebenszeichen war zu bemerken. Nur die Eule Tom bewegte mechanisch ihren Kopf mit den großen runden Augen.

»Man tau!« sagte Hein Petersen. »Wat sin mut, mut sin! Wat dem einen sin Uhl, is dem annern sin Nachtigall.«

Unser neuer Freund führte uns über eine in den Schnee gehauene Treppe zu der Tür, die nach der Kajüte führte. Eine dumpfe, muffige Luft schlug uns entgegen beim Eintreten. Langsam tasteten wir unseren Weg durch den Gang, denn es herrschte ägyptische Finsternis für das vom Schnee geblendete Auge. Erst allmählich traten einzelne Formen und Gestalten aus dem Dunkel heraus, aber etwas Richtiges war noch immer nicht zu erkennen, trotz des unsicheren Lichtes einer trüben, qualmenden Petroleumlampe, die wie ein mattes, verlöschendes Auge in der Finsternis baumelte.

Während wir noch dastanden und uns unschlüssig umsahen, kam von irgendwoher der Klang einer Stimme, die sich anhörte wie das Knarren einer rostigen Türangel.

»Hallo! Hallo! An Deck alle Mann! Steht bei den Booten! Los das Bramfall! Ein bißchen fix da, ehe ich euch Beine mache!«

»Etwas langsamer, Admiral!« antwortete Abraham Lincoln Jonas. »Ist das auch eine Art, die Gentlemen zu begrüßen?«

Der »Admiral« ließ sich indes nicht im geringsten stören durch die Ermahnung, sondern fuhr unentwegt fort in seiner Rede, in demselben eintönigen Tonfall.

» Blo-o-ow! Blo-o-ow! Steht bei den Booten! Halte den Schnabel, du Nigger, ehe ich dir die Wolle auf dem schwarzen Kopfe stäube.« Dann folgte eine Serie der grausigsten Flüche und Verwünschungen, die ich je gehört hatte, dann ein Flattern von Flügeln, ein Rascheln von Federn, ein polterndes Schnabelwegen an einer Eisenstange, und alles war wieder so still wie zuvor.

»'s ist Admiral Dewey, mein zweiter Schiffskamerad«, sagte der Neger. »Er und die Eule machen ein gutes Paar. Zusammen sind sie vielleicht tausend Jahre alt, oder vielleicht noch mehr. Wenn man ihn so anschaut, so sieht er aus wie jeder andere Papagei auch, aber das ist alles nur Schein. So wie er da-sitzt, hat er mehr Bosheit gesehen wie wir alle zu-sammen. Er hat Pulver gerochen und Revolver ge-hört. Er hat Messer fliegen sehen und das Verdeck rot von Blut. Wenn er erzählen könnte wie die Chri-stenmenschen, anstatt nur zu plappern wie die Hei-den, er und Tom dort draußen, die könnten dir wohl ein Garn spinnen, das dein Blut so kalt wie Schell-fischblut machen würde. Armer Tom! Armer Admi-ral Dewey!«

Während er so plapperte, tasteten wir uns immer weiter durch den dunklen Gang. Ich war gespannt, was nun noch weiter kommen würde. Zwei der Schiffskameraden hatten wir nun schon kennenge-lernt, aber während ich mir überlegte, was es wohl mit dem dritten, Fung Li, auf sich haben mochte, stand auch diese Persönlichkeit in Fleisch und Blut vor uns. Unvermittelt kamen wir in eine kleine Kombüse, wo ein mächtiges Feuer im Herd brannte. Sehr warm und mollig war es in dem kleinen, vom flackernden Schein des Feuers nur unsicher be-leuchteten Raum. Alles funkelte von Reinlichkeit. Die Kupferpfannen an der Wand glitzerten wie Spiegel. Vor dem Herd stand Fung Li in blütenwei-ßer Schürze, nicht anders wie der Chefkoch im Sa-voy-Hotel. Nicht durch eine Bewegung verriet er sein Erstaunen. Nicht eine Miene zuckte in der un-durchdringlichen Maske seines Chinesengesichts.

» All right«, sagte er, » four piecee man chou.«

Er machte sich mit seinen Pfannen zu schaffen, ohne uns eines weiteren Blickes zu würdigen.

»Er ist gut, so wie er ist«, sagte Abraham Lincoln Jonas im Weitergehen, »er ist nicht etwa das, was man so einen unterhaltsamen Schiffskameraden nennt. Ein sonderbarer Schiffskamerad, in der Tat. Und ein Mensch ist er überhaupt nicht, so wenig wie Tom und Admiral Dewey. Das kommt daher, daß er nicht getauft ist. Nur ein Heide, ein Apparat zum Mittagessenkochen. › Four piecee man chou chou‹, ›two piecee man chou chou.‹ Etwas anderes habe ich noch nie von ihm gehört in fünf langen Jahren. Aber einen besseren Koch gibt es nicht zwi-schen hier und Point Barrow.«

Schon standen wir in der Kapitänskajüte, die durch das Scheinlicht an der Decke taghell erleuch-tet war und vor Zeiten einmal recht wohnlich gewe-sen sein mußte. Sie war groß und geräumig und mit so schönen Möbeln ausgestattet, wie man sie in ei-ner Passagierkajüte eines nordatlantischen Schnell-dampfers, nimmermehr aber in der Behausung eines Walfischfängerkapitäns vermutet hätte. Um den Tisch, von dessen grünem Überzug nur noch küm-merliche Reste übrig waren, standen an den Boden festgeschraubte bequeme Sessel mit breiten Armleh-nen. An der Wand stand auf einem Bücherbrett eine kleine Bibliothek, die offenbar schon eine erhebli-che Zeit in verstaubter Vergessenheit ihre Tage ver-träumte. Die Rückwand der Kajüte, gerade gegen-über dem Eingang, war fast ganz eingenommen von einem mächtigen Spiegel mit einem kreisrunden Loch in der Mitte, von dem die Sprünge strahlenför-mig über die Fläche liefen.

»Es ist Charleys Arbeit«, sagte Abraham Lincoln Jonas. »Er und der Kapitän haben immer auf ge-spanntem Fuß miteinander gelebt, und eines Tages sind sie auf den Gedanken gekommen, es auszutra-gen, um zu sehen, wer der Bessere von den beiden sei. Charley war immer ein Tölpel und fixer mit der Zunge als mit dem Revolver. Der erste Schuß ging in den Spiegel, und schade um das schöne Stück. Der zweite hat schon besser gesessen. Nun sind sie beide unter der Luke und längst schon bei David Jo-nas oder wo sonst der Teufel einen Nothafen hat für unsere Sorte.«

Die Wände mochten einmal blütenweiß gewesen sein in den Zeiten, als man noch mit Farbenquast und Sodawasser an Bord des alten »Walroß« han-tierte. Nun aber waren sie mit einer gleichmäßig grauen Schmutzschicht überzogen, wo sie nicht ver-klebt waren mit bunten Bildern von komischen Fi-guren aus den amerikanischen Sonntagszeitungen und schönen Frauen aus den Modejournalen nach dem phantastischen Geschmack des Mister Abra-ham Lincoln Jonas. Sonst herrschte überall eine ge-niale Unordnung. Auf dem Tisch standen offene Konservenbüchsen, deren Inhalt schon halb ver-schimmelt war. Auf den Stühlen lagen Fuchs- und Marderfelle unordentlich durcheinander. Von der Decke baumelten Seestiefel, Ölzeug, mottenzerfres-sene Pelzkleider und nasse Strümpfe. Und über al-lem lag ein dicker widerlicher Geruch von Tran und Schmutz und Verkommenheit.

Noch ehe man Zeit gehabt hatte, das alles in Augenschein zu nehmen, kam der Chinese herein, deckte den Tisch und brachte das Mittagessen. Wieder tat er seine Arbeit mechanisch, wie ein aufgezogener Apparat, und verzog keine Miene und zwinkerte nicht mit den Augen, die leer und doch so vielsagend ins Weite schauten. Aber das Essen, das er brachte, machte in der Tat seiner Kochkunst alle Ehre. Was Büchsen und Konserven und die freie Wildnis des Eismeeres aufbringen konnten, hatte er uns aufgetischt. Ein Diner, wie man sich es nur wünschen konnte. Es begann mit Lachs und Hummer und endete mit konservierten kalifornischen Früchten, die jedoch nicht den Gaumen unseres Eskimofreundes zu kitzeln vermochten. Dafür leerte er eine Zweipfunddose in Öl konservierter Lachse bis zum letzten Atom und schaute sich um nach mehr.

Nach dem Essen holte unser Gastgeber zu unser aller maßlosem Erstaunen ein Grammophon hervor, das er mit beinahe religiöser Andacht mitten auf den Tisch stellte. Nur eine einzige Platte war vorhanden: » Old folks at home.«

Und auch diese schon geborsten ... Sie war holprig und voller Sprünge, und wenn der ebenfalls schon mehr als abgenutzte Stift darüber ging, so hörte es sich an, wie wenn einer mit einer Feile über ein rostiges Eisen fährt. Gerade an der Stelle, wo in dem Lied vom Swaeneriver die Rede ist, war ein Stückchen aus der Scheibe herausgebrochen, und der Stift machte einen Sprung, wie wenn er eben jenen schönen Fluß im Dixilande überspringen wollte. Wir alle hatten bald genug von den Kakophonien, aber Abraham Lincoln Jonas ließ den Apparat stets von neuem laufen und sank dann immer wieder in seinen Sessel und schloß die Augen in seliger Vergessenheit. »Ah, Musik!« sagte er begeistert. »Es gibt nichts, was ich so liebe wie das! Die ganze Nacht kann ich zuhören!«

So wie er da saß, ein Bild der vollkommensten Zufriedenheit, konnte ich mich bei seinem Anblick doch nicht eines gewissen Schauderns erwehren bei dem Gedanken an das grausame Schicksal, das seine Kameraden befallen haben mochte. Langsam stieg in mir die Erkenntnis auf, daß hinter dieser Maske der Selbstzufriedenheit sich eine Tragödie verbarg. Es war offenbar, daß außer diesen beiden sich kein Mensch mehr an Bord befand. Wo aber waren die anderen? Wo konnten sie sein in dieser Wildnis von Nacht und Eis? Ich machte eine diesbezügliche Bemerkung, auf die der Neger bereitwillig einging.

»Was aus ihnen geworden ist?« sagte er leichthin. »Was wird aus Seeleuten? Sie sind hier verdammt geschäftig gewesen mit den Messern und den Handspeichen, und einige von den Jungens waren ziemlich fix mit dem Revolver. Bill Rilay allein hat vier von ihnen auf dem Gewissen. Was übriggeblieben ist, das hat von einem Tag auf den anderen daran glauben müssen bei der Pest, die voriges Jahr über uns gekommen ist. So hat sie der Teufel alle geholt. Die einen mit dem Messer, die anderen mit dem Revolver, die anderen in der Koje und alle zu David Jonas. Ein paar fixe Jungens waren darunter, aber um die meisten ist's nicht schade. Ich und Fung Li haben die Arbeit davon gehabt mit dem Überbordwerfen. Ich bin nicht empfindlich und nicht abergläubischer, als es sich schickt für einen seefahrenden Mann, aber ich sage mir: Tote Matrosen sind schlechte Schiffskameraden. Denkst du nicht auch so?«

Ich war auch dieser Ansicht, was Abraham Lincoln Jonas mit Befriedigung feststellte.

»Und jetzt bin ich reich«, fuhr er fort mit verschmitztem Blinzeln. »Ich als Kapitän und Fung Li als Proviantmeister. Drunten im Raume liegen dreißigtausend Pfund Fischbein, die Beute von zwanzig Walfischen. Das bringt uns in San Franzisko 150.000 Dollar mit Kußhand ein. Dazu die Fuchsfelle und die Walroßzähne. Und das alles in meine Tasche! Euch alle werde ich dann einladen zu einem Austernessen im Cliffhause. Einen geraden Kurs werde ich steuern; vom Pier bis zu Jessy Bannings Bar. Dort werde ich flugs gehen und in sechs Wochen nicht mehr auftauchen. Nur – wenn wir erst schon wieder dort wären!« setzte er nachdenklich hinzu. »Mein armer Kopf hat mir schon wehgetan durch manche lange Nacht, wenn ich darüber nachgedacht habe. Wie soll ich das Schiff navigieren, ich, ein Kapitän ohne Mannschaft? Da kommt ihr nun über den Weg gelaufen wie eine Ente vor einen Fuchsbau. Und wißt ihr was? Es liegt mir nicht so sehr an meinem Kapitänsposten. Ich mache euch alle zu Teilhabern. Wir werden alle Kapitän sein, und wenn ihr nach San Franzisko kommt oder nach

New Bedford, oder wo ihr immer hingehen mögt, so werdet ihr in Autos fahren, und jeder Muttersohn unter euch wird in einer Kutsche fahren wie ein Lord im Parlament.«

Die Aussichten, die er uns da an die Wand malte, hatten etwas Verlockendes an sich, und ich war begierig, die Schätze mit eigenen Augen zu sehen. Unser Gastgeber ließ sich auch nicht zweimal bitten. Bereitwillig hängte er die Petroleumlampe ab und leuchtete uns damit durch dunkle Gänge zu einer Tür in der Zwischenwand, die in die ägyptische Finsternis des eiskalten Zwischendecks führte. Auch die matte, gelbe Lampe warf hier kein irgendwelches Licht. Die Hand vor den Augen konnte man nicht erkennen. Erst nach einer Weile konnte man ausmachen, was es mit den Schätzen auf sich hatte. Sorgfältig verschnürt und gebündelt lagen die langen Barten aus Fischbein in mächtigen Stößen, um die ein ganz feiner, bläulicher Phosphorschein stand. Abraham Lincoln Jonas packte mich unsanft am Arm und schüttelte mich wie einen Staublappen. Das Weiß seiner großen Negeraugen leuchtete im Scheine der trüben Lampe, und seine mächtigen Zähne funkelten förmlich in der Dunkelheit.

»Habe ich recht oder nicht? Hundertfünfzigtausend Dollar! Wir sind alle reich! Reich wie Lords im Parlament, wenn wir erst einmal wieder in Frisco sind. Aber es ist noch ein langer Weg, und man muß bis dahin ein wenig navigieren. Und was ich dir noch sagen wollte: Halte dein Wetterauge offen für die Böen, die vorausliegen. Im Vertrauen sag' ich dir das; zwischen dir und mir und dieser Laterne. Wir steuern hart am Wind. – Ah, wenn du wüßtest, wie sehr! Und was immer du tust und wo immer du gehst, reserviere ein Schwanzende deines Auges für Fung Li. Du denkst, er ist nur ein Apparat zum Mittagessenkochen? Du meinst, er kann nur sagen: › Four piecee man chou chou‹? Aber ich sage dir, er liegt die langen Nächte wach und sinnt auf Teufelstaten von der Sorte, wie sie sich ein weißer Teufel niemals ausdenken könnte. Und ein schwarzer auch nicht. Er hat lange Messer in seiner Küche und braut ein Teufelszeug in seinen Kesseln, das Tod und Krankheit verbreitet. Habe ich es nicht gesehen in den fünf Jahren? Ich bin keiner von den Ängstlichen, und es liegt mir nichts daran, ob ich ein paar Jahre früher oder später zum Teufel gehe, aber dann soll es wenigstens kein chinesischer sein!«

Plötzlich unterbrach er seine Rede und schaute sich mißtrauisch um in der Dunkelheit. Dann fuhr er zögernd fort mit halblauter Stimme: »Du hast wohl schon gehört vom Kapitän MacKay? Auf allen Schiffen reden sie von ihm, und recht tun sie daran, denn er war ein tapferer Mann, und zwischen Frauen und Teufeln hat's nichts gegeben, das ihn bange machen konnte. Aber selbst er hat sich gefürchtet vor Fung Li!«

Noch eine Weile redete er weiter in diesem Tone, ohne daß seine Worte mir etwas anderes waren als unverständliche Schallwellen an meinem Ohr. Denn meine Gedanken waren ganz bei den hier aufgespeicherten Schätzen. Wie mit Fieberglut brannte es mir in den Adern, wenn ich im Geiste die Inventur von ihnen machte. Mir war zumute wie Hans im Glück mit dem Goldklumpen. Im Augenblick vergaß ich die weite Entfernung und unsere verzweifelte Lage. In meinen Gedanken war ich schon dabei, das alles in bare Dollars umzusehen, als ob wir schon am Pier der Missionsstraße zu San Franzisko lägen und nicht oben bei den Bären und Wölfen, tausend Meilen von nirgendwo, im Niemandsland. Aus meinen Träumen wurde ich erst wieder aufgeschreckt, als plötzlich eine Deckluke aufgerissen wurde und das Gesicht des Chinesen im hellen Lichtstrahl auftauchte.

» Four piecee man coffee.«

*

Und dieses war nicht die einzige Überraschung, die Abraham Lincoln Jonas für uns in Aussicht hatte.

»Fischbein ist etwas sehr Schönes«, meinte er. »Man kann es umsetzen in bares Gold. Aber besser ist es schon, wenn man den richtigen Stoff hat. – Richtiges Gold! Von dem gibt es genug auf der Insel. Frage Kapitän MacKay, frage Fung Li. Die beiden haben es aus dem Flußsande gewaschen durch all die langen Jahre. Irgendwo ist es aufgestapelt hier an Bord. – Aber wo? Weiß ich's? Ich kümmere mich nicht darum. Nicht ich! Denn ich will wieder nach Hause kommen und nicht am ›Skorbut‹ sterben wie die anderen. – Ah, wenn ich lesen und schreiben könnte!«

»Und dann –?«

»Dann wüßte ich wenigstens, wo das alles zu finden ist, denn alles ist hübsch aufgezeichnet hier im Logbuch.«

Mit scheuem Blick schaute er sich in der Kajüte um. Er legte die Hand auf den Mund, während er aus einer Schublade ein umfangreiches Buch hervorsuchte, das offenbar schon lange nicht mehr benutzt worden war, denn es war mit einer dicken Staubschicht bedeckt. Noch einmal schaute er sich mißtrauisch um, während er das Buch auf den Tisch legte. »Vorsicht! Dies ist ein gefährliches Geschäft, bei dem das Ohr nicht wissen darf, was der Mund gesagt hat. Der ›Skorbut‹ wird dich packen in vierzehn Tagen, wenn Fung Li Wind davon bekommt.«

Neugierig, jedoch ohne große Erwartungen, betrachtete ich das Buch. Es war ein ganz gewöhnliches Schiffsjournal, wie tausend andere. Die Eintragungen waren alle sehr genau, in einer sehr sauberen, beinahe zierlichen Handschrift. »Frische Brise, bewegte See.«

Oder:

»Windstille. Keine Walfische. Kap Parry gesichtet.«

So und ähnlich stand es in jedem Schiffstagebuch. Erst im letzten Viertel des Buches wurde es interessanter. Da stand an einer Stelle: »Drei und ein Viertel Unzen.«

Dann wieder: »Vier Unzen.« »Zwei Unzen« usw.

Eine Weile hörten die Eintragungen auf und begannen wieder mit dem Satze:

»Neue Reise nach dem Bärenriver.«

Dann begann wieder die Reihe der Unzen, bis man auf einmal auf einen Satz stieß, der mit dicker Feder anscheinend unwillig hingeworfen war.

»Zu viel für einen Mann!«

Nun kamen immer wieder Reihen von Unzen und dazwischen allerlei lapidare Sätze, aus denen man den Verlauf einer Geschichte erraten konnte.

»Fung Li ist gut genug.«

»Fung Li ist allright.«

»Ein feiner Kerl ist Fung Li. Er kann den Mund halten; er ist verschwiegen wie das Grab und unterscheidet ein Goldkorn nicht von einem Kieselstein.«

»Er ist doch schlauer, als ich gedacht hatte!«

»Pest unter der Mannschaft. – Aha! Das sind so von Fung Lis Geschäften!«

»Zu verdammt schlau ist Fung Li, aber nicht schlau genug für Kapitän MacKay.«

»Das Spiel ist aus. Ich hab's so kommen sehen. Es mußte so kommen! Der Hundesohn von einem Chinesen – –«

Dies war der letzte Satz im Tagebuch. Noch immer verstand ich nicht alles, was dort drinnen stand, aber schon bei dem Wenigen, was ich verstanden hatte, war mir eine Gänsehaut über den Rücken gelaufen. Ich warf das Buch in den Kasten zurück wie einer, der etwas Unreines aus den Händen wirft, und bemühte mich, fortan nicht mehr an das zu denken, was ich hier gelesen hatte.

Woche um Woche verging. Aus den Wochen wurden Monate. Schon waren wir wieder mitten in dem wunderbar reichen, farbenfreudigen arktischen Sommertag mit seiner niemals untergehenden Sonne. Das Wasser rann von allen Hügelhängen, und überall in den Gründen leuchteten die Blumen. Der Schnee auf dem Eise schmolz zu glitzernden Tümpeln, da und dort in der Bai zeigten sich breite Risse im Eis, an denen die beutelüsternen Möwen in langen Reihen standen. Draußen im Meere kam der dunkelblaue Streifen des offenen Wassers immer näher. Die gewaltigen Schneemassen, die fast das Verdeck des alten »Walroß« einzudrücken drohten, fingen an, lebendig zu werden. Es rieselte in hundert Bächen an der Schiffsseite herunter. Durch die undichten Risse des unverkockten Verdecks drang das Wasser durch die weißgetünchte Decke und tropfte von da auf den teppichbelegten Fußboden, wo es in ekligen, übelriechenden Tümpeln stand. Es war des Bleibens nicht mehr, weder in der Kajüte noch auch in Fung Lis Kombüse, die sonst immer so warm und mollig gewesen war. So machten wir uns aus einer Persenning ein Zelt am Strande zurecht und zogen mit Sack und Pack nach der neuen Behausung um. Abraham Lincoln Jonas, der die glückliche Gabe besaß, allen Dingen eine gute Seite abzugewinnen, freute sich wie ein Kind über das

Picknick, und auch Jack, der Eskimo, fand solches Leben mehr nach seinem Geschmack als das Schlafen in Kojen und das Laufen auf Teppichen. Zu jeder Tages- und Nachtzeit war er unterwegs und kam jedesmal wieder reich beladen zurück mit Gänsen, Enten, Fischen und anderer Beute, nach der man sich nur zu bücken brauchte in diesem Schlaraffenlande.

Soweit war alles schön und gut. Aber der Mensch lebt bekanntlich nicht vom Brot allein, sondern auch von anderen Dingen, die sich immer wieder anmelden, ob man sie auch hundertmal am Tage verscheuchen mag, die sich nicht ausreden lassen mit aller Beredsamkeit. Obwohl uns vorerst gar nichts fehlte und es uns eigentlich besser ging als Millionen von Menschen, die sich mühen und plagen müssen um ein jämmerliches Dasein in der zivilisierten Welt, wollte mir doch das alles je länger je weniger gefallen. Mit dem Fortschreiten des Frühlings erfaßte mich eine unerklärliche Unruhe und eine unstillbare Sehnsucht nach der großen Welt, die doch noch immer vorhanden sein müßte, dort draußen, über dem Meere, irgendwo. Alles das, was mir aus den Augen und aus dem Sinn gekommen war über den Abenteuern der letzten Wanderjahre, begann wieder lebendig zu werden und fing an, mich zu beunruhigen, ob ich wollte oder nicht. Einmal mindestens in vierundzwanzig Stunden schreckte ich aus dem Schlafe auf und sah mich wieder in den stillen Straßen unseres kleinen Städtchens, und sah mich über den alten Geschichten von Fahrten und Abenteuern, von denen ich so viel geträumt und von denen ich inzwischen so viel erlebt hatte, fast noch toller und wilder, als sie jemals in den Büchern standen. Und sah die Mutter, wie sie vor mir stand am letzten Tage vor der Abreise nach Hamburg. »Warte, du Schlingel! Du wirst noch sehen, wo du hinkommst mit deinen Ideen! Wer sich in die Gefahr begibt, der kommt darin um.« Und ich dachte mir, wie es denen zu Hause nun wohl ergehen würde. Ob sich dort viel verändert hätte in der langen, langen Zeit, die wie ein Meer zwischen heute und damals lag.

Nicht anders wie mir erging es Hein. Täglich wurde er tiefsinniger. Stundenlang konnte er vor sich hinstarren und an Plumen und Klüten denken und an ähnliche erfreuliche Dinge, die es einmal in Hamburg gegeben hatte. Eines Tages aber, nachdem er besonders lange und nachdenklich in die tiefstehende Sonne hineingeschaut hatte, bekam er eine seiner sehr seltenen Anwandlungen der Beredsamkeit.

»Nein«, sagte er unvermittelt, »so geit dat nich wider. Ich bin kein Kaptein und werd' es auch nie werden. Es hat nicht jeder einen Kopf dazu, und das Rechnen ist ein bannig böses Geschäft, mit dem ich niemals klar werden kann. Aber Matrose – das bin ich. Ich kann arbeiten und steuern und Segel nähen. Ich kann dir eine Langspleiß machen, die so glatt ist wie ein Aal. – Und das kannst du wohl auch?«

»Ja«, sagte ich.

»Und Abraham hier ist ein Matrose?«

»Gewiß.«

»Und Jack hat auch schon auf Schiffen gefahren.«

»Das hat er wohl.«

»Und da sitzen wir nun schon die lange Zeit auf der Insel und nähren uns von wilden Tieren und schnappen nach Luft wie ein Schellfisch auf dem Trockenen. Und sind Matrosen. Und haben ein Schiff und stehen davor wie eine Katze vor einem Hühnerhof. Das halte aus, wer will; ich mach's nicht länger mit!«

»Und was willst du dagegen tun?«

»Was ich dagegen tun will? – Wozu sind wir Seeleute? Wozu haben wir das Steuern, Reffen und Spleißen gelernt? Ich lass' mir mein Lehrgeld zurückbezahlen, wenn es zu weiter nichts gut ist als zum Essen und Trinken hier am Strande, wie jede erste beste hergelaufene Landratte. Wenn's nach mir ginge, so würden wir den Kasten dort drüben auffixen wie eine Jacht. Wir würden die Segel reparieren, wir würden die Stengen und Rahen wieder an ihre Stelle bringen; wenn das Eis aufgebrochen ist, würden wir damit nach Süden steuern und wenn wir richtige Matrosen sind, so kommen wir auch wieder nach Hause.«

Plötzlich unterbrach er seine Rede und wischte sich den Schweiß ab, der ihm dabei auf die Stirn getreten war. Es war die längste, die er je gehalten hatte in seinem ganzen Leben. Was er gesagt hatte, gefiel mir sehr. Im Grunde genommen war es nichts anderes als das, was ich alle die Zeit schon selber gedacht hatte, ohne daß ich gewagt hätte, das alles zu Ende zu denken. Nun aber kam ein anderer und hatte dieselbe Idee und nahm mir die Worte vom Munde weg. Mit beiden Händen wollte ich zugreifen. In meiner Phantasie sah ich mich schon als Schiffskapitän auf offener See. Schon halbwegs in Deutschland!

Am nächsten Morgen machten wir uns beizeiten an die Arbeit. »Man tau!« sagte Hein. »Wat sin mut, mut sin.« Abraham Lincoln Jonas war auch mit Eifer bei der Sache. Im ersten Augenblick war ihm der Gedanke nicht leicht gefallen, daß er nun so sang- und klanglos die Insel verlassen sollte, auf der er so fette Jahre verlebt hatte, aber gleich darauf war ihm eingefallen, daß dort draußen irgendwo in Texas eine farbige Dame lebte, der er einstmals ewige Liebe und Treue geschworen hatte, und der Gedanke beflügelte seine Phantasie so sehr wie seine Arbeitslust. Jack, der Eskimo, war wie gewöhnlich mit allem einverstanden, und Fung Li sagte nur: » All-right. Four piecee man chou chou.«

Erst nachdem wir uns richtig darangemacht hatten, den »Kasten« zu überholen und auf seine Seetüchtigkeit zu prüfen, mußten wir herausfinden, welche Titanenarbeit wir übernommen hatten. Der Rumpf war zwar aus kräftigem Eichenholz für die Ewigkeit gebaut, und unten im Raume fand sich nicht mehr Kielwasser, als jedes gute Schiff von Rechts wegen führen darf. Aber die Maschine war völlig eingerostet, der kleine Dampfkessel war fast bis obenhin angefüllt mit Staub und Kesselstein. Da und dort schimmerte das Tageslicht durch faustgroße Löcher, die der Rost durch die Wände gefressen hatte. Es war wirklich ein hoffnungsloser Fall, und es war gut, daß dem so war, denn wenn es auch die tadelloseste Dampfmaschine und der fehlerloseste Kessel gewesen wäre, so hätte doch keiner von uns genug Maschinenverstand gehabt, um etwas damit anzufangen.

Mit um so größerem Eifer machten wir uns an die Ausbesserung der Takelage. Schon in früheren Zeiten mochte sie nicht gut besorgt worden sein, denn ein Walfischfänger ist kein Kriegsschiff. Was aber damals noch einigermaßen ordentlich und schiffsgemäß war, das war zuletzt noch vollends verlottert unter dem milden und nachsichtigen Kommando des Kapitäns Abraham Lincoln Jonas. Das ganze Gebäude von Masten und Rahen – soweit es überhaupt noch stand – war mit der Zeit zu einem schwankenden, wankenden Etwas geworden, das ächzte und stöhnte und klapperte bei jedem Windstoß und zuweilen auch aufschrie in einer schaurigen Höllenmusik, wenn ein Südwester die grauen Windwolken heranfegte und Schiffskamerad Tom auf der Rahnock mit dem Sturm um die Wette sang. Die Großrahe, die schon bei unserer Ankunft ziemlich flügellahm heruntergehangen hatte, stand nun fast mit der Steuerbordnock auf dem Verdeck, und es bedurfte einer achttägigen Arbeit mit Schlingen und Taljen, bis wir sie wieder in der richtigen Lage hatten. Am Fockmast fehlte die Bramstenge, am Großmast ein Teil der oberen Bramrahe, und achtern war der Besanbaum während des Winters stückweise als Brennmaterial in Fung Lis Herd gewandert. Das war – wie sich später herausstellte – ein besonders fatales Manko, denn es gibt Schiffe – und dazu gehörte auch das »Walroß« –, die ohne den Besan sich kaum beim Winde steuern lassen. Unmöglich, alles aufzuzählen, was sonst noch fehlte an der Takelage. Glücklicherweise war das Schiff reichlich versehen mit Blöcken, Taljen und feinen Manilatauen, die als Tauleinen in den Walfischbooten dienen sollten und ebensogut als Brassen und Gardings oben im Tauwerk Verwendung finden konnten.

Zwei volle Monate vergingen über diesen Arbeiten. Mit vieler Mühe gelang es uns, die Pardunen steifzuholen, die noch nach der Methode von Anno dazumal aus armdicken, schwarz geteerten Tauen bestanden. Wo es nötig war, brachten wir neue Blöcke an und scherten neue Taue ein, und am Ende konnten wir mit Befriedigung feststellen, daß der alte Kasten beinahe wieder so aussah wie ein Schiff. Am schwierigsten und gefährlichsten war die Arbeit in der Takelage, die in ihrem verlotterten Zustande bei jedem Windstoß wie eine mächtige Luftschaukel hin und her schwankte. Noch mehr als sonst war man dort oben knapp an Mannschaft, da Jack nicht viel anderes tun konnte, als sich festzuhalten, und Fung Li unter Anrufung aller Götter seiner chinesischen Heimat die Gefolgschaft verweigerte. Dafür hielt sie Hein, der durch stillschweigende Übereinstimmung das Amt des Kapitäns übernommen hatte, mit tausend Arbeiten an Deck beschäftigt. Er ließ sie malen und Farbe waschen, und als er sonst keine

Arbeit finden konnte, ließ er sie das Verdeck mit Sand und Steinen schrubben.

Es war also mit Einbruch des Sommers alles recht ordentlich an Deck und einigermaßen schiffsgemäß. Auch unter Deck war es wieder etwas menschlicher. In der Kajüte sah es nicht mehr wie in einer Rumpelkammer aus, das Feuer brannte im Herde in Fung Lis Kombüse, und wir beeilten uns, unsere Habseligkeiten wieder an Bord zu bringen, solange das Eis noch standhielt. Denn bei aller sommerlichen Wärme war es dort drüben kein idealer Aufenthaltsort. Große Schmeißfliegen von bösartig stechender Abart machten sich von Tag zu Tag unangenehmer bemerkbar. Wo immer die Sonne hinschien, da krabbelten die Sandflöhe, das Geschrei der Möwen und Lummen ließ einen die halbe Nacht kein Auge zumachen. Die schlimmste Plage aber waren – die Moskitos! Wenn man den »Südländern« von seinen Erlebnissen in den Polarregionen berichtet, so muß man immer vorsichtig sein, wenn man auf das Kapitel Moskitos zu sprechen kommt. Denn so viel sie auch sonst zu glauben geneigt sind, hier schütteln sie mißbilligend die Köpfe und erklären einen für einen Scharlatan oder bestenfalls für einen Münchhausen. Wer aber einmal einen Sommer in Alaska oder nördlich davon zugebracht hat, der weiß es besser. Ich bin in meinem Leben schon in mancher vielberüchtigten Moskitohölle gewesen, angefangen bei den Niederungen des Amazonenstromes, aber in keiner von diesen haben die kleinen Quälgeister sich so aufdringlich bemerkbar gemacht wie dort auf der anderen Seite des Polarkreises. Ich habe Hunde gesehen, deren Augen bis zur Blindheit angeschwollen waren von den Moskitostichen; in anderen Gegenden – ebenfalls innerhalb des Polarkreises –, wie zum Beispiel an der Mündung des mächtigen Mackenzieflusses, ist in den zwei kurzen Sommermonaten alles tierische Leben erstorben aus diesem Grunde. Selbst Bären und Elentiere werden nicht selten zu Tode gequält, wenn sie sich zu weit vorwagen in das Reich dieser kleinen Teufel.

Doch dies nur nebenbei.

Der Juni war gekommen und mit ihm eine wahrhaft sommerliche Hitze. Der dunkelblaue Streifen, der draußen auf dem Meere das offene Wasser anzeigte, kam näher und näher gerückt mit jedem Tage, und in der Bai quoll das Seewasser aus zahllosen Rissen über das brüchige, blauschimmernde Eis. Eines Tages war es vollständig losgebrochen und mit der Flut ins Wasser hinausgetrieben. Über Nacht war die letzte Spur des Winters verschwunden, und es sah aus, als ob man Anker geworfen hätte an irgendeiner solchen Küste, die jahraus, jahrein nichts von Eis und Winternacht wußte. Blau lag das Meer unter dem blauen Himmel. Kein Stück Eis, ja nicht einmal der Widerschein von Eis am Horizonte war zu sehen in der weiten Runde. Eine frische Brise aus Südosten kräuselte das Wasser und ließ überall die Schaumflocken tanzen auf den kurzen Wellenköpfen. Keinen schöneren Anblick konnte ich mir denken als diesen. In der überlaufenden Phantasie der wiedererwachten Hoffnungen, die so lange eingepfercht waren in den Klammern von Eis und Winternacht, wollte es mir scheinen, als ob in diesem Sommer das große Wunder geschehen und das Eis nach anderen Regionen verschwinden würde, weil es das Schicksal besonders gut und freundlich meinte mit uns und unserer Heimreise.

Und wie ich, so dachten und fühlten auch die anderen, während wir am späten Abend den Anker klarmachten zum Hieven am nächsten Morgen. Alle waren bei bester Stimmung. Mister Jonas tobte seine Freude in einem Cakewalk aus, Hein schaute verklärt vor sich hin im Vorgenuß der Plumen und Klüten, die er demnächst wieder in Hamburg essen würde. Nur der Chinese blieb unbewegt wie zuvor und brachte das Nachtessen mit undurchdringlicher Miene und dem immer gleichen Spruche: » Four piecee man chou chou.«

Während der ganzen Nacht waren wir bei der Arbeit und schafften die Vorräte an Bord. Mit der letzten Bootsladung wollten wir die Hunde übersiedeln, die sich einstweilen in fauler Behaglichkeit im Sande sonnten. Plötzlich aber, als wir uns eben zur letzten Fahrt vom Schiff nach dem Strande anschickten, entstand unter ihnen ein furchtbarer Aufruhr. Ein Heulen und Winseln, ein Knurren und Zähnefletschen. Wie auf Kommando sprangen sie alle auf und rannten davon nach einem benachbarten Hügel. Irgend etwas mußten sie dort oben gewittert haben: einen Eisbären, eine Karibuherde, einen marodierenden Fuchs oder was sonst eine Hundeseele in Aufruhr zu bringen vermag. Jedenfalls war es ärgerlich, daß der ungebetene Gast sich gerade in diesem

Augenblick einstellen mußte. Mit rasender Schnelligkeit entfernte sich das Heulen, bis es nur noch als leiser Widerhall von den fernen Hügeln kam. Zornig schüttelte ich die Faust vor dieser Tücke des Objekts. Ich dachte an die kostbare Zeit, die uns verlorenging auf diese ärgerliche Weise. Ich holte das Fernrohr aus der Kajüte und durchsuchte damit die ganze Küste, ohne etwas anderes zu entdecken als grüne Moosflächen an den Hügelhängen und da und dort ein übriggebliebenes Schneefeld, das in der Sonne glitzerte. Außer den zahllosen Möwen und Wildgänsen, die wie immer am blauen Himmel flatterten in ihrer lärmenden Lustigkeit, war weit und breit nichts Lebendes zu sehen, es sei denn ein schwarzer Punkt, der langsam näher kam über den Abhang des letzten Hügels. Bei der großen Entfernung von zwei bis drei Seemeilen konnte man das Ding vorerst noch nicht richtig ausmachen. Wahrscheinlich war es ein Meister Petz, der uns einen Abschiedsbesuch machen wollte nach so vielen anderen in diesem Frühjahr. Jack, der Eskimo, aber, der mit seinen scharfen Augen über jedes Fernrohr erhaben war, war anderer Ansicht.

»Innuit«, sagte er ruhig. »Innuit keile.«

Ein Mensch!

Ich wollte es ihm ausreden, aber er bestand auf seiner Meinung. Es sei ein Mann, und zwar ein Kabeluna; ein Weißer. Er sehe es an seinem großen Hute. Noch eine Weile standen wir an Deck und schauten über die Bordwand hinweg nach dem fremden Gegenstand, der nur langsam näher kam. Die Meinungen waren ungefähr gleichmäßig verteilt zwischen Mensch und Eisbär, aber die Hoffnungen gingen alle zu letzterer Annahme, denn wenn es ein Mensch sein sollte, der uns hier einen Besuch abstattete, so bedeutete er sicher nichts Gutes; auf dieser Insel nicht! Auf alle Fälle fanden wir es besser, den fremden Gast auf dem Lande zu erwarten. Eben wollten wir mit dem Boot vom Schiff abstoßen, als Abraham Lincoln Jonas noch einmal kopfüber in die Kajüte untertauchte und gleich darauf wieder an Deck kam mit einer Ladung Winchestergewehre unter beiden Armen.

»Für alle Fälle!« sagte er, indem er die Ladung im Boote verstaute. »Wenn man schon einmal einen Gentleman empfängt, dann gleich ordentlich, sage ich. Und gerade hier auf dieser Teufelsinsel gibt es

ein paar Gentlemen, die ziemlich schwerhörig sind, wenn man nicht gerade durch die Mündung von Winchestergewehren mit ihnen spricht.«

Wir kamen glücklich an Land und schürten das Lagerfeuer, so daß es wieder hell aufflackerte in dem weichen Lichte der mitternächtigen Sonne.

Der fremde Besuch, der den ganzen Aufruhr verursacht hatte, war inzwischen schon beträchtlich näher gekommen. Ohne Zweifel war es ein Mann, der sich schwankend und stolpernd wie ein Betrunkener inmitten einer keifenden Hundemeute dem Lager näherte. Er trug lange Gummistiefel und einen mächtigen, weit in die Stirn gedrückten Schlapphut, der das Gesicht vollständig verdeckte. Im Grunde genommen war er nur Hut und Stiefel und alles in allem das schönste Bild eines Seeräubers, das man je gesehen hat außerhalb von den Geschichten. Einige hundert Schritt vom Lager entfernt blieb er stehen, zog seinen Hut und schwenkte ihn in der Luft.

»Schiff ahoi! – oh! ahoi!« rief er mit solcher Donnerstimme, daß alle Hunde den Schwanz einzogen und erschreckt davonliefen. »Schiff in Not! Signal an der Gaffel! Werft mir eine Tauleine!«

Einen Augenblick starrte ich ihn an. Schon vorher war mir etwas bekannt vorgekommen an dem Burschen. Nun wußte ich es. Die Stimme ließ keinen Zweifel. Es war Alaska-Jim. Wäre der Teufel in eigener Person hier aufgetaucht, so hätte er mir keinen größeren Schrecken einjagen können. Von allen Menschen gab es keinen, den ich gerade in jenem Augenblicke mit weniger Freude begrüßt hätte als diesen. Auch die anderen schienen keineswegs erfreut über seinen Anblick und zeigten keine Neigung, in irgendeiner Weise auf seine »Notsignale« zu reagieren. Alaska-Jim wich indes nicht mehr vom Fleck. Krampfhaft hielt er sich mit der einen Hand an einem Felsblock fest, während er mit der anderen über die Stirn fuhr wie einer, der seinen Augen nicht traut.

»Schiff ahoi!« rief er noch einmal mit der gleichen Donnerstimme. »Was für eine Gesellschaft von Landlümmeln seid ihr dort drüben? Seid ihr ein christliches Schiff oder ein gesegnetes Bumboot von der Wasserfront? S. O. S. Schiff in Not! Die Takelage ist über Bord gegangen in einem Taifun, 's ist etwas nicht in Ordnung mit der Steuerung. Drei Meilen Leeweg zu jeder Meile und drei Faden Wasser im Raume. Werft mir eine Tauleine! Ich kann es verlangen nach den Regeln und Verordnungen der hohen See!«

Noch eine Weile schimpfte er so weiter, aber als er merkte, wie wenig Notiz man von seinen Reden nahm, machte er sich mit einem Ruck von seinem Stützpunkt an dem Felsen frei und kam stolpernd und schwankend zu uns herüber. Gleichgültig schaute ich ihm zu, denn ich glaubte nicht anders, als daß er einmal wieder zu tief ins Glas geschaut hatte nach der Melodie, die er so sehr liebte: »Whisky, Johnny.« Als er aber dicht herangekommen war und der Widerschein des Feuers auf seinem aschfahlen Gesicht spielte, wurde ich eines anderen belehrt. Fast hätte ich es nicht wiedererkannt, so grau und eingefallen war das Gesicht, so tief lagen die Augen. Wie ein lebloses Bündel ließ er sich niederfallen auf einen Haufen Felle und starrte mit weit aufgerissenen Augen in das Feuer, während er mit kurzen, röchelnden Zügen nach Atem rang. Es dauerte eine ganze Weile, bis er wieder sprechen konnte. Dann aber war er auch sogleich wieder der alte, glattzüngige Teufel, als den wir ihn alle nur allzugut kannten.

»Da seid ihr ja wieder alle beisammen«, sagte er zwischen keuchenden Atemzügen. »Wie eine einzige glückliche Familie, sozusagen. Jack und Hein und Johnny. – Da bist du ja auch! Das war ein guter Trick, den ihr mir da gespielt habt! Kappt mir das Kabel am hellen Tage und läuft davon mit der Karte, die ich alle die Zeit gehütet habe wie meinen Augapfel. Und ich der Kapitän! Gut genug für einen Kapitän auf meines Vaters Mistwagen auf der Farm in Missouri. Man wird alt und einfältig. Ich kann das sehen. Trotzdem hättet ihr mir nicht den Wind aus den Segeln genommen, wenn nicht alle die Zeit ein Gegenwind geweht hätte an Bord der ›Bonanza‹, wenn nicht alle Mann gegen mich gewesen wären, von Jim Collins angefangen bis zu dem schmierigen Waschlappen von einem Koch.« Ganz erschöpft unterbrach er seine Rede und schaute eine Weile nachdenklich ins Feuer.

»Es war eine gute Karte«, fing er wieder an mit melancholischer Stimme. »So gut wie ein ›volles Haus‹. Ich habe sie gespielt wie ein Mann für alles, was darin ist, und bin doch am Ende hereingefallen auf den armseligen Bluff von ein paar landlümmeligen Grünhörnern. – Well, das Spiel ist aus! Ich bin auf dem Trockenen wie eine ausgemusterte Hulk an einem Leeufer. – Braucht mich nicht so anzusehen! Ich nehm' es euch nicht krumm, was ihr getan habt. Ich hätte auch nichts anderes gemacht an eurem Platze. Da es nun schon einmal so ist, wollen wir von Geschäften reden und miteinander verhandeln.«

»Verhandeln?« fragte ich erstaunt und etwas entrüstet, denn so wenig ich verstanden hatte von der wirren Rede, so konnte ich doch so viel daraus entnehmen, daß es kein ungünstiger Wind war, der uns diesen Alaska-Jim hierher geweht hatte.

»Gewiß doch! Verhandeln!« fuhr Jim fort in seiner mühseligen, von trockenen Hustenanfällen unterbrochenen Redeweise. »Ich habe immer noch ein paar Trümpfe in meinem Rockärmel. Ich werde sie noch ausspielen, ehe ich sterbe wie ein Gentleman und ein wahrer Seemann.

Dort drüben liegt das alte ›Walroß‹. Sieht ein bißchen verändert aus. Aber sagt mir nicht, daß es ein anderes Schiff ist! Vier Jahre lang bin ich dort der Zweite im Kommando gewesen, und deshalb kenne ich es wieder, wenn immer ich mein Auge darauf stecke. Und wenn ich nicht mehr sehen könnte, so würde ich es riechen. Ein jedes Schiff hat seinen besonderen Geruch, und ich rieche das alte ›Walroß‹ zehn Meilen gegen den Wind. – Ben Bold wird wohl zuletzt meine Stelle bekleidet haben.«

»Er ist tot und längst schon unter der Luke«, fiel ihm Abraham Lincoln Jonas ins Wort.

»Das brauchst du mir nicht erst zu sagen. Ich hab' es längst schon gesehen an den rostigen Lagern, den quietschenden Braßblöcken und der Schiffsseite, die so schmierig ist wie ein Kartoffelkahn auf dem Sakramentofluß. So etwas wäre nicht möglich gewesen, solange Ben Bold im Kommando war. Er war der Mann, der die Jungens springen machte. Alles war da trim- und schiffsgemäß, jedes Tau an seinem Platz wie auf einem Kriegsschiff und das Verdeck so sauber, daß man davon essen konnte. – Und Kapitän MacKay ist wohl auch schon bei David Jonas, sonst hätte er nach dem rechten gesehen.«

»Sie sind alle tot«, sagte ich, »mit Ausnahme von Fung Li und dem Nigger.«

»Um so besser. Die beiden hat sich der Teufel zum Nachtisch aufgespart.«

Wieder wurde seine Rede unterbrochen von einem furchtbaren Hustenanfall, der sein aschfahles Gesicht mit einem dunkelblauen Anflug überzog. Zu meinem Schrecken mußte ich sehen, daß es Blut war, was aus seinem Munde kam.

»Und Johnny«, fuhr er mühsam fort, indem er sich an mich wandte, »du bist immer ein halbwegs anständiger Junge gewesen und noch der Beste von all den Waschlappen an Bord der ›Bonanza‹. Ich weiß, du wirst einen kranken Seemann nicht im Stich lassen, der hart am letzten Hafen ist, von dem es keine Ausfahrt mehr gibt! Johnny – ich werde einen Haufen gut von dir denken, ich werde dich als einen wahren Seemann ansehen, wenn du mir einen Schluck Whisky verschaffst!«

Solcher Bitte konnte man nicht widerstehen. Aus den Vorräten holte ich ein Fläschchen Rum, das er mit einem Zuge halb leer trank.

»Ah!« sagte er mit einem tiefen Seufzer der Erleichterung. »Das tut gut! Jetzt bin ich wieder ein Mensch! Mein Leben lang habe ich von Whisky gelebt. Es ist gut, wenn er mir nun auch nicht ausgeht auf der letzten Reise zu David Jonas! Und jetzt können wir von Geschäften reden. – Ihr sagt, daß ich an einem Leeufer bin, und da mögt ihr recht haben. Aber gerade so sehr seid ihr's. Ich bin ein alter Seemann und weiß, was ihr vorhabt. Ihr wollt den Kasten nach Hause navigieren. Das wird euch kaum gelingen, so kurz an Händen, wie ihr seid. Außerdem ist die ganze Bai übersät von Klippen und Untiefen, die niemand kennt als ich allein, jetzt, nachdem Ben Bold und Kapitän MacKay zu den Fischen gegangen sind. – Und well, ich bin nicht so. Ich biete mich als Lotse an, und einen besseren könnt ihr nicht finden auf dieser Seite des Eismeeres. Aber auch gleich muß es geschehen, denn ich habe keine Zeit zu verlieren. – Seht her!«

Er zog den Hut vom Kopfe, und was man da zu sehen bekam, ließ mich laut aufschreien vor Entsetzen. Eine klaffende, offenbar von einem Axthieb herrührende Wunde hatte die ganze Kopfhaut bloßgelegt, von einem Ende zum anderen.

»Jim Collins hat das fertiggebracht«, sagte er seelenruhig. »Aber ich habe ihm mit Zinsen herausge-

geben, ihm und Schanghai-Bill und Tom Bowers. Nun liegen sie alle schon unter dem Eis; die einen mit einem zerschmetterten Schädel, die anderen mit einer Revolverkugel und alle ein Futter für die Fische. Aber das auf dem Kopf ist doch nichts. Gerade nur ein kleines Andenken, wie es alle Tage vorkommt unter seefahrenden Leuten. Das hier ist schlimmer.«

Er zog das mit Blut angelaufene Hemd beiseite und zeigte die kaum sichtbare Spur eines Messerstichs an der rechten Brustseite.

»Gerade durch die Lunge«, sagte er. »Der Waschlappen von einem Koch hat das getan. Ein sauberes Stück Arbeit. Sieht mächtig aus wie eine Reise zu David Jonas. Ich kann das fühlen in allen Knochen. – Well, ich bin nicht empfindlich. In kurzem werde ich in der Hölle sein, und es ist gut so, denn ich werde dort unten ein paar Gentlemen antreffen, mit denen ich noch eine Rechnung auszugleichen habe, aber immerhin – sicher ist sicher –, man kann nicht wissen, ob doch vielleicht etwas Gutes vom Guten herauskommt, das sich bezahlt macht bei David Jonas. Da ihr hier alle an einem Leeufer seid und nicht ein- und ausfindet aus diesem Loche, will ich Mitleid mit euch haben. Ich werde bei euch anmustern als Lotse ohne Heuer und ohne Anteil. Nur mit Whisky müßt ihr mich versorgen. Etwas anderes werde ich wohl nicht mehr brauchen.«

Mit einem tiefen Seufzer endete die Rede. Sie lief natürlich nicht so schnell und flüssig vom Stapel, wie ich sie hier niederschreiben kann. Oft war sie unterbrochen von Erschöpfungspausen und heiseren Hustenanfällen, und stellenweise war sie reichlich gewürzt mit Kraftausdrücken, die mehr bildhaft als schön waren und vor deren Wiedergabe sich die Feder sträubt. Auf alle Fälle war ihm anzumerken, daß es ihm bitter ernst war mit dem, was er sagte. Wir mußten uns beeilen, wenn wir noch etwas profitieren wollten von der Wissenschaft unseres Lotsen. Wir packten ihn ins Boot und schafften ihn an Bord, wo wir uns sogleich ans Ankerhieven machten, ein Geschäft, das uns lange in Anspruch nahm, denn in den legten fünf Jahren hatte die rostige Kette sich fest verwachsen mit dem zähen Schlamm auf dem Grunde der Bai. Endlich hing der Anker tropfend unter der Back.

Es war an einem hellen, sonnigen Sommermorgen, den ich so bald nicht vergessen werde. Die Sonne schien hell am klaren blauen Himmel, über den nur vereinzelte weiße Windwolken segelten. Die Luft war weich und warm, gerade mit Wind genug, um die Segel voll zu halten. Ich stand am Steuerrad, das ordentlich knarrte über der ungewohnten Bewegung. Auf dem Vorderteil des Achterdecks lag gegen die Bordwand gelehnt Alaska-Jim und waltete seines Amtes als Lotse. Den hocherhobenen Kopf, der in seiner Leichenblässe etwas Geisterhaftes an sich hatte, hielt er mit starrem Blick auf das Wasser gerichtet, während die lose herunterhängende Linke die Whiskyflasche umklammerte.

»Hart über das Ruder!« kommandierte er mit Donnerstimme. Langsam, ganz langsam folgte das Schiff dem Steuer. Das Großbramsegel, das einzige, das wir noch fahren konnten, begann zu killen, die Klüver standen voll, die Fock fing an, sich zu blähen im Winde, und unversehens konnte man das beobachten, was wir zwar alle immer als selbstverständlich angenommen hatten, an das ich aber trotz allem bisher noch nicht so recht zu glauben vermochte: Nach jahrelanger Gefangenschaft fing das Schiff zum ersten Male wieder an, sich zu bewegen aus eigenen Kräften! Einmal drehte es sich im Kreise. Dann richtete es die Nase resolut nach der Einfahrt der Bai, während wir langsam vorbeiglitten an dem flachen Strande mit allen den Dingen, die uns so bekannt geworden waren in den letzten Monaten.

Es war – wie gesagt – ein wunderschöner Morgen. Der Sonnenschein tanzte lustig auf dem leicht gekräuselten Wasser der Bai, die klaren Bäche hüpften noch übermütiger als sonst über die Steine, die Vögel schwebten wie weiße Wolken um die Felsenriffe, die einsam aus der blauen Meeresflut herausragten. Überall war Leben, überall Freude und Sonnenschein, als ob das wüste Land im letzten Augenblick noch einmal gutmachen wollte für alles, was es uns hatte erleben lassen an Mord und Tod und Meuterei unter den düsteren Schatten der endlosen Winternacht. –

Ich aber sah und hörte nichts von allen diesen Dingen. Ich schaute nur hinauf zu den Segeln, die sich immer voller im Winde blähten, ich blickte wie im Traume hinüber nach dem Strande, der langsam vorüberglitt, und in meiner Seele war nur noch ein einziger Gedanke: Freiheit! Nach Hause!

»Steuerbord!« rief der Lotse. »Hart über! Hart über! – Kannst du nicht sehen? – Hart über das Ruder, wenn du noch einmal mit heiler Haut zu Muttern kommen willst!«

Ich tat, wie mir geheißen, und indem ich so tat, fiel mein Blick über die Schiffsseite hinweg auf ein scharfes, von weißem Schaum umsäumtes Felsenriff, dessen Tücken wir durch das geschickte Manöver soeben um ein Haarbreit entgangen waren. Ich sah auf der anderen Seite ein weiteres Riff in kaum drei Faden Entfernung.

Nun erst waren meine Augen geöffnet für diese Gefahren. Wohin man blickte, war die Fahrrinne verpestet mit Riffen und Klippen, die alle Tod und Verderben drohten. Es war nicht auszudenken, wie man einen Ausweg finden sollte aus diesem Irrgarten. Alaska-Jim aber blieb kaltblütig wie immer. Keine Miene verriet eine Bewegung in seinem bleichen Gesicht.

»Stetig, mein Junge«, sagte er mit ruhiger Stimme. »Werde mir nicht gegallied wie ein Walfisch an der Leine. Immer ruhig Blut! Verlaß dich auf mich und das gute alte ›Walroß‹.

Stetig das Ruder! – Backbord ein wenig! – Nun Luv! Luv! Warum nicht schneller? – Lee brassen da vorne, ehe ich euch Beine mache! Holt durch die Luvbrassen. – Fockschot, einer von euch! – Gut gemacht, ›Walroß‹! Keine von euren Phantasiejachten hätte es besser tun können. – Ah, wir sind ein schönes Paar, ich und das ›Walroß‹!

Stetig das Ruder, ehe ich dir mit dem Tauende komme! – 's ist nicht viel um Leben und Tod von seefahrenden Menschen. Die besten von ihnen sind nicht wert, daß ihre Mütter sich die Mühe gemacht haben, sie auf die Welt zu setzen; manchem habe ich selbst einen Freiplatz verschafft in David Jonas' Spind. Und es liegt mir nicht daran, ob ich es getan habe oder nicht. Aber ein Schiff zu verlieren ist eine Todsünde für einen seefahrenden Mann!«

Wieder ging es hart vorbei an einem Riff.

»Stetig! Stetig!« rief Alaska-Jim.

So ging es noch eine ganze Weile »zwischen dem Teufel und der tiefen See«, wie die Seeleute sagen. Eintönig hallten die Kommandos über das Verdeck.

»Steuerbord! – Stetig! – Hart Backbord das Ruder!«

Ganz langsam entfernten wir uns von dem gefährlichen Lande. Je weiter wir kamen, je seltener wurden die Riffe. Die Brise summte ordentlich im Tauwerk. Von Osten kam eine lange Dünung mit kurzen Wellenköpfen, die sich polternd an der Schiffsseite brachen.

»Steuerbord noch ein wenig«, sagte Alaska-Jim. »Recht so! Halte voll und bei. Süd-Süd-Ost, halb Ost. Das wird euch heimbringen, wenn ihr nicht zuvor zu den Fischen geht. Was mich anbelangt, so werde ich bei David Jonas sein, noch ehe der Tag vorüber ist.«

Während der letzten Worte, die er nur noch mühsam hervorzustoßen vermochte, hatte er sich gerade aufgerichtet und schaute sich wild im Kreise um, während er seine schwankende Gestalt nur mühsam an der Nagelbank festhielt. Ein heftiger Hustenanfall ließ seinen starken Körper erzittern wie einen Baum, an dessen Wurzel man die Axt gelegt hat. Kraftlos sank er wieder zusammen, während ein dunkler Blutstrahl aus seinem Munde quoll. Das Entsetzen packte mich bei dem Anblick. Ohne zu bedenken, was ich tat, ließ ich das Ruder im Stich und rannte auf ihn zu. Im Augenblick schoß das Schiff in den Wind. Die Segel flappten und schlugen donnernd gegen die Masten. Es war, als ob das ganze Fahrzeug in diesem Augenblick aufschrie vor Schmerz und Wut.

Wohl zehn Minuten lang lag der Sterbende lang ausgestreckt auf dem Verdeck, und ich glaubte, daß schon alles vorüber wäre. Da kam auf einmal wieder Leben in den Körper. Mit brechenden Augen starrte er hinauf in die Takelage. »Nun hast du's fertiggebracht, du Landlümmel«, sagte er mit verlöschender Stimme, die auch jetzt noch einen grollenden Unterton hatte. »Da haben wir die Bescherung! Der Kasten durchgedreht auf offener See! – Geh auf deinen Posten, ehe ich dir Beine mache! – Sterben ist nichts, aber kein Erdbeben könnt' mich vom Ruder treiben. Himmel und Hölle ist gut genug für die Sonntagsschüler, aber nicht für unsereins! Man lebt rauh und stirbt in seinen Stiefeln und kommt unter die Luke zu David Jonas, und dann ist's aus! Aber ein Schiff zu verlieren, ist die größte aller Sünden für einen seefahrenden Mann!«

Nachdem er diese Rede mit Mühe hervorgestammelt hatte, lag er wieder eine Weile regungslos auf dem Verdeck. Er gab nur noch schwache Lebenszeichen von sich. Trotzdem konnte man sehen, wie etwas in seinem Gehirn arbeitete und nach Ausdruck rang.

»Johnny«, sagte er mit leiser, kaum hörbarer Stimme, »komm näher herbei. Halte dein Ohr an meinen Mund. – So. Du warst noch immer der Beste von all den Waschlappen an Bord, und ich will einen Haufen gut von dir denken, wenn du das ausrichtest, was ich dir auftrage. – Ich bin ein wüster Mann gewesen in meinen Tagen. Mein Leben lang habe ich hart beim Winde gesegelt und habe doch immer gut gelebt als ein echter Glücksritter, und es war keiner unter den Jungens, der ein Glas Whisky lieber getrunken hätte als ich. Ich habe Dollars gemacht, Hand über Faust, aber ich war nicht dumm genug, um sie den Landhaifischen in der Batteriestraße in den Rachen zu werfen. Nicht ich! Jeder Narr kann Geld verdienen, aber das Zusammenhalten, das ist die Kunst! Well, ich bin ein sparsamer Mann gewesen in meinen Tagen. Ich habe einen Dollar zum anderen gelegt in den Banken, da und dort. Mit den Zinsen sind es noch mehr geworden, und heute bin ich einige dreißigtausend Dollars wert, alles in allem. Mit dem, was bei dieser Reise herausgesprungen wäre, wären es vielleicht hunderttausend geworden, und dann hätte ich mich nach der Rückkehr ernsthaft als Gentleman etabliert bei den reichen Leuten in Riverside bei Los Angeles. Damit ist es nun nichts. Und so schlimmer für mich. – Und schau' her. Ich hab' einmal ein Mädchen gekannt auf einer Farm in Missouri. Sie war hübsch wie eine Pfingstrose und hatte dünne, feine Hände wie eine chinesische Puppe und einen Hut wie ein Yankeeklipper vor dem Winde. Du wirst sie finden und ihr das Buch geben in meiner Rocktasche, über dreißigtausend Dollar. Sie wird sie nötig gebrauchen können. – Aber nein! Es ist fünfundzwanzig Jahre her, seit ich sie nicht mehr gesehen. Sie muß nun häßlich sein wie eine Nachteule und zweimal verheiratet und eine Großmutter von schmierigen Rangen. Es ist besser, du läßt das nach! Mögen sich die Erben darüber raufen und die Advokaten den Gewinn einstecken. Der Spaß an dem Spiel ist wert den Einsatz!«

Wieder unterbrach ein heftiger Hustenanfall seine Rede, und er lag eine lange Zeit ganz still, während wir mit vieler Mühe das Schiff langsam wieder auf den Kurs brachten. Von Minute zu Minute ging es sichtlich mit ihm zu Ende. Die Macht der Gewohnheit aber hielt sein brechendes Auge noch bei der Beobachtung und Beaufsichtigung des Schiffsmanövers.

»Recht so!« sagte er, als das Fahrzeug wieder voll und bei am Winde lag. »Nur so weiter! Süd-Süd-Ost. Ich gab dir diesen Tip, weil du es bist und weil ich einen Haufen gut von dir denke. – Well, und so will ich dir noch einen anderen geben, ehe ich Segel mache für die lange Reise. – Nimm dich in acht vor den neuen Schiffskameraden! Der Nigger ist zu dumm, um schlecht zu sein, aber halte dein Wetterauge offen vor diesem Hundesohn von einem Chinesen!«

Nur halb hörte ich auf diese letzten Worte, da eine vorüberbrausende Bö meine ganze Aufmerksamkeit auf die Segel lenkte. Als ich wieder zu ihm hinüberschaute, lag er starr und tot auf dem Verdeck. Ich mußte zweimal hinsehen, um mich davon zu überzeugen. Kalt lief es mir über den Rücken bei dem Anblick. Ich schaute krampfhaft hinauf zu den Segeln und nach dem Kompaß, um nicht mehr hinsehen zu müssen. Langausgestreckt lag der Tote auf dem Verdeck, mit geballten Fäusten, weit aufgerissenen Augen und einem wahrhaft diabolischen Grinsen über den weit aufgeworfenen Lippen, die die gelben Zähne zeigten. Am unheimlichsten war es anzusehen, daß er sich auch jetzt im Tode noch immer hin und her bewegte nach den schlingernden Bewegungen des Schiffes.

Am Abend versenkten wir ihn sang- und klanglos ins Meer, auf dieselbe unheilige Weise, mit der er selbst schon so manchen abgefertigt hatte für die große Reise zu David Jonas im Laufe seines abenteuerlichen Lebens.

Uns allen war, als ob mit ihm ein böser Geist – oder wie man auf dem Schiffe sagt: ein Jonas – von uns gewichen wäre. Voll von neuen Hoffnungen

braßten wir die Rahen vierkant vor dem Winde, der inzwischen nach Nordosten umgesprungen war. Das gute Schiff legte sich weit über unter dem Druck der Leinwand. Das Wasser rauschte vor dem Bug. Mit vollen Segeln ging es vorwärts, südwärts, heimwärts! Wenigstens glaubten wir so.

Die Goldkiste

Es gibt Tage im Leben, die man nie vergißt. In meiner Erinnerung gibt es keine, die so lebhaft noch heute vor mir stehen wie jene, da wir, südwärts steuernd, ins blaue Meer hinausfuhren, derweilen die steilen, finster drohenden Küsten der verfluchten Insel sich mehr und mehr mit dem blau schimmernden Mantel der Ferne überzogen und endlich spurlos versanken im unendlichen Meere. Tagelang blieb das Wetter klar und freundlich. Das Meer war blau mit kräuselnden Wellen, der Himmel klar und freundlich, mit gerade genug Wind, um die Segel prall zu halten. Schwerfällig schlingernd zog das alte »Walroß« seine schimmernde Straße. Nicht eben schön war das anzusehen, und elegant war es auch nicht. Aber es ging doch, wenigstens vorwärts, heimwärts – der Freiheit entgegen mit jeder Meile. Es war wieder alles Himmel und Wasser und das weite Meer, das zu allen Zeiten zum Herzen des Seemanns spricht, im glitzernden Sonnenschein unter den ziehenden Wolken, im sternbesäten Nachtdunkel, das sich, unruhig flimmernd, wie flüssiges Silber in den Wellen spiegelte. Von Stunde zu Stunde wuchs meine Hoffnung. Sie flog mit dem Winde nach Süden, sie blähte sich voll Übermut wie die Segel an Rahe und Gaffel.

Und doch konnte ich die Unruhe nicht loswerden. Tausendmal redete ich mir ein, daß doch eigentlich alles weit über Erwarten schön und gut ging. Stunden- und stundenlang schaute ich über das Wasser, ohne etwas anderes zu sehen als die blaue Fläche, auf der nur da und dort eine weiß leuchtende Eisscholle schwamm. Tag um Tag waren wir nun schon so weiter gesegelt bei raumem Winde ohne ein einziges der Hindernisse, über die man bei der Schiffahrt im Eismeer alle Augenblicke stolpert. Die verhängnisvolle Insel lag bereits viele hundert Meilen zurück unter dem grauen Horizont, und gegen Süden war noch immer alles freies Meer und fröhlicher Wind. Das war nicht natürlich. Einmal mußte der Augenblick kommen, wo wir bezahlen mußten für all das unverdiente Glück! Unruhig ging ich auf und ab auf dem Verdeck und hörte auf das Summen des Windes und das Ächzen und Stöhnen in der kümmerlichen Takelage unseres Halbwracks, und es war mir, als ob die Schatten einer herannahenden Katastrophe bereits in allen Ecken hockten.

Je mehr ich diesen düsteren Gedanken nachhing, je mehr konzentrierten sie sich alle in einer einzigen Person, und das war niemand als Fung Li, der Chinese. Ich wehrte mich gegen diese Idee. Ich redete mir ein, daß das unsinnig wäre; eine lächerliche Suggestion, die aus einem überhitzten Kopfe kam. Tausendmal mußte ich mich zwingen, an andere Dinge zu denken, aber ebensooft waren diese Gedanken wieder im gleichen Fahrwasser. Immer wieder, wenn ich an der Stelle vorbei kam, sah ich den Mann vor mir liegen, der im letzten Todeshauche noch mit einem Fluch den Namen über die Lippen brachte. Ich holte das Tagebuch des Kapitäns hervor und studierte die Krähenfüße auf dem vergilbten Papier. Da stand es mit dicken, zornigen Buchstaben zu all erledigt:

»Der Hundesohn von einem Chinesen!«

Immer wieder – wenn sich die Möglichkeit bot – beobachtete ich den Burschen, wenn ich mich selber unbeobachtet glaubte. Aber nie war eine Bewegung zu erkennen unter der undurchdringlichen Maske seines Mongolengesichtes. Immer war er fleißig, reinlich und dienstbereit; ein Muster von einem Schiffskoch. Oftmals war ich im Begriff, ihn festzunehmen und in Eisen zu legen im Schiffsraum, als Sicherheit für alle Fälle. Dann wieder sagte ich mir, daß ich doch eigentlich keinen Grund und keine Ursache hatte zu solchem Vorgehen und daß wir ohnehin keinen Mann unserer kümmerlichen »Besatzung« entbehren konnten. Es war wohl nur Tinte auf dem Papier, die mich schreckte, nur die wirren Worte eines Sterbenden, denen man keine Bedeutung beizumessen brauchte.

Ich sagte mir das alles mit dem Verstande, aber in meinem Herzen wuchs die Angst vor dem Ungewissen mit jedem Tage.

Und ich war nicht der einzige, der diesen problematischen Sohn des Himmels mit mißtrauischen Augen betrachtete. Zumal Hein konnte ihn nicht ansehen, ohne das ganze reichhaltige Schimpfwörterrepertoire von Sankt Pauli vor sich hinzumurmeln. »Ein bannig fixer Kerl, der Chinamann«, sagte er nachdenklich, »zu verdammt fix für uns, glaube ich. – Wenn ich nur wüßte, was er alle Tage dort unten im Raum zu schaffen hat. Etwas Gutes kann's nicht sein, oder ich müßte die Chinesen nicht kennen. Ich wette ein Pfund Tabak, daß sich dort unten ein › four piecee man chou chou‹ zurechtbraut, von dem wir alle nicht mehr aufwachen werden, wenn wir ihn erst einmal zurückgelotst haben nach der zivilisierten Welt.«

Ähnliches war mir auch schon durch den Kopf gegangen, wenn ich es auch nicht so gerade heraus zu denken oder gar auszusprechen wagte. Etwas war nicht richtig mit dem Burschen. Irgendein Geheimnis hatte er ganz für sich hier an Bord, und es reizte mich, auf dessen Grund zu kommen, schon um unser aller Sicherheit willen. An jedem Abend, nach getaner Arbeit, verschwand er auf beinahe unerklärliche Weise – jedenfalls durch eine nur ihm bekannte Falltür – aus der Kombüse und blieb gewöhnlich eine oder zwei Stunden lang abwesend, ohne daß jemand mit Bestimmtheit sagen konnte, wo er sich in der Zwischenzeit aufgehalten hätte. Wenn man genau hinhörte, konnte man dann ein leises Geräusch wie von rieselndem Wasser aus dem vordersten Teil des Raumes vernehmen. Wochenlang war in jeder Nacht der gleiche Spuk zu beobachten. Abraham Lincoln Jonas, der sich am besten auskannte in den Gewohnheiten seines langjährigen Schiffskameraden, versicherte uns, daß das eine alte Gewohnheit sei, die er schon lange ausübe, sicherlich schon seit dem Tage, da der Kapitän auf so unerklärliche Weise »die Platte geputzt« habe und die große »Skorbut«-Epidemie über alle Mann gekommen sei. Er sei eben ein Chinese, und wer könne wissen, was alles in so einem Chinesenkopf vor sich gehe? Er bete wohl dort unten zu seinen Göttern und halte Zwiesprache mit den Geistern. Da bleibe man lieber weit davon weg und lasse die Neugier nicht über die Vorsicht siegen. Es sei nicht gesund, sich in so etwas einzumischen.

Ich aber hatte große Lust, mir den Geist aus der Nähe zu betrachten. Ich beredete das Unternehmen mit Hein, der sich ebenfalls nach solcher Begegnung sehnte, und so trafen wir denn mit aller Vorsicht unsere Vorbereitungen für die folgende Nacht. Nach den beobachteten Geräuschen zu schließen, mußte der Spuk etwa in der vordersten Ecke an der Steuerbordseite der Vorderluke vor sich gehen. Wenn man also ein genügend großes Sehloch in der dünnen Bretterwand anbringen würde, so könnte man vom Kabelgatt aus alles aufs beste beobachten, ohne daß man selbst gesehen werden konnte.

Das Kabelgatt ist der Raum in der vordersten Spitze des Schiffes, wo Taue, Schlingen, Ketten, Taljen, Eisenkabel und dergleichen aufgehoben werden. Zu passender Zeit gingen wir – Hein und ich – hinunter und legten uns auf die Lauer. Das Guckloch konnte man sich sparen, denn ein großes Stück der Zwischenwand war herausgerissen und ließ eine breite Öffnung, durch die man weit hineinschauen konnte in das Zwischendeck, dessen ägyptische Finsternis nur da und dort unterbrochen war von matten Lichtstreifen, die durch die Ritzen der undichten Luke schimmerten. – War es nur die Ungeduld, die brennende Erwartung der kommenden Dinge, die mir die Zeit so lang werden ließen dort unten? Mir war, als ob Stunden und Stunden verrannen, ohne daß sich etwas zeigte in der undurchdringlichen Finsternis, ohne daß sich etwas anderes hören ließ als das Ächzen und Knacken in dem morschen Holze und das eintönige Rauschen und Waschen des Wassers an der Schiffsseite. Schon glaubte ich, daß der verschmitzte Sohn des Himmels auf irgendeine Weise Wind bekommen hätte von der Falle und daß das Spiel, heute wenigstens, nicht stattfinden würde, als Hein mich plötzlich recht unsanft in den Arm kniff. Ich schaute auf und wußte, daß nun die »Stunde der Gebete« gekommen war. Irgendwo in der Finsternis war ein rotes Licht aufgetaucht, das sich langsam pendelnd näher bewegte, wie wenn einer im Gehen eine Laterne schwang. Nun konnte man auch schon das Gesicht des Chinesen wahrnehmen, das sich seltsam verzerrt und geisterbleich aus dem Lichtscheine abhob. Weder von der Laterne noch vom übrigen Menschen war das geringste zu sehen. Es war, als ob es nur ein Gesicht – ein geisterhaft unwirkliches Gespenstergesicht – wäre, das hier durch das Dunkel glitt. Mit Gewalt mußte ich an mich halten, um nicht sogleich darauf los zu springen, aus purer Angst und Verwirrung. Ganz nahe kam er heran, ohne daß etwas anderes zu sehen gewesen wäre als eben diese grinsende Maske von einem Gesicht. Nun blieb er stehen und machte sich an etwas zu schaffen. Mehr hören als sehen konnte man, wie er, in kaum fünf bis sechs Schritten Abstand von uns, einige schwere Taue auf das Verdeck warf und dann mit vieler Mühe eine große Persenning von einem offenbar recht umfangreichen Gegenstand wegzog. Im Lichte der Laterne, die er nun voll darauf richtete, konnte man sehen, daß es eine schwere, messingbeschlagene Truhe war von der Art der Seekisten, wie man sie heutzutage noch manchmal im Besitze von alten Seeleuten sehen kann. Er drückte auf einen Knopf, der mächtige Deckel flog auf wie ein Pfeil, und im nächsten Augenblick – ja, nimmer werden mir die Worte ausreichen, um diesen Augenblick zu beschreiben!

Ein heller, merkwürdiger Schein, wie phosphoreszierendes Licht über dunklen Wellen, kam aus der Kiste. Er lag voll auf dem Gesichte des Chinesen, der bei seinem Anblick zurückprallte wie einer, der in weißglühendes Feuer sieht. – Das war nicht mehr der Fung Li, den wir kannten! Der stille, diensteifrige Schiffskoch mit dem ewig gleichen, undurchdringlichen Gesicht. Da war alles Gier und Besessenheit und halber Wahnsinn in des Teufels Fratze; der Widerschein des Feuers, des Phosphors, oder was immer es sein mochte, lag glühend auf seinem Gesicht und ließ es leuchten wie das eines Mephisto auf dem Theater. Mit einem unterdrückten Schrei stürzte er sich auf den Schatz, wühlte darin herum, nahm eine Handvoll, richtete sich auf und ließ sie langsam durch die Finger gleiten und wieder zurück in die Kisten fallen, während er irrsinnig vor sich hin lachte. Lauter winzige Körner, die in der Dunkelheit funkelten. Trog aller gebotenen Vorsicht konnte ich einen Ausruf des Erstaunens nicht unterdrücken. Es war Gold!

So war es also doch kein Irrsinn, den der Sterbende auf dem Verdeck gestammelt hatte, so waren es also doch keine Fieberphantasien eines dem Tode Geweihten, die da im Tagebuch standen. In einem Augenblick wurde mir nun klar, über was ich durch lange Monate vergeblich nachgesonnen hatte. Was konnte es denn anders sein als dieses Narrenseil, das diese Menschen durch endlose Intrigen von Verbrechen zu Verbrechen führte und wieder zu Taten entflammte von beispielloser Kühnheit? Wie Schuppen fiel es mir von den Augen, und im selben Moment erfaßte mich selbst der Teufel des Goldes. Ich sprang hinzu. Mit einem Satze schlug ich den Chinesen nieder und wühlte nun selbst in dem Schatze, so irrsinnig wie nur einer. Ich hörte und sah nicht, was ringsum vor sich ging, vor lauter Gier zu wühlen in dem glitzernden Schatze.

Als ich wieder zu mir kam, lag der Chinese an Händen und Füßen gefesselt auf dem schmutzigen Boden des Zwischendecks. Noch immer hatte er sich nicht beruhigt. Er suchte sich zu wehren mit Kratzen und Beißen. In ohnmächtiger Wut schlug er mit dem Kopf gegen den Boden, das Weiß seiner verdrehten Augen leuchtete unheimlich aus dem Dunkel. »Junge, Junge«, sagte Hein, »das ist ein schwerer Junge! Er versteht sich aufs Jiu-Jitsu. Das Messer hat er auch schon in der Hand gehabt, und wenn ich nicht ein so verdammt fixer Kerl gewesen wäre, so lägen wir beide jetzt an Deck, denn du hast nur Augen gehabt für den Stoff in der Kiste.«

Nur halb hörte ich auf seine Worte. Ich ließ den Chinesen Chinesen sein und machte mich sogleich wieder an die Untersuchung des Schatzes. Ein ordentliches Fieber bemächtigte sich meiner bei dem Gedanken, daß vielleicht andere Goldkisten hier im Zwischendeck verstaut sein könnten. Ich nahm die Laterne, die, fernab vom Handgemenge, immer noch brennend neben der Kiste stand, und leuchtete in alle Winkel des weiten Raumes. Als ich mich davon überzeugt hatte, daß sonst keine Schatzkiste vorhanden war, ging ich wieder zu der zuerst aufgefundenen zurück. Sie zog mich an mit magnetischer Gewalt. Etwas, was ich bisher noch nie gekannt hatte in meinem ganzen Leben, war über mich gekommen wie ein Ungewitter: Die wilde, die unersättliche Gier nach dem Golde!

Der Deckel der Kiste war wieder weit offen, und Hein saß davor wie einer, der in einem Traum befangen ist. Der goldene Widerschein des Metalls lag auf seinem breiten Gesicht. Das Blut stieg mir in den Kopf bei dem Anblick. Der Gedanke, daß jemand anders mit dem Schatze – mit meinem Schatze spielte, war mir unerträglich. Ich sprang hinzu und schleuderte ihn zur Seite mit einem einzigen

Handgriff wie vorher den Chinesen. Er wollte etwas erwidern, da zog ich den Revolver und jagte ihn an Deck unter Androhung sofortiger Erschießung.

Nun war ich allein bei dem Schatz. Es war wieder ganz dunkel in dem weiten Raume und ganz still, bis auf das Fluchen und Stöhnen des gefesselten Chinesen. Aber auch dieses hörte ich nicht über dem Rieseln des Goldes, das durch meine Finger rann. Stundenlang saß ich so über der Truhe und dachte nicht mehr ans Schiff, an unsere gefährliche Lage, an Tod und Gefahren, die uns umlauerten in dieser Wildnis. Es war, als ob der Glanz des Goldes alle anderen Gedanken ausgelöscht hätte in meinem Kopfe.

Als ich endlich wieder an Deck kam, fand ich das alte »Walroß« in merkwürdig verändertem Zustand. Kein Mensch war zu sehen an Deck. Niemand war am Steuer. Der Wind kam direkt von vorne und drückte in die Segel, die bei jedem Überholen des Schiffes donnernd gegen die Masten schlugen. Das einzige sichtbare Lebewesen war Admiral Dewey, der Papagei. Krampfhaft hatte er sich festgekrallt am Fockstag und schrie mit heiserer Stimme das Sprüchlein, das ich schon so gut kannte, dessen Sinn mir aber jetzt erst aufgegangen war: »Alle Mann! Alle Mann! Klar zum Wenden! Vorsicht mit der Kiste! Sie ist so gut wie hunderttausend Dollars! Hunderttausend Dollars!«

Ich sah und hörte das alles und sah und hörte das doch nicht, denn meine Gedanken waren beim Golde und bei der Kiste. Ich merkte auch nicht, wie der Wind zu mollen anfing, wie ein eisiger Hauch über das Wasser gekrochen kam und ringsum im blauen Meere die weißen Eisfelder auftauchten. Ich nahm ein Papier zur Hand und rechnete mir den Schatz aus in Mark und Pfennig und dann wieder in Dollar. Ich malte mir aus, was ich mir alles davon leisten könnte, und hatte darüber eine solche Freude, als ob ich den Reichtum schon sicher im Hafen von San Francisko hätte und nicht hier oben im Eismeer, unzählige Meilen von der zivilisierten Welt. – –

Je mehr ich darüber nachdachte, desto tiefer verstrickte ich mich in diese Gedanken und Ideen. So merkte ich gar nicht, wie zwei Männer auf dem Achterdeck auftauchten, die mich fremd ansahen wie völlig Unbekannte, obwohl sie vor wenigen Stunden noch meine Schiffskameraden gewesen waren. Hein und der Neger. Hein hielt sich vorsichtig und anscheinend etwas verlegen im Hintergrund, während der Mister Abraham Lincoln Jonas reichlich sicher und selbstbewußt auftrat.

» Well«, sagte er ohne Umschweife, »das ist hier eine häßliche Sache. Das Eis kommt herein, das Schiff ist durchgedreht, die Mannschaft ist beim Meutern, der Koch in Eisen. Da kennt sich kein Teufel mehr aus. Und kommt alles nur daher, daß wir keinen Kapitän haben und niemand weiß, wer Koch und Kellner ist hier an Bord. Ein Kapitän ohne Schiff ist etwas Schlimmes. Aber verdammt viel schlimmer ist ein Schiff ohne Kapitän. Wir haben deshalb eine Schiffsberatung abgehalten und uns einen gewählt, und das bin ich.«

Mächtig warf er sich in Positur.

»Kapitän Abraham Lincoln Jonas! Ich bin's durch Wahl und durch das Recht des ersten Besitzers, denn ich habe hier gehaust, ehe einer von euch Bettlern hier an Bord gekommen ist. Ich bin der einzige hier, der etwas versteht von der christlichen Seefahrt, und deshalb gehörte auch mir allein das Gold, nach den Gesetzen der hohen See. Weil ich aber ein farbiger Gentleman von großer Freigebigkeit bin und mein Matrose Hein Petersen hier es nicht anders tut, habe ich bestimmt, daß der Schatz zu gleichen Teilen unter uns drei aufgeteilt werde. Der Eskimo zählt nicht. Den können wir mit einem Seehund abspeisen für seinen Teil.«

Mit einer gewissen Feierlichkeit hatte er die Worte gesprochen, und nun, nachdem er mit der Rede zu Ende war, wandte er sich mit großartiger Gebärde an seinen Kameraden, der die Abmachung mit einem leisen Kopfnicken bestätigte. Ich wußte nicht recht, was ich zu alledem sagen sollte, aber da die beiden es offenbar ernst meinten mit dem, was sie sagten, beschloß ich, vorerst einmal nachzugeben und den Verlauf der Dinge abzuwarten. Es war noch weit von hier bis zur zivilisierten Welt, und manches konnte noch anders werden auf dem Wege.

»Als Kapitän habe ich allein hier zu befehlen«, fuhr der Neger fort, »und die anderen haben Order zu parieren, solange sie hier an Bord sind. Im ganzen Eismeer gibt es keine härtere Nuß als Kapitän Jonas. Das könnt ihr euch merken, wenn ihr noch Wert legt auf eure Gesundheit. – Alle Mann nun hinunter zum Zwischendeck. Aber ein bißchen fix, ehe ich euch Beine mache mit dem Schießeisen!«

Einen Augenblick starrte ich ihn an in starrer Verwunderung über die Metamorphose des sonst so kindlich-gutmütigen Mister Abraham Lincoln Jonas. Die Frechheit des Burschen überstieg wirklich alles erträgliche Maß. Am liebsten wäre ich ihm an seine schwarze Kehle gesprungen. Da er aber links und rechts einen großen Revolver in seinem Gürtel trug und außerdem mit einem dritten in seiner Hand fuchtelte, blieb mir nichts anderes übrig, als schnell und lebendig, wenn auch zähneknirschend, seinem Befehle nachzukommen.

Drunten im Zwischendeck lag noch immer der Chinese. Stumm und regungslos wie ein Toter lag er auf dem schmutzigen Boden. Niemand kümmerte sich um ihn. In unseren heißen Köpfen gab es nur noch einen einzigen Gedanken:

Die Kiste!

Sogleich machten wir uns an die Arbeit, um sie aus ihrer dunklen Ecke ans Tageslicht zu ziehen. Aber sie war schwer wie Blei, und selbst mit Hilfe von Handspeichen und Brechstangen konnte man sie kaum von der Stelle bewegen. Da brachten wir eine Schlinge im Fockstag an und hängten daran eine Talje, deren Ende wir um das Gangspill nahmen. Fieberhaft wie die Titanen, mit dem Goldteufel im Nacken, arbeiteten wir an dem Geschäft. Stumm und mürrisch marschierten wir um das Gangspill, während mit leisem Klick-Klack die Leine langsam hereinkam und das schwere Ungeheuer im Zwischendeck ruckweise aus der dunklen Ecke herausrutschte. Nun stand es im hellen Tageslicht, direkt unter der Luke.

» Heave high!« kommandierte Kapitän Jonas.

Das Fockstag bog sich bedenklich unter der Last. Die Blöcke kreischten. Die dicken Taue stöhnten über der Arbeit. Langsam, ganz langsam kam die Schatzkiste herauf. Nun schwebte sie über der Luke. Langsam wurde sie heruntergefiert an Deck. Kein Mensch wagte zu atmen bei dem Anblick. Totenstille herrschte an Deck. Nur der Papagei kreischte irgendwo sein altes Lied, das nun einmal wenigstens einen Sinn hatte: »Vorsicht mit der Kiste! Hunderttausend Dollars! Hunderttausend Dollars!«

Jetzt erst, im hellen Tageslicht, konnte man sehen, wie groß die Kiste war und wieviel sie enthalten mochte. Aber die Gier hielt sich nicht bei ihrem Anblick auf. Beim Herausschaffen der einen hatte sich herausgestellt, daß noch weitere im äußersten Hintergrund des Raumes standen, ganz verdeckt unter einem mächtigen Haufen von Tauen, Ketten, leeren Kannen, alten Brettern und einer Schicht von Staub und Spinngeweben, die sich in Jahren hier angesammelt haben mochten. Sogleich machten wir uns an die Wegräumung des Plunders. In einer Wolke von Staub, die einen fast ersticken wollte, zerrten wir das Zeug aus der Ecke, so daß die Kisten freilagen. Es waren ganz gewöhnliche Bretterkisten ohne irgendwelche Inschrift, doch waren sie ebenso groß und fast ebenso schwer wie die bereits herausgeschaffte Truhe mit dem Golde. Wieder mit Hilfe der Talje schafften wir eine der Kisten nach der Mitte des Raumes, wo wir sie unter dem Lichtschein, der durch die offene Luke fiel, gründlich untersuchen konnten. Mit dem Eisen brachen wir einige der Bretter los, konnten jedoch darunter nichts weiter erkennen als eine große Anzahl von kleinen, dicht verlöteten Blechbüchsen, auf deren jeder fein säuberlich aufgedruckt ein Wort stand, bei dem es uns mit einer Gänsehaut überlief, wenn wir an unsere rauhe und sorglose Behandlung des Gegenstandes dachten:

»Dynamit!«

Um uns von der Richtigkeit der Aufschrift zu überzeugen, öffneten wir vorsichtig eine der Büchsen, wo sich tatsächlich die harten Stangen vorfanden, die in ihrem äußeren Ansehen etwas an Schwefelstangen erinnern. Diese nebst einer anderen Dynamitkiste schafften wir der Sicherheit halber an Deck, mit der Absicht, sie bei erster Gelegenheit über Bord zu werfen. Der ganze Aberglaube des Laien, der mit solchen Sachen nicht umzugehen versteht, hatte uns erfaßt beim Lesen des Namens. Die Angst kroch mir kalt den Rücken herauf bei dem Gedanken, daß wir alle die Zeit auf einem solchen Vulkan gelebt hatten, ohne es zu wissen. Die anderen Kisten – es waren noch etwa drei oder vier – hatten einen weniger aufregenden Inhalt. Allerlei Handwerkszeug lag hier in buntem Durcheinander. Schaufeln, Pickäxte, Siebe, merkwürdige rundgeformte Hämmer, wie sie die Geologen brauchen, und einige mächtige, wohlverkorkte Flaschen mit Quecksilber. Es war offenbar das Handwerkszeug, mit dem Kapitän MacKay seine Goldwäscherei betrieben hatte.

Bis wir mit den Geschäften fertig waren, hatte sich jeder von uns in eine Art Fieber hineingearbeitet. Während des ganzen Tages hatten wir gearbeitet wie die Besessenen, ohne einen Bissen zu essen, ohne uns einen Augenblick der Ruhe zu gönnen. Der Goldteufel hatte es einfach nicht zugelassen. Und auch jetzt, nachdem die dringendsten Geschäfte erledigt waren, dachte keiner an dergleichen. Am schlimmsten war der Neger. Zu der Goldgier, die uns alle gepackt hatte, kam bei ihm noch der Machtkitzel der neuen, sich selbst verliehenen Kapitänswürde. Sobald die letzte Kiste an Deck war, rief er die gesamte »Mannschaft« achteraus auf das Halbdeck, wo er uns mit dürren Worten seine Ansicht über die Art der Verteilung der Beute mitteilte, derweilen er in gefährlicher Nähe unserer Nasen mit dem Revolver um sich fuchtelte.

»Dieses ist ein Walfischfänger«, sagte er unvermittelt.

»Das wird schon so sein«, antworteten wir.

» Well, und wenn das ein Walfischfänger ist, so muß hier an Bord auch alles ehrlich und schiffsgemäß zugehen, wie es der Brauch ist in unserem Handwerk. Jeder bekommt seine Fangprämie von der Beute, der Besitzer die Hälfte, der Kapitän ein Drittel, der Steuermann ein Viertel und die Vormasthände zusammen den zweihundertsten Teil. Da ich aber durch Wahl und durch den ersten Besitz Eigentümer, Kapitän und Steuermann bin und ihr eine Bande von aufsässigen Meuterern seid, so nehme ich für mich die ganze Kiste und verspreche euch dafür, daß ich bei der Ankunft in San Franzisko weder Augen noch Ohren gehabt haben will für eure Untaten hier oben und euch dadurch aus dem Zuchthaus und vom Galgen retten will. – So, und nun geht nach vorn, wo ihr hingehört, einer von euch geht ans Ruder, und ein bißchen lebhaft, ehe ich euch nachhelfe mit dem Schießeisen!«

Das war nun eine Sprache, die an Unverschämtheit nichts zu wünschen übrig ließ. Der Zorn siegte bei mir über alle Vorsicht. Obwohl er mir noch immer den Revolver gerade unter die Nase hielt, schlug ich ihm diesen aus der Hand und zog blitzschnell einen anderen aus seinem Gürtel. Die Reihe des Kapitänspielens sollte zur Abwechslung nun einmal an mich übergehen. Aber mit Gedankenschnelle hatte der Neger ein weiteres Schießeisen aus seinem waffengespickten Gürtel herausgezogen; in der linken Hand hatte er ein ellenlanges Messer und stürzte damit auf mich los wie ein fauchender Waldaffe aus den finstersten Urwäldern. Im letzten Moment prallte er noch zurück vor der erhobenen Pistole. Die weggeworfene Waffe war inzwischen in Heins Hände übergegangen, und so standen wir uns alle drei gegenüber, mit Mord in den Augen, bis an die Zähne bewaffnet. Nur Jack stand abseits an der Bordwand und rauchte gemächlich seine Pfeife. Was mich anbelangt, so war ich förmlich besessen von Gier nach dem Golde. Alles wollte ich haben oder gar nichts; die ganze Ladung in der Kiste oder nicht ein Lot. Eine wilde Idee schoß mir durch den Kopf.

»Wenn wir darum losen –?«

Abraham Lincoln Jonas mußte denselben Gedanken gehabt haben. Er zog einen Würfel heraus, den er fast immer in der Tasche mit sich herumführte – denn er war ein passionierter Würfelspieler wie alle Neger – und ließ ihn über das Verdeck rollen.

»Sieben ist hoch!« rief er mit leuchtender Miene.

Wieder warf er den Würfel, während er mit den Fingern schnalzte. »Komm sieben! Komm sieben! Komm, meine süße, kleine Sieben! – Willst du wohl kommen, wenn ich es dir befehle? Wenn Kapitän Abraham Lincoln Jonas es so wünscht? – Ah, wieder nichts! Du machst mir Unehre, mein Honig, mein Goldkäfer, du machst mich weinen! Der Teufel hole deine schwarze Seele!«

So löste sich die wilde Szene von Mord und Totschlag plötzlich in ein richtiges Negerwürfelspiel auf, das jedoch keineswegs so harmlos war, wie es aussah. Jeder hatte die Waffen weggelegt und verfolgte mit brennenden Augen das Spiel der Würfel.

Das Aufblitzen eines Schusses, der scharf wie ein Peitschenschlag durch das Zwischendeck hallte, schreckte mich aus meinen Träumen. Jack, der Eskimo, hatte ihn abgegeben. Eben legte er an zu einem weiteren Schusse, und indem ich seiner Zielrichtung folgte, gewahrte ich etwas, was mich aus allen Träumen schüttelte. Nur einen kurzen Augenblick sah ich das Bild, etwa so wie einer unter dem Aufflackern eines Blitzes oder eines künstlichen Lichtes eine Erscheinung beobachten mag, aber in mein Gedächtnis hat es sich furchtbar eingekrallt, so daß ich es allezeit vor mir sehe. Zwischen einer der Kisten und der Truhe mit dem Golde stand hochaufgerichtet der Chinese. Ganz ruhig stand er da und übernatürlich groß, ins Riesenhafte verzerrt, wenigstens stand er so vor mir in meiner überhitzten Phantasie. Das Gesicht war gräßlich verzerrt, mit einem teuflischen Grinsen. In der erhobenen Rechten hielt er eine Stange, erst später erfuhr ich, daß es eine zum Goldgraben benötigte Dynamitstange war, mit der er zum Wurfe ausgeholt hatte.

Nur einen Moment – kaum auf die Länge eines Augenblicks – sah ich das Bild, und dann war es, als ob die ganze Welt unterginge in einem schaurigen Aufschrei. Man hörte ein schrilles Krachen und Brechen, wie wenn alle Masten auf einmal von oben kämen. Der Stoß hatte mich längs auf das Verdeck geworfen mit einer Gewalt, die mir fast die Besinnung raubte. Dumpf nur merkte ich, wie das Fahrzeug mächtig schlingerte und erst nach der einen und dann nach der anderen Seite kenterte. Das Meerwasser rauschte über das Verdeck wie ein brausender Wildbach. Mehr aus instinktivem Selbsterhaltungstrieb, denn aus verstandesmäßigem Handeln hielt ich mich an einem Poller fest, um nicht an der Bordwand zu zerschmettern. Eine heftige Bewegung des Schiffs schlug meinen Kopf gegen den Mast, und dann konnte ich gar nichts mehr denken – – –

Stunden vergingen, ehe ich wieder zu mir kam. Ich wachte auf mit einem merkwürdigen Summen und Sausen im Kopfe und einem stechenden Schmerz im Körper, der mir bei der geringsten Bewegung wie Messerstiche durch die Eingeweide ging. Ein ekliger Salzgeschmack lag mir in Mund und Nase. In den Ohren war noch immer das Rauschen des Wassers. Nur die Augen waren noch ganz in Ordnung, aber was die zu sehen bekamen, das erfüllte mich mit bleichem Entsetzen, je mehr ich zum Bewußtsein meiner Lage erwachte.

War das noch das alte »Walroß«? Solange ich das Fahrzeug kannte, war es mir nichts anderes gewesen als ein notdürftig zu einem gewissen Grad der

Schiffsmäßigkeit hergerichtetes Wrack. Nun aber war es das Chaos, das Verderben, nicht viel mehr als ein wilder Trümmerhaufen, der da noch notdürftig – aber wie lange noch? – auf dem Meere schwamm. Der Klüverbaum war wie mit einem Messer durchgeschnitten von der Gewalt der Explosion. Der Fockmast war völlig herausgerissen und über Bord geworfen worden, und an seiner Stelle starrte ein gähnendes Loch in dem Verdeck. Vom Großmast waren nur noch Trümmer vorhanden. Nur der Besanmast war merkwürdigerweise ziemlich unversehrt, abgesehen von der Bramstange, die zersplittert auf dem Großdeck lag. Vom Chinesen war nichts mehr zu sehen, und auch die Teufelskiste, die all das Unheil verschuldet hatte, war verschwunden. Dafür klaffte eine breite Lücke in der Steuerbordreling. Offenbar hatte sie sich beim Überholen des Schiffes einen Ausgang geschlagen und war im Meer verschwunden auf Nimmerwiedersehen.

Eine ganze Weile starrte ich verständnislos auf die Bescherung. Ich sah alles mit den Augen, aber mit dem Kopfe konnte ich nicht verarbeiten, was ich gesehen hatte. In dumpfen Brüten betrachtete ich das Bild der Zerstörung, bis es mir vor den Augen flimmerte. Unversehens fiel ich in einen tiefen Schlaf. – –

Als ich wieder aufwachte, mußte ich mir erst eine ganze Weile die Augen reiben, um mich zu vergewissern, daß ich nicht träumte. Ich lag in meiner Koje und schaute in die von mattem Licht der Laterne spärlich erhellte Kajüte. Um den Tisch, auf ein dampfender Kaffeepott stand, saßen Hein, Jack, der Eskimo, und der Mister Abraham Lincoln Jonas und unterhielten sich einträchtig mit halblauter Stimme. Voll Verwunderung starrte ich eine Weile auf das unerwartete Bild. Ich fing an zu grübeln in meinem wirren Kopfe, ohne mir doch einen Vers auf das alles machen zu können. Dann aber kam es über mich wie eine Offenbarung. – Da saßen noch alle gesund und wohlbehalten am Tische, wo sie immer gesessen hatten, und keiner war zu Schaden gekommen bei der Katastrophe! Das war wie ein Wunder. Das konnte nicht sein! – Und also war alles, was ich an diesem Tage erlebt hatte, nur ein Spiel der überhitzten Phantasie. Ich erinnerte mich daran, daß ich mich tags zuvor mit einem bösen Kopfweh niedergelegt hatte. Das hatte sich inzwi-

schen jedenfalls zu einer bösen Krankheit ausgewachsen, und alles, was mich in Schrecken versetzt hatte, das Abenteuer im Zwischendeck, die Geschichte mit dem Chinesen und der Goldkiste, die Dynamitexplosion auf dem Verdeck, die zersplitterten Masten und die zerbrochene Deckwand, war nichts gewesen als nur ein wilder Fiebertraum!

Mir war zumute wie einem, dem man eine zentnerschwere Last vom Rücken genommen hat. In meiner Freude und Erleichterung richtete ich mich halb auf von meinem Lager, obwohl mir ein stechender Schmerz durch alle Glieder fuhr. Die drei am Tisch unterbrachen ihr Gespräch und schauten zu mir herüber.

»Hallo!« rief Abraham Lincoln Jonas, »da bist du ja wieder! Laß mal sehen, ob noch alle Knochen beisammen sind.«

Er kam herüber und schaute mich eine Weile kopfschüttelnd an. Mit einer Behutsamkeit, die einer tüchtigen Krankenschwester Ehre gemacht hätte, befühlte er alle Glieder und schüttelte dann noch mehr mit dem Kopf.

»Ich bin wohl sehr, sehr krank gewesen?« sagte ich mit matter Stimme.

Da schaute er mich verwundert an.

»Krank? Von Rechts wegen solltest du schon längst bei David Jonas sein. Wie der Chinese das Pulver an die Kiste gesetzt hat, da hat er uns alle für › four piecee man chou chou‹ gegeben. Hein hier hat den Arm gebrochen, Jack hat einen verstauchten Fuß, und selbst mein harter Niggerschädel hat eine handgroße Beule. Aber wie du noch einen einzigen Knochen beisammen haben kannst, kann ich nicht begreifen! Schon gleich beim ersten Knattern, wie du von einer Schiffsseite zur anderen geflogen und mit dem Kopf gegen die Wand des Kartenhauses gestoßen bist, habe ich mir nicht anders gedacht, als daß es nun aus und vorbei sei mit dem Neffen deiner Tante. Beim zweiten Überholen hat dich das Wasser mitgenommen über Bord, und mit einmal bist du wieder aufgetaucht und wieder mit dem Schädel gegen das Kartenhaus gerannt. – Und da sollst du noch lebendig sein? Es geht nicht mit rechten Dingen zu! Ich wette einen Dollar, daß da noch etwas hinterher kommt. Einmal wirst du doch noch zu David Jonas gehen, wenn du so weiter machst.«

»Und wie steht es mit dem Schiff?« fragte ich ängstlich.

»Das war einmal ein Schiff! Jetzt ist es nur noch ein Bündel Schiffsplanken, das es gut mit uns meinen muß, wenn es noch vierzehn Tage zusammenhält. Überhaupt sieht es für uns alle hier so aus wie eine Reise zu David Jonas.«

»Und die Kiste?«

»Die liegt schon seit drei Tagen auf dem Meeresboden. Nicht ein Goldkorn hat sie zurückgelassen, und es ist gut so, denn solange das Zeug an Bord war, war hier einer des anderen Wolf. Wir lägen heute vielleicht schon sicher und geborgen in einem bequemen Hafen an der Alaskaküste, wenn der verhexte Stoff uns nicht um jedes bißchen Verstand gebracht hätte. Statt dessen treiben wir hier als hilfloses, entmastetes Wrack, das jeden Augenblick auseinanderfallen kann. Ist's unsere Schuld? Das Gold hat das alles verursacht. Jetzt liegt es im Meere, und da können sich meinetwegen die Fische darum streiten, zusammen mit Fung Li, oder was von ihm übriggeblieben ist, und Admiral Dewey und Schiffskamerad Tom, der auch gerade auf dem Fockstag gesessen hat, als die Kiste in die Luft geflogen ist.«

Noch eine Weile plapperte er weiter mit seinem Berichte, aus dem ich nur mühsam den Zusammenhang finden konnte in meinem wüsten Kopfe. Obwohl er von dem schaurigen Abenteuer mit so ruhiger Miene berichtete, als ob er von einem Tanzvergnügen erzählte, lief es mir doch abwechselnd kalt und heiß über den Rücken, wie nach und nach das Bild der Katastrophe sich wieder in meinem Kopfe formte. Im Augenblick überfielen mich wieder eisige Fieberschauer, aus denen ich in langen Tagen und Nächten nicht mehr aufwachte.

Es gibt Zeiten, die man am besten überschläft oder, wenn es nicht anders geht, in den besinnungslosen Fieberträumen einer wohltätigen Krankheit überdauert, Zeiten, in denen Vernunft zu Unsinn, Wohltat Plage wird und alles, alles besser ist als das machtlose Hineinstarren in das herannahende Unglück, mit wachen Augen und klarem Verstande. Was könnte es Schlimmeres geben als dieses trübe, geduldige, nervenzerfressende Ausharren auf diesem Wrack, das in jedem Augenblick auseinanderfallen konnte, zerbrochen von dem Arbeiten der Dü-

nung, zerrieben zwischen den Eisschollen des fernen Meeres. Wären wir im offenen Atlantischen oder Pazifischen Meere getrieben, so hätte es wohl keinen Tag gedauert, ehe der baufällige Rumpf des »Walroß« vollends in Stücke gegangen wäre. Aber das Eismeer ist im allgemeinen ein stilles Gewässer. Zumal in Gegenden, wo sich viel Treibeis befindet, ist es oftmals glatt wie ein Spiegel, ohne die geringste Dünung und bei stillem Wasser ohne die Spur eines Wellenschlags.

Allmählich waren wir mitten in die treibenden Eisfelder hineingeraten. Als ich nach langen Tagen – oder waren es Wochen? – zum erstenmal wieder an Deck humpeln konnte, da war es mir, als ob die ganze Kälte des Eismeeres mich noch einmal überliefe bei dem Anblick, der sich dort oben bot. Soweit das Auge reichte, zeigte sich kein Tropfen Wasser in der Runde. Bis zum fernsten Horizont war alles ein Trümmerfeld von wild und wirr übereinandergepreßten Eisschollen, die geisterhaft weiß leuchteten unter dem schweren, düsteren, bleigrauen Himmel. Man konnte sich nicht gut ein Bild denken, das melancholischer stimmen konnte als dieses erstarrte Chaos, das kalt und tot wie eine Mondlandschaft sich in unabsehbare Fernen breitete, während die weißen Nebel langsam wie Geister darüber hinzogen. Und von dem Eise wanderte der Blick nach dem »Schiff«. Solange ich das alte »Walroß« kannte, war es eigentlich nie ein stolzes Fahrzeug gewesen. Nun aber machte es einen geradezu bemitleidenswerten Eindruck mit seinen gekappten Masten und den zerschlagenen Decksplanken, die an eine verlassene Baustelle erinnerten, nicht aber an ein christliches Schiff. Das Ganze hatte eine Schlagseite von etwa dreißig Grad gegen die Oberfläche des Eises. Es war klar, daß es nur zusammengehalten wurde durch den Druck des Eises, das knirschend und mahlend an der Schiffsseite rumorte. Einmal würde es wieder nachlassen. Und was dann wohl kommen sollte? Es bedurfte keiner großen Phantasie, um sich auszumalen, was dann geschehen würde. Wir befanden uns » between the devil and the deep blue sea«, wie die Amerikaner sagen. Beim Anblick des Eises mochte man wünschen und beten für endliche Befreiung aus der tödlichen Umklammerung. Und doch mußte man wieder zittern vor solchem Ereignis, da es nur den sicheren Untergang bedeuten konnte für alle Mann und für das, was noch von dem Schiff vorhanden war. – –

Weiter ging die Reise in den hellen Tagen und den weißen Nächten, die alle zusammenflossen zu einem einzigen unendlichen Tag, so daß ich heute bei bestem Willen nicht mehr sagen kann, ob es Wochen oder Monate oder doch nur wenige Tage gewesen sind, die wir in langer Hilflosigkeit zubrachten als Gefangene des Eises. Alle Begriffe von Raum und Zeit verschwanden, und nichts war übriggeblieben als das Gefühl der eigenen Hilflosigkeit und die Angst vor dem Morgen. Fast während der ganzen Zeit wehte eine ziemlich starke Brise aus Nordosten, und es war unverkennbar, daß das Eis mit unserem Wrack in großer Schnelligkeit nach Südwesten trieb. Die genaue Stärke der Stromversetzung konnten wir nicht feststellen, denn dazu fehlten uns die Instrumente. Der Kompaß war zwar noch gänzlich unbeschädigt, aber abgesehen davon, daß das Schiff keine eigene Bewegung hatte und deshalb auch keinem Steuer gehorchte, ist dieser treue Führer des Schiffes in jenen Breiten nur ein sehr unzuverlässiger Berater. Theodoliten, Chronometer, Seekarten und dergleichen Dinge befanden sich reichlich und in gutem Zustande an Bord. Sie hätten uns unschätzbare Dienste leisten können bei der Bestimmung unserer Länge und Breite – wenn einer von uns sich auf ihren Gebrauch verstanden hätte. So waren sie uns alle nur wertloser Plunder, der uns bei jedem Anblick unsere Hilflosigkeit um so eindringlicher vor Augen führte. Das einzige, was uns einen bestimmten Anhaltspunkt über die Veränderungen in unserer Lage geben konnte, war die Beschaffenheit des Eises, aus dem der erfahrene Eismeerschiffer zu lesen versteht wie in einem Buche. Offenbar war es kein altes Packeis, in dem wir uns befanden, denn dieses hätte uns längst zerrieben zwischen seinen mächtigen, blau leuchtenden Eisbergen. Es konnte sich nur um ein Feld von Treibeis handeln, das allerdings einen recht bedeutenden Umfang haben mußte, denn es war, wie gesagt, weit und breit kein offenes Wasser zu sehen, und auch über dem Horizont zeigte sich überall nur der weiße Eisblink. Hier und da sah man auf dem Eise sogar die Spur von Füchsen und Eisbären, die darauf schließen ließen, daß das Land in nicht allzu großer Entfernung sein konnte.

Wenn das Eis – wie es den Anschein hatte – nach Westen trieb, so war das entschieden das Beste, was uns passieren konnte, denn nur in dieser Richtung konnten wir hoffen, mit einem Walfischfänger zusammenzutreffen. Es war allerdings nur eine sehr schwache Hoffnung; eine von denen, die man sich einredet, weil einem sonst nichts Besseres übrigbleibt. Zudem hatte man bei weiterer Trift in dieser Richtung die wenig tröstliche Gewißheit, daß nach Austritt in das offene Meer das Eis sich schnell lockern würde, der Seegang höher ginge und dem baufälligen Rest des Wracks vollends den Garaus machte.

Anzeichen hierfür stellten sich nur allzubald ein. In der Oberfläche des Eises, die vorher den Eindruck eines festen Landes gemacht hatte, zeigten sich breite Risse und umfangreiche Tümpel, aus denen das Wasser wunderbar blau und verlockend und doch so Unglück verheißend zwischen der weißen Eisfläche schimmerte. Überall war Bewegung in den Schollen, die knirschend und mahlend gegeneinander preßten. Zuweilen knallte es im Eis wie von lauten Kanonenschüssen. An Stelle der flachen Felder schoben sich immer mehr allerlei grotesk geformte Eisberge, die geradezu unwahrscheinlich aussahen, wenn die tiefstehende Sonne den Widerschein der Wellen auf ihre weiß leuchtenden Zinnen warf und der mächtige »Eisfuß« smaragdgrün schimmerte unter dem Wasser, das in dem fahlen Lichte tief indigoblau, ja stellenweise tintenschwarz leuchtete. Einer von diesen, der sich immer näher heranarbeitete, hatte schon seit Tagen unsere ganze Aufmerksamkeit in Anspruch genommen. Er war breiter und massiger als die anderen und sah aus wie eine von den mächtigen, viel geschichteten Eispressungen, die man zuweilen an steilen Küsten beobachten kann. An der einen Seite bemerkte man in der Tat einen rotbraunen Schimmer, der sich bei eingehender Untersuchung mit dem Fernglas als eine dünne Schicht von Sand und Kies herausstellte. Kein Anblick konnte willkommener sein für unsere eis- und wassermüden Augen. Sobald es die Umstände zuließen, ruderten wir mit einem der Boote hinüber, machten eine Tauleine fest und verholten das Wrack an den Eisrand im Lee des Berges, wo es auch sogleich auseinanderfiel wie ein Kartenhaus.

Erst jetzt kam uns ganz zum Bewußtsein, wie hohl und morsch das Gebäude war, in dem wir alle die Zeit gelebt hatten. Ohne jede vorhergehende Warnung kam der Zusammenbruch, und hätten wir nicht zuvor das Schiff in einen Eisspalt manövriert, so wäre es unter uns weggesackt wie ein Bleiklotz. So aber lagen die Trümmer zum größten Teil zerstreut auf dem Eise und überließen uns die Aufgabe, sie so schnell wie möglich zu bergen an einem einigermaßen sicheren Platz.

Wie dem auch sei: Das Unglück war geschehen, und wie so manches Unglück, das man lange vorausgesehen hat, wirkte auch dieses, nachdem es endlich Tatsache geworden, wie eine Erleichterung. Übermütig wie die Kinder sprangen wir aufs Eis, und als erst der Sand unter unseren Füßen knirschte, kamen wir uns vor, als ob wir in der Tat das rettende Land erreicht hätten und nicht eine trügerische Eisscholle, die jeden Augenblick in Stücke bersten konnte. Diejenigen aber, die am meisten erfreut waren über diese Wendung der Dinge, waren die Hunde. Mit lautem Freudengeheul stürzten sie sich auf das Eis, wälzten sich im Schnee und beendeten das Fest mit einer glorreichen Rauferei, die sie alle zu einem wirren Knäuel zusammenballte, aus dem man bald nur noch funkelnde Zähne, wirbelnde Füße und fliegende Hundehaare erkennen konnte.

Während der nächsten vierundzwanzig Stunden arbeiteten wir fleißig an der Bergung des Strandgutes, das wir nach einer naheliegenden Eishöhle schafften, nicht anders wie einst der Robinson Crusoe getan hatte mit seinen Schäden. Auf dem höchsten Gipfel der Scholle pflanzten wir mit vieler Mühe die zerbrochene Bramstenge als Flaggenmast auf und heißten daran die umgekehrte Flagge als Notzeichen für etwa vorüberfahrende Schiffe, an die wir noch immer glaubten, obwohl wir uns doch sagen mußten, daß eher eine verlorene Nadel in einem Heuhaufen gefunden werden könnte, als daß irgendein Wesen aus der zivilisierten Welt uns begegnen könnte in dieser welt- und gottverlassenen Meereswildnis.

Nachdem alles so weit war, errichteten wir das Zelt am Rande des offenen Wassers. Mit Hilfe der umherliegenden Schiffsplanken entfachten wir ein mächtiges Feuer, das weithin leuchtete im weichen Lichte des mitternächtigen Tages, aus den Vorräten, von denen wir für ein Jahr genug hatten, kochten wir eine tüchtige Mahlzeit, und so war alles eigentlich recht wohnlich und behaglich trotz allem, und jeder war bei bester Laune. Wir wären es weniger gewesen, wenn wir gewußt hätten, was uns noch bevorstand in den nächsten Tagen.

Über dem ganzen Horizont im Westen und Südwesten brütete eine dicke Nebelbank, die stündlich höher stieg. Das deutete auf Wind. Zur Sommerzeit weht der Wind unter jenen Himmelsstrichen zumeist aus Nordosten. Nur gelegentlich kommt er aus westlicher Richtung. Dann aber kann man sich auf einen ordentlichen heulenden »Südwester« gefaßt machen. Dieser blieb denn auch diesmal nicht aus. Wir hatten kaum unser Zelt im Lee des Eishügels in verhältnismäßig geschützter Lage aufgestellt, als das Unwetter auch schon mit aller Macht herangebraust kam. Sofort setzte es mit aller Kraft ein. Obwohl wir durch hohe Eiswände vor der schlimmsten Wut des Sturmes geschützt waren, verursachte das Klatschen der Zeltwände und das Brechen des Eises einen derartigen Lärm, daß man selbst im Inneren des Zeltes bei lautestem Schreien sein eigenes Wort nicht verstehen konnte. Es war der schlimmste Sturm, den ich je erlebt habe auf offener See. Während reichlich vierundzwanzig Stunden war die Luft erfüllt von dem Kreischen und Toben des Unwetters. Ständig zitterte der Boden unter den Füßen. Die Eisschollen brachen auseinander mit betäubendem Knall. Sie stellten sich auf die Kanten in reichlich zehn Meter Höhe. Sie fuhren aufeinander los und zerschmetterten sich gegenseitig wie kämpfende Titanen. Das alles konnte man nur hören und fühlen, denn in dem wütenden Treibschnee war die Hand vor den Augen nicht zu erkennen, und draußen vor dem Zelt war des Bleibens nicht einen Augenblick, da einen die Gewalt des Sturmes ohne weiteres zu Boden warf. Zeitweilig wuchs das Schreien des Orkans zu solcher Stärke, daß man sich selbst im Zelte – es war wie ein Wunder, daß dieses wenigstens immer noch standhielt – nur durch Zeichen verständigen konnte. Selbst Jack, der Eskimo, der doch schon allerlei Unwetter erlebt hatte in seiner rauhen Heimat, meinte, daß ihm so etwas noch nicht vorgekommen sei.

Lange saßen wir frierend und zähneklappernd im hintersten Winkel des von dem harten Treibschnee fast vergrabenen Zeltes. Bö um Bö brauste über uns hinweg, und immer, wenn wir meinten, daß es höher nimmer gehen könnte, daß dies das Nonplusultra aller Windstärke sei, kam noch eine andere, die alles Bisherige übertobte.

Aber ebenso plötzlich, wie es gekommen, verlief sich das Unwetter. Als der Wind noch immer heulte und tobte, da war es mir plötzlich, als ob man sein eigenes Wort wieder verstehen könnte, als ob man draußen das Heulen der Hunde vernähme, als ob die Zeltwände nicht mehr so wütend klatschten im Sturme. Bald war es nur noch ein ganz gewöhnlicher Südwester von Windstärke neun. Schon brachen wieder die Sonnenstrahlen durch den Treibschnee. Kaum zehn Minuten später war er ausgestorben zu völliger Windstille. Aber das Krachen und Poltern des Eises waren stärker als je.

Nur zögernd wagten wir uns aus dem Zelt heraus aus Angst vor den neuen Schrecken, die wir nun mitansehen mußten. Es war in der Tat ein furchterweckender Anblick, der wohl imstande war, ein übles Gefühl in einem aufsteigen zu lassen, etwa wie das, das einen überfallen mag, wenn man bei einem Erdbeben den bisher für fest und unerschütterlich gehaltenen Boden unter seinen Füßen schwanken fühlt. Die Scholle, auf der wir uns befanden, die eine besonders schwere, von irgendeinem Lande losgebrochene Masse darstellte, war in verhältnismäßiger Ruhe; ringsum aber war es ein Hexensabbat. Das ganze Meer war in Aufruhr. Überall fuhren die Eisschollen gegeneinander. Hausgroße Eisstücke wälzten sich wie Korke im Wasser, das angefüllt war mit dem dicken Eisbrei zermahlener Schollen. Bei jedem Zusammenstoß – und es waren deren hunderte in einer Minute, gab es einen Knall wie einen Kanonenschuß. Alle Augenblicke stellten sich gewaltige Schollen auf die Kante und fielen ebenso schnell wieder zurück in das Chaos.

Allmählich kam wieder Ruhe in den Aufruhr, und als die Sonne am höchsten stand, war es wieder so still, als ob es niemals einen Sturm gegeben hätte. Das Eis lag dicht zusammengepreßt, und in der weiten Runde war kein Tropfen Meerwasser mehr zu erkennen. Merkwürdigerweise hatte der Sturm auch eine Unzahl von Vögeln herangeführt. Überall auf dem Eise spazierten Möwen und Eiderenten, und hoch in der Luft gewahrten wir zu unserer Freude einen Zug von Wildgänsen, die sicheren Boten des nahenden Landes. – Aber welchen Landes? War es die Alaskaküste? War es etwa Sibirien oder Wrangelland, oder hatte uns am Ende gar der Sturm wieder zurückgeworfen zu dem verwünschten Strande, den wir eben erst verlassen hatten? Ich dachte darüber nach und konnte keine Antwort finden, während die Tage sich weiter aneinanderreihten.

Über dem war es immer sommerlicher geworden. Die dicke Schneebank, die der Sturm über dem Zelt aufgehäuft hatte, fing an zu schmelzen und das Zelt mit Wasser zu durchtränken. Von allen anderen Schneebänken rieselte das Schmelzwasser in kleinen Bächen und stand auf dem Eis in hellen Tümpeln, die in der Sonne glitzerten. Die Möwen wurden immer zutraulicher, um nicht zu sagen zudringlicher. Ab und zu sah man eine Schneeule oder einen hoch in den Lüften kreisenden Habicht, alles Anzeichen eines nicht allzu fernen Landes. Allmählich begannen sich auch wieder Rinnen zu öffnen, in denen da und dort der glotzende Kopf eines Seehundes auftauchte. Wir schossen einige, mußten aber zu unserem Mißvergnügen merken, daß sie alle sogleich untersanken, wie sie es zur Sommerzeit immer tun, wenn man sie an irgendeiner anderen Stelle als gerade im Kopfe trifft. Ganz auffallend war der Reichtum des Wassers an Garnelen, Würmern und den als Hauptnahrungsmitteln des Nordlandwales dienenden winzigen Quallen, von denen es stellenweise ganz bedeckt war. Dieses war wohl auch die Hauptanziehungskraft für die immer zahlloser werdenden Möwen, denn es war wohl nicht anzunehmen, daß sie nur hierhergekommen waren, um uns ihre Aufwartung zu machen, zumal wir nicht allzuviel Eßbares mit uns führten, und wenn es ein Geschöpf gibt, bei dem die Liebe durch den Magen geht, so ist es die Möwe.

Etwas, was uns täglich mehr auffiel, waren die zahlreichen Spuren von Polarfüchsen, die man überall im Schnee wahrnehmen konnte. Das ließ auf baldige Jagdbeute schließen, denn überall, wo sich draußen auf dem Treibeis Herr Reineke herumtreibt, da ist auch Meister Petz nicht weit. Da er selbst nicht imstande ist, sich größere Beute zu verschaffen, so hängt er sich gewissermaßen an die Fersen des Eisbären, der bei einigermaßen großer Jagdbeute ihm übergenug von der Mahlzeit übrigläßt, wenn er sich mit einem halben Seehund im Magen zum Schlafen ausstreckt, als ob er nie wieder zu fressen brauchte in seinem ganzen Leben. Es dauerte denn auch nicht lange, ehe wir solchen Eisbärbesuch bekamen. Ganz offen und unverfroren kam er über das Eis, ein Zeichen dafür, daß er nicht auf dem festen Lande zu Hause war. Der Landeisbär ist in der Regel ziemlich scheu. Bei dem geringsten verdächtigen Anblick legt er sich flach in den Schnee, der ihm mit seinem weißen Fell die beste Deckung bietet, und nähert sich nur unter Anwendung aller Vorsichtsmaßregeln dem Gegenstand seiner Neugierde. Auf dem Packeis dagegen ist er die Verwegenheit selber. Das große Raubtier, der Mensch, ist dort noch unbekannt, Wölfe gibt es ebenfalls nicht, und vor wem sonst sollte er sich fürchten?

Es war eine Bärin mit ihrem Jungen, die in merkwürdig watschelndem Gange über das Eis kam. Vor einer Rinne stellte sie sich auf die Hinterläufe, ganz so, wie man es zuweilen im zoologischen Garten sehen kann, und äugte neugierig zu unserem Lager herüber, um sich zu vergewissern, mit was für einer Sorte von Möwen oder Seehunden sie es hier zu tun hätte. In ihrer Ruhe ließ sie sich auch nicht stören durch das wütende Gebell der Hunde, die mit Macht an der Leine rissen, mit der sie an einem Eispflock angebunden waren. Vorsichtig – als fürchtete sie sich vor dem kalten Wasser – schickte sie sich an, die Rinne zu durchschwimmen. Die Kälte der vergangenen Nacht hatte dort eine ziemlich dicke Schicht von jungem Eis entstehen lassen, durch die sie mit lang ausholenden Hieben ihrer Tagen einen Weg bahnte für sich und ihr Bärenbaby. Am diesseitigen Ufer stiegen beide ans Land mit elastischen Sprüngen, die man den plumpen Körpern niemals zutrauen mochte, schüttelten sich einmal wie Pudel, die aus dem Bade kamen, und setzten gemächlich ihren Weg nach dem Lager fort. Kaum drei Schritte von den Hunden entfernt, streckte sie Jack nieder durch einen direkten Herzschuß. Ohne einen Laut sank die Alte zusammen, während das Junge in seiner komisch-täppischen Weise noch immer näher kam. Mehrmals ging es um den Körper der toten Mutter herum. Es leckte die erkaltende Schnauze und streichelte sie behutsam, nicht anders, wie ein menschliches Kind gehandelt haben würde in ähnlicher Lage. Ohne Widerstand ließ es sich fangen. Es war eine willkommene Erwerbung, denn auf der ganzen Welt gibt es keine possierlicheren und unterhaltsameren Geschöpfe als junge Bären.

Nach einigen Tagen verschwand das umgebende Packeis. Über Nacht war es »abgereist« nach anderen Zonen und hatte uns allein zurückgelassen auf unserer Scholle, wie auf einem Schiff inmitten des grenzenlosen Meeres. So unauffällig war das alles vor sich gegangen, daß wir es erst merkten, als wir morgens aufwachten. Es war in der Tat ein recht ungewohntes Bild, das sich da vor unseren Augen ausbreitete. Wieder einmal, wie schon so oft auf dieser seltsamen Reise, mußte ich mir die Augen reiben, um mich zu vergewissern, daß ich nicht träumte. Es war wirklich wieder ganz so, wie wenn man sich an Bord eines Schiffes befände. Das seltsame Fahrzeug schwankte leise in der Dünung, und das blaue, vom Sonnenglanz überflutete Meer lief plätschernd und plaudernd gegen die »Schiffsseite«.

»Junge, Junge«, rief Hein, der eben mit blinzelnden Augen aus dem Zelte gekrochen kam, »das geht noch über Plumen und Klüten. Robinson Crusoe ist gar nichts gegen uns!«

Wir alle waren derselben Ansicht, wenn wir auch nur recht wenig Lust verspürten zu solchem Robinsonleben. Sogar der ewig hoffnungsfreudige Mister Jonas war diesmal entrüstet über die Wendung. Einmal nur schaute er sich um. Dann kroch er sofort wieder zurück ins Zelt, von wo im nächsten Augenblick ein geruhsames Schnarchen durch die dünne Leinwand kam. Ich aber kletterte auf den Gipfel des Hügels, wo wir die Flaggenstange aufgestellt hatten. Längst schon hatte der Sturm sie umgeworfen. Mit Mühe und Not stellte ich sie wieder auf, und, indem ich so tat, warf ich einen Blick auf unser kleines Reich. Es war immerhin einige zwei bis drei Quadratkilometer groß, zusammengesetzt aus allerdickstem Packeis, das offenbar schon mehrere Jahre alt war und deshalb aller Voraussicht nach wohl auch noch einige Jahre aushalten konnte. Proviant hatten wir reichlich für viele Monate, die Seehunde, die jetzt auch überall im offenen Wasser auftauchten, konnten für frisches Fleisch sorgen, und an Trinkwasser würde es uns auch nicht fehlen, denn wie jeder Eismeerfahrer weiß, verlieren die oberen Meereisschichten ihren Salzgehalt, so daß das davon herunterlaufende Schmelzwasser ohne weiteres zu Trink- und Kochzwecken Verwendung finden kann.

Alles das waren Umstände, die unsere Lage nicht ganz so verzweifelt erscheinen ließen, wie es zuerst den Anschein hatte.

Ich versuchte mir noch andere auszudenken, die zur Hebung meiner Zuversicht dienen konnten. Aber es wollte mir nicht recht gelingen. Immer wieder ertappte ich mich dabei, wie ich auf das weite Meer hinausstarrte, das so blau und verlockend, so glückverheißend und doch wieder so schaurig tot und einsam zu meinen Füßen lag. Was war dagegen unsere kleine Welt? Ein Nichts, das in der Sonne zerschmolz und das im nächsten Sturm auseinanderbrechen konnte, ein Strohhalm, an den wir uns alle klammerten mit falschen Hoffnungen auf endliche Errettung, an die wir noch immer wie die Toren glaubten, während es doch in allen Zeichen ringsum nur allzu deutlich zu lesen stand:

Nimmermehr!

Noch eine ganze Weile stand ich auf dem Gipfel des Eishügels und versank immer tiefer in die düsteren Gedanken, als Jack, der Eskimo, der eben auf der Jagd war auf einen Seehund, der sich am Eisrand sonnte, mit allen Zeichen der Aufregung zurückgerannt kam.

»Umiackpack! Umiackpack!« rief er im Laufen.

Ein Schiff!

Keine Bombe, ja nicht einmal die Dynamitstange des ehrenwerten Fung Li hätte eine solch aufpeitschende Wirkung ausüben können in unserer kleinen Welt. Die schlimmsten Langschläfer waren im Nu auf den Beinen und oben auf dem Hügel. Mit dem Fernglas schauten wir gespannt in die angedeutete Richtung. Es war dort in der Tat etwas zu erkennen, das ich aufmerksam musterte mit den Augen eines Mannes, der durch böse Erfahrungen mißtrauisch geworden ist gegen die Glücksfälle des Lebens. Nun aber stieg es höher über den Horizont. Mit bloßem Auge war es schon als flimsiges Wölkchen über dem blauen Meere zu erkennen. Mit dem Glase sah man deutlich drei Mastspitzen, und an den drei vorderen die oberen Rahsegel einer Bark! Mehrmals setzte ich das Glas ab und rieb mir die Augen, um mich zu vergewissern, daß ich nicht träumte. Es war auch gar zu romanhaft, was sich hier abspielte vor unseren Augen. Aus der tiefsten Nacht der Verzweiflung waren wir plötzlich hinaufgerissen in einen Himmel der Hoffnungen!

Es war alles zu schön, als daß ich es glauben konnte. Niemals, bis zu jenem Tage, habe ich gewußt, wie nahe Hoffnung und Furcht beieinander wohnen können in einem Herzen. Mitten in die Freude mischte sich eine zitternde Angst.

Wenn sie nun doch – –?

Mit fliegender Eile holten wir eine neue Fahne herbei und heißten sie an dem Flaggenmast. Was wir an Brettern und Planken zusammenraffen konnten, schleppten wir auf die Anhöhe und zündeten ein weithin leuchtendes Feuer an, auf das wir ständig alte Felle und Seehundspeck warfen, um eine dunkle Rauchentwicklung hervorzurufen.

So wie wir da standen, wären wir wohl ein Bild gewesen für einen Maler. Die rußgeschwärzten Menschen auf der weißen Eisscholle, das rote Feuer, die schwarzen Rauchwolken, die sich über die Meeresfläche wälzten, und darüber in der frischen Brise die umgekehrte Flagge als Signal der höchsten Not, das unter Seeleuten Brauch ist.

S. O. S. – save our souls!

Das fremde Fahrzeug mußte unsere Signale verstanden haben. In einem Abstand von wenigen Seemeilen drehte es bei. Die Segel wurden aufgepeit. Die Rauchwolken quollen aus einem kurzen Schornstein. Langsam drehte sich der Bug nach unserer »Insel«. Mit Volldampf kam es gerade auf uns zu. Das Herz wollte mir zerspringen vor Freude bei diesem Anblick, und doch mischte sich auch hier wieder mitten in die Freude eine wilde, wahnsinnige Angst, daß dieses glückbringende Schiff am Ende nun doch noch einmal abdrehen könnte im letzten Augenblick, daß man noch eine letzte große Enttäuschung erleben sollte nach so vielen anderen.

Aber unbeirrt kam das fremde Fahrzeug näher. Schon konnte man es deutlich ausmachen. Es war eine Dreimastbark mit einer Dampfmaschine, ganz der Typus der Walfischfänger der dortigen Gegend. Am Heck wehte die amerikanische Flagge. Die Mannschaft drängte sich an der Reling, während das fremde Schiff dicht an dem Eisrand hinfuhr. Auf dem Achterdeck stand ein vierschrötiger Mann – offenbar der Kapitän – der uns aufmerksam mit dem Glase musterte.

»Schiff ahoi!« rief er mit wahrer Donnerstimme.

»Ahoi!«

»Was für eine Gesellschaft ist das dort drüben?«

»Gestrandete Schiffsmannschaft, Sir!«

»Hier Walfischfänger ›Wanderer‹ aus San Franzisko. Ich schicke ein Boot hinüber!«

Langsam setzte das Schiff sich wieder in Bewegung. Man sah das Arbeiten der Schraube im Wasser, man hörte die scharfen Signale für die Maschine, die Kommandos von der Brücke, die sich in meinen Ohren allesamt zu einem wunderbaren Liede aus der großen weiten Welt, die von da draußen irgendwo zu uns gekommen waren, vereinten. Nachdem der Dampfer am Eise festgemacht hatte, kletterten wir über die Strickleiter, die vom Klüverbaum herunterhing auf die Back und dann an Deck, wo die gesamte Mannschaft uns neugierig umringte. Offenbar waren sie noch alle rechte Grünhörner, denn sonst hätten sie uns nicht so angestarrt mit offenem Munde, wie sie es wirklich taten. Wären sie so lange im Eismeer gewesen wie wir, so hätten sie sich das Wundern inzwischen wohl schon etwas abgewöhnt. Der Kapitän – ein Riesenkerl, der fast so groß war wie Alaska-Jim in eigener Person – kam auf uns zu, gefolgt von einem kleinen, zappeligen Männchen, das sich nachher als der Erste Steuermann entpuppte, obwohl es gar nicht so aussah. Eine Weile betrachtete er uns kritisch.

»Gemischte Gesellschaft!« sagte er nicht eben freundlich. »Scheint mir auch so; mit Ihrer Erlaubnis, Herr«, antwortete diensteifrig der Steuermann.

»Woher kommt ihr?« fragte der Kapitän.

»Von einem Schiff.«

»Daß ihr nicht aus einem Kloster kommt, kann ich mir denken.«

»Walfischfänger ›Walroß‹.«

Ein Murmeln des Erstaunens ging durch die Menge. Sogar der Kapitän konnte seine Bewegung nicht verbergen.

»Wal–roß?« wiederholte er mit offenem Munde. »Und ist das alles, was davon übriggeblieben ist?«

»Jawohl.«

»Und Kapitän MacKay und Bones und Fung Li?«

»Ah, er war ein sauberer Junge, der Fung Li!« unterbrach ihn das kleine Männchen. »Ich wette einen Dollar, daß er ein bißchen nachgeholfen hat, wo die anderen zu David Jonas gegangen sind.«

Unbeirrt durch die Unterbrechung fuhr der Kapitän weiter in der Ausfragung fort.

»Um so besser für das alte ›Walroß‹. Es war längst schon überfällig zum Absaufen; es und MacKay. Das kommt davon, wenn man nach Schätzen sucht. Ich hab's ihm längst prophezeit. – Und habt ihr nichts gehört von der ›Bonanza‹?«

»Nein«, sagte ich mit fester Stimme.

»Und von Alaska-Jim?«

»Auch das nicht.«

»Da habt ihr nichts verloren«, fuhr er nachdenklich fort, »'s ist ebensogut, daß ihr nichts von ihnen gehört habt. Manch einer hat den Tag schon bereut, wo er ihre Bekanntschaft gemacht hat. – Ah, sie machen ein gutes Paar, Alaska-Jim und Kapitän MacKay! Der Teufel wird seine Freude haben an den beiden!«

Ohne ein weiteres Wort drehte er sich auf dem Absatz um und schritt gewichtig zurück auf das Achterdeck.

Und was soll ich nun noch weiter erzählen von dieser wilden Geschichte? Die lange Reihe unserer Abenteuer war nun endlich zu Ende. Nach unserer Ankunft an Bord wurden wir allesamt als Matrosen des »Wanderers« gemustert. Die Reise verlief so gerade und so krumm, wie Walfischfängerreisen nun einmal zu verlaufen pflegen, und wir kamen endlich wieder glücklich nach Hause. Von der »Bonanza« habe ich nichts mehr gehört und würde auch nichts mehr von ihr hören wollen, genau so, wie ich sie damals verleugnet habe, als wir zuerst den Fuß an Bord des fremden Schiffes setzten. An dieser Stelle ist ein Schwamm über mein Gedächtnis gegangen, und es ist gut, daß dem so ist.

Und die Kiste –?

Die liegt noch immer auf dem Boden des Meeres, zusammen mit den Fetzen von Fung Lis Leiche. Mag sie da liegen bis zum Sankt-Nimmerleins-Tage. Ich würde keinen Schritt darum tun, weder für sie noch für alle anderen Goldkisten dieser Erde. Nicht einen einzigen Schritt!

- Ende -

HISTORICAL DIAMOND · Band 1

Der Attentäter
Roman von Karl Hans Strobl

HISTORICAL DIAMOND · Band 2

Die Seelenverkäufer
Abenteuerroman von Kurt Faber

HISTORICAL DIAMOND · Band 3

Jenseits des Äquators
Abenteuerroman von Ferdinand Emmerich

HISTORICAL DIAMOND · Band 4

Der Feind aus dem Dunkel
Kriminalroman von Annie Hruschka

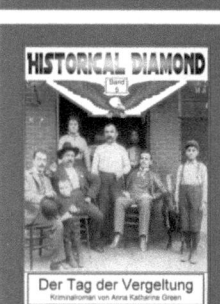

HISTORICAL DIAMOND · Band 5

Der Tag der Vergeltung
Kriminalroman von Anna Katharina Green

HISTORICAL DIAMOND · Band 6

Die Yacht der sieben Sünden
Kriminalroman von Paul Rosenhayn

HISTORICAL DIAMOND · Band 7

Das Rätsel von Ravensbrok
Kriminalroman von Hans Hyan

HISTORICAL DIAMOND · Band 8

Spreemann und Co
Historischer Berlin-Roman von Alice Berend

HISTORICAL DIAMOND · Band 9

Die verlorene Welt
Abenteuerroman von Conan Doyle

HISTORICAL DIAMOND · Band 10

Allan Quatermain und der Zauberer im Zululand
Abenteuerroman von Henry Rider Haggard

HISTORICAL DIAMOND · Band 11

Attila - König der Hunnen
Historischer Roman von Felix Dahn

HISTORICAL DIAMOND · Band 12

Lizzie Holmes und die Kristiana-Affäre
Kriminalroman von Sven Elvestad

HISTORICAL DIAMOND · Band 13

Der Chinese
Ein Wachtmeister Studer - Krimi von Friedrich Glauser

HISTORICAL DIAMOND · Band 14

Allan Quatermain und die heilige Blume
Abenteuerroman von Henry Rider Haggard

HISTORICAL DIAMOND · Band 17

Bomben auf Monte Carlo
Roman von Fritz Reck-Malleczewen

HISTORICAL DIAMOND · Band 18

Das Elfenbeinkind
Ein Allan Quatermain Abenteuerroman von Henry Rider Haggard

Weitere Bände in der Buchreihe „Historical Diamond"

Band 1: Der Attentäter – Roman von Karl Hans Strobl – € 5,99
Band 2: Die Seelenverkäufer – Abenteuerroman von Kurt Faber – € 5,99
Band 3: Jenseits des Äquators – Abenteuerroman von Ferdinand Emmerich – € 5,99
Band 4: Der Feind aus dem Dunkel – Kriminalroman von Annie Hruschka – € 5,99
Band 5: Der Tag der Vergeltung –
           Kriminalroman von Anna Katharine Green - € 5,99
Band 6: Die Yacht der sieben Sünden – Kriminalroman von Paul Rosenhayn - € 5,99
Band 7: Das Rätsel von Ravensbrok – Kriminalroman von Hans Hyan - € 4,99
Band 8: Spreemann und Co – Historischer Berlin-Roman von Alice Berend – € 6,99
Band 9: Die verlorene Welt – Abenteuerroman von Conan Doyle - € 6,99
Band 10: Allan Quatermain und der Zauberer im Zululand –
           Abenteuerroman von Henry Rider Haggard – € 5,99
Band 11: Attila – König der Hunnen – Historischer Roman von Felix Dahn – € 5,99
Band 12: Lizzie Holmes und die Kristiana-Affäre –
           Krimi von Sven Elvestad - € 5,99
Band 13: Der Chinese –
           Ein Wachtmeister Studer – Krimi von Friedrich Glauser - € 5,99
Band 14: Allan Quatermain und die heilige Blume –
           Abenteuerroman von Henry Rider Haggard – € 6,99
Band 15: Bomben auf Monte Carlo – Roman von Fritz Reck-Mallaczewen – € 4,99
Band 16: Das Elfenbeinkind –
           Ein Allan Quatermain Abenteuerroman von Henry Rider Haggard – € 6,99
Band 17: Quo Vadis – Historienroman von Nobelpreisträger Henryk Sienkiewicz - € 6,99
Band 18: Venus im Pelz – Novelle von Leopold von Sacher-Masoch – € 4,89
Band 19: Das Paradies der Damen – Roman von Emile Zola – € 6,99
Band 20: Der Geheimagent – Politthriller von Joseph Conrad – € 6,99

„Gibt es jemanden, der diesen Sommer eine Fahrt per Automobil von Peking nach Paris unternehmen wird?"

… fragte die Pariser Zeitung Le Matin am 31. Januar 1907. Es meldeten sich 40 Teilnehmer für das Rennen an. Aufgrund unüberwindlicher Schwierigkeiten starteten starteten letztlich doch nur fünf Teams am 10. Juni um 8:00 Uhr in Peking.

Der aus einer Patrizierfamilie stammende Scipione Borghese, der Sieger dieses Rennens, schreibt an sein Teammitglied, den Journalisten und Autor Luigi Barzini:

„Uns […] erwartete allgemeiner Beifall, erwartete die Genugtuung, einen Augenblick lang die Begeisterung der großen Metropolen der Welt, der betriebsamen Städte, der stillen Flecken in ganz Europa erregt zu haben!

Am Punkt der Abfahrt die geheimnisvolle Hauptstadt des rätselhaften Reiches, aus dem das Geräusch des Lebens wegen der räumlichen Entfernung und des Abstandes im Denken nur gedämpft zu uns herüberklingt; am Endpunkt der lauteste Resonanzboden der Welt, Paris, von wo jeder, auch der leiseste Hauch des Lebens sich verstärkt und in tausendfachem Echo vervielfältigt über die ganze Erde verbreitet. …

Der Telegraph und die Presse, sie sind die unmittelbare Ursache der Volkstümlichkeit, deren sich unser Unternehmen zu erfreuen hatte.

Diese beiden sind es, die Ihre spannende Darstellung überallhin verbreitet haben, die den eintönigen und für uns nur allzu häufig höchst verdrießlichen Zwischenfällen der Reise Interesse verlieh. … Und das Publikum hat die Poesie gefühlt, die die einzelnen Kapitel dieser unserer modernsten Odyssee erfüllt."

Bibliographische Angaben:

Buchtitel:

Peking-Paris im Automobil: Die legendäre 16.000 km – Rallye 1907

Autor(en): Lugi Barzini u. Klaus-Dieter Sedlacek (Hrsg.)

Taschenbuch: 396 Seiten

Verlag: Books on Demand

ISBN 978-3-7528-3050-7

Auch als Ebook erhältlich.

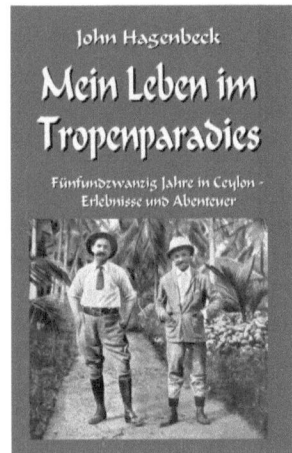

Ein Mann des praktischen Lebens und ein Mann der Feder haben sich zusammengetan, um gemeinschaftlich in diesem Buch die Naturwunder und Merkwürdigkeiten der „Perle Indiens", der Tropeninsel Ceylon, zu schildern. 25 Jahre lang hat John Hagenbeck (1886-1940) dort als Kaufmann, Pflanzer, Sportsmann und Tierexporteur eine umfassende Tätigkeit ausgeübt, ist er der populärste deutsche Kolonist im fernen Südosten gewesen, bis ihn der Ausbruch des Ersten Weltkrieges jäh seinem Wirken entriss, ihn aus seinem Paradies vertrieb.

Was John Hagenbeck in den langen Jahren eines reich bewegten, abenteuerlichen Überseelebens im Verkehr mit weißen und farbigen Menschen, auf der Jagd im Dschungel, in allen Teilen der Tropeninsel erlebt hat, das ist in diesem Werk nach seinen Aufzeichnungen und Berichten, in literarische Form gebracht worden.

Wenn dieses Buch allen denen, die es aus unserer deutschen Beengtheit wenigstens im Geiste nach fernen Küsten, zu fremdartigen Menschen und seltsamen Dingen lockt, etwas bietet, etwas zu sagen hat, so ist sein schönster Zweck erfüllt!

Bibliographische Angaben:

Autor: John Hagenbeck
Paperback € 11,99
192 Seiten
ISBN: 978-3-7528-2274-8
Verlag: Books on Demand
Auch als Ebook erhältlich

Naturwissenschaft, Physik und Astronomie

– **Äquivalenz von Information und Energie.** Von: K.-D. Sedlacek

– **Das Gesetz im Zufall:** Wie sich verborgene Gesetzlichkeit manifestiert. Von: Moritz Cantor u. K.-D. Sedlacek (Hrsg.)

– **Der Widerhall des Urknalls:** Spuren einer allumfassenden transzendenten Realität jenseits von Raum und Zeit. Von: K.-D. Sedlacek

– **Einsteins Relativitätstheorie ganz ohne Mathematik.** Spezielle und allgemeine Relativitätstheorie. Von: Prof. Dr. Paul Kirchberger u. K.-D. Sedlacek (Hrsg.)

– **Freizeitvergnügen Sternenhimmel mit bloßem Auge:** Wie man Sternbilder auffindet ohne Instrumente. Von: Prof. Dr. Paul Kirchberger u. K.-D. Sedlacek (Hrsg.)

– **Phänomen Naturgesetze:** Das Geheimnis hinter den Erscheinungen der Welt. Von: K.-D. Sedlacek

– **Supervereinigung:** Wie aus nichts alles entsteht. Von: K.-D. Sedlacek

– **Die Natur psycho-physikalischer Phänomene.** Erforschung telekinetischer Vorgänge. Von: Schrenck-Notzing, A. u. Klaus D Sedlacek (Hrsg.)

– **Giganten der Physik.** Die Top10-Physiker der Menschheitsgeschichte. Von: Klaus-Dieter Sedlacek (Hrsg.)

– **Der allmächtige Informatiker:** Das Mysterium des Universums. Von Sir James Jeans u. K.-D. Sedlacek (Hrsg.)

– **Der verborgene Mechanismus des Weltgeschehens:** Neue Erkenntnisse über die Gestalten biotechnischer Systeme der Welt. Von: Dr. h. c. Raoul Francé u. K.-D. Sedlacek

– **Der erdgeschichtliche Klimawandel:** Den wahren Ursachen von Klimaschwankungen auf der Spur. Von Wilhelm Bölsche u. K.-D. Sedlacek (Hrsg.)

– **Wege zur physikalischen Erkenntnis.** Meine wissenschaftlichen Selbstbiographie, Reden und Vorträge. Von **Max Planck** u. K.-D. Sedlacek (Hrsg.)

Chemie

– **Der Stein der Weisen:** Wie die Alchemie zur Chemie wurde. Von: Wilhelm Ostwald et. al. u. K.-D. Sedlacek (Hrsg.)

– **Durchblick Chemie:** Praktische Grundlagen und Einführung in die anorganische, organische und Biochemie. Von: Prof. Dr. Lassar-Cohn, Prof. Dr. W. Löb, K.-D. Sedlacek

Natur- und Philosophie

– **Die letzten Ursachen.** Das Buch der Naturerkenntnis. Von: K.-D. Sedlacek

– **Gebundener Wille:** Wie frei ist menschlicher Wille tatsächlich? Von: K.-D. Sedlacek, G.F. Lipps et. al.

– **Jenseits der Erscheinungen:** Erkennbarkeit und Realität der Quantennatur. Von: Prof. Dr. M. Schlick u. K.-D. Sedlacek (Hrsg.)

– **Kleines Wörterbuch der Natur-Philosophie:** 1200 Begriffe, die man kennen sollte, kurz und prägnant. Von: K.-D. Sedlacek

– **Naturphilosophie:** Das Wesen von Naturgesetzen und die Erklärung des Lebens. Von: Prof. Dr. M. Schlick u. K.-D. Sedlacek (Hrsg.)

– **Vereinbarkeit von Religion und Naturwissenschaft.** Von: Kurd Laßwitz u. K.-D. Sedlacek (Hrsg.)

– **Das Konzept des Guten.** Sinnliches Empfinden – Der Ursprung unserer Wertvorstellungen. Von: Klaus-Dieter Sedlacek (Hrsg.)

– **Ist echte Erkenntnis möglich?** Einführung in die Erkenntnistheorie. Von: Prof. Dr. Erich Becher u. K.-D. Sedlacek (Hrsg.)

– **Das individuelle Ich**: Was ist der Kern des Selbstbewusstseins? Von: Th. Lipps u. K.-D. Sedlacek (Hrsg.).

– **Persönlichkeit und Unsterblichkeit:** In welcher Form existiert ein Weiterleben nach dem zeitlichen Ende? Von: Wilhelm Ostwald u. K.-D. Sedlacek (Hrsg.)

– **Die idealistischen Grundwerte unserer Kultur.** Von Johannes M. Verweyen u. K.-D. Sedlacek (Hrsg.)

Bewusstsein

– **Leben nach dem Leben:** Befreiung des Bewusstseins von den Fesseln der Zeit. Von: K.-D. Sedlacek

– **Quantenbewusstsein.** Von: N. Wrobel u. K.-D. Sedlacek

– **Synthetisches Bewusstsein.** Von: K.-D. Sedlacek

– **Unsterbliches Bewusstsein:** Raumzeit-Phänomene, Beweise und Visionen. Von: K.-D. Sedlacek

Leben und Medizin

– **Leben aus Quantenstaub.** Von: N. Wrobel u. K.-D. Sedlacek,

– **Was ist Krankheit?** Von: N. Wrobel u. K.-D. Sedlacek

– **Bewusstsein und Unsterblichkeit.** Von: C. L. Schleich u. K.-D. Sedlacek (Hrsg.)

– **Die Lebenskraft:** Wie Enzyme, Bewusstsein und quantenbiologische Effekte das Leben regulieren. Von: K.-D. Sedlacek u. N. Wrobel,

– **Die verborgene Ordnung des Weltsystems.** Neue Erkenntnisse über die schöpferischen Kräfte der Natur. Von: Dr. h. c. Raoul Francé u. K.-D. Sedlacek (Hrsg.)

– **Homöopathie und Praxis:** Naturheilkundliche alternative Medizin für den mündigen Patienten. Von: Dr. med. J. Voorhoeve u. K.-D. Sedlacek (Hrsg.)

– Eine andere Sicht auf die Entstehung der sporadischen Form der Alzheimerkrankheit. Von Norbert Wrobel u. K.-D. Sedlacek (Hrsg.)

PSYCHOLOGIE

– Gestalt-Psychologie: Einführung in die neue Psychologie vom Begründer der Gestaltpsychologie. Von: Prof. Dr. Kurt Koffka u. K.-D. Sedlacek (Hrsg.)
– Die ersten Spuren psychischer Erscheinungen: Das psychische Leben von Mikroorganismen – Eine Studie in experimenteller Psychologie. Von Alfred Binet u. K.-D. Sedlacek (Übers.)
– Allgemeine moderne Psychologie: Systematische Einführung in die Wissenschaft psychischer Prozesse. Von August Messer u. K.-D. Sedlacek (Hrsg.).
– Strahlende Kräfte durch positives Denken: Die Wurzeln des Erfolgs und Wege zum Glück. Von Emil Peters u. K.-D. Sedlacek (Hrsg.)

BIOLOGIE

– Wie intelligent sind Pflanzen? Sensationelle Einblicke in die geheime Seite des pflanzlichen Wesens. Von Prof. Dr. phil. Adolf Wagner u. K.-D. Sedlacek

– Über Menschenaffen, Tierseele und Menschenseele: Intelligenzprüfungen an Hominiden. Von Wilhelm Bölsche et. al. und K.-D. Sedlacek (Hrsg.)

GESCHICHTE, VOR- U. FRÜHGESCHICHTE

– Die geheimnisvolle Kultur der alten Kelten. Von Druiden, Fürstensitzen und der Lebensart unserer frühgeschichtlichen Vorfahren. Von Georg Grupp u. K.-D. Sedlacek (Hrsg.)
– Der Alchemist Leonhard Thurneysser: Die Lebensgeschichte des Goldmachers von Berlin. Von Klaus-Dieter Sedlacek (Hrsg.)
– Es begann mit Feuerskraft. Das Werden des Menschen und seiner Kultur. Von Carl W. Neumann u. K.-D. Sedlacek (Hrsg.)
– Gefangen zwischen Eisschollen: Die dramatische Entdeckungsgeschichte der Antarktis. Von Klaus-Dieter Sedlacek (Hrsg.)

RATGEBER FREIZEIT U. REISE

– Kultur erleben mit den Wohnmobil in Frankreich: Vierzig kulturelle Highlights, Park- und Übernachtungspätze sowie Navigationskoordinaten. Von Klaus-Dieter Sedlacek
– Kochbuch für ganze Kerle: Kräftige und Feinschmeckergerichte für Freizeit und Camping. Von K.-D. Sedlacek (Hrsg.)

FORSCHUNGSREISEN U. ABENTEUER

– Meine erste Weltumseglung: Tagebuch einer epochalen Expedition. Von James Cook u. K.-D. Sedlacek (Hrsg.)
– Exotische Reise durch Persien: Abenteuerlicher Bericht aus einer fremdartigen Welt des 19ten Jahrhunderts. Von Pierre Loti u. K.-D. Sedlacek (Hrsg.)
– Mit der Beagle um die Welt: Bericht meiner Forschungsreise zum Galapagos-Archipel. Von Charles Darwin u. K.-D. Sedlacek (Hrsg.)
– Peking-Paris im Automobil: Die legendäre 16.000 km – Rallye 1907. Von Luigi Barzini u. K.-D. Sedlacek (Hrsg.)
– Mein Leben im Tropenparadise: Fünfundzwanzig Jahre in Ceylon – Erlebnisse und Abenteuer. Von John Hagenbeck u. K.-D. Sedlacek (Hrsg.)

FANTASTISCHE WELT
ROMANE UND ERZÄHLUNGEN

Bd. 1: **Parallelwelt-Universum und die Suche nach der Weltformel.** Von: K.-D. Sedlacek
Bd. 2: **Marskolonie Eos: und die verschwindende Realität.** Von: K.-D. Sedlacek
Bd. 3: **Korakar: Geheimnisvolles Leben unter ewigem Eis.** Von: K.-D. Sedlacek
Bd. 4: **Die Spur des Dschingis-Khan.** Von: Hans Dominik, K.-D. Sedlacek (Hrsg.)
Bd. 5: **Atlantis: Die Rückkehr der Götter.** Von: Moriz Hoernes, K.-D. Sedlacek (Hrsg.)

SONSTIGE ROMANE

– Prinz Otto oder Der Phönix und die Freiheit: Roman über Intrigen und Macht, Verrat, Hinterlist und wahre Liebe - vom Autor der 'Schatzinsel' und von 'Dr. Jekyll und Mr. Hyde'. Von: Robert Louis Stevenson, K.-D. Sedlacek (Hrsg.), Vito von Eichborn (Hrsg.)
– Herr der Welt. Von: Jules Verne u. K.-D. Sedlacek (Hrsg.)